新潮文庫

不信のとき

上巻

有吉佐和子著

新潮社版

8008

不信のとき　上巻

二丁目

小柳老人はその町では馴染み客であるらしく、戸口から顔を出していた女たちは彼を認めると口々に、嬌声をあげた。

「あら、おじいちゃん、いらっしゃい」

「待ってたわよ、おじいちゃん」

「今夜は私よね、サービスするわよ」

中で一人、赤いスーツに黒いストッキング姿の女が飛び出してきて、小柳老人の腕をとると、

「あら、すてきなお兄さんも一緒じゃないの。いいわ、いつもの値段で二人に見せるわ」

もう片方の手で浅井の手首を摑み、二人を引摺りこむようにして店の中に入れてしまった。店の入口には他に三人の女が石油ストーヴをかこんでいたが、

「ハルミは素早いからね、まったく」

と云いながらも、小柳老人には愛想のいい笑顔を見せ、

「おじいちゃん、私もあとで呼んでェ」

と鼻声を立ててみせた。

「相当な人気ですね、小柳さん」

浅井が冷やかしても老人は、

「この町の子は殆ど全部脱がしてありますよ」

と泰然として答えた。

粗末なバラック建築で、ドアのついた部屋が三つあり、ハルミは一番奥のドアを開けると、

「さあ、どうぞ。どうぞお兄さん、今、椅子を持って来ますから待っててね」

と云って二人を押込み、ドアを閉めて行ってしまった。

一坪ほどもない部屋の中には、すでに二脚の椅子があって、小柳老人はその一つに腰をおろすと悠然と煙草をふかし始めた。壁には薄汚れたカーテンが張りめぐらしてあり、形ばかりだが照明の設備もしてある。短冊型の張り紙には「モデルに手を触れないで下さい」と書いてあった。

ハルミはすぐ椅子を持って戻ってくると、それをほんの少し高くなっている奥の床の上においてから、二人を振返った。

「お一人さま千円だけど、お兄さんはチップでいいわ。他ならぬおじいちゃんが一緒だから」

「いいよ、まあ持っていきなさい」

「そう？　ありがと」

渡された千円札二枚を受取って部屋を出て行くのを見送ってから、浅井はけげん顔で小柳老人に訊いた。

「あの子が脱ぐんですか」

「そうですよ」

戻ってきた女は、一隅にある電気ストーヴの前でちょっと手をあぶってから、

「今夜は冷えるわねえ」

云いながらもう上着を脱ぎ、スカートを落し、シュミーズと一緒にブラジャーも外した。

小柳老人が腕を伸ばしてハルミの乳房にさわりながら、

「ゆうべは悪いことしたな、こいつ」

と云うと、ハルミはアイラインを分厚く塗った眼をわざと瞠るようにして、

「あら、どうして分るの」

と問い返す。さわられているのを避けようともせずに、椅子に腰をおろして、黒いストッキングの両脚を前に突出して上げ下げしていた。

「そりゃ分るさ」

「分るわけないじゃないサ、ねェ」

ハルミは浅井を振向いて相槌を求めた。

「うん、僕にはそこらあたりでは見当がつかないな」

「お兄さんはこういうとこ、初めて来たの」

「そんなことはないよ」

「隠したって駄目よ、すぐ分っちゃうんだから」

「どうして」

「珍しそうな目をして、じろじろ部屋の中見てたじゃないの。案外ウブなのね」

ハルミは乳房をゆすって笑ったが、決して淫猥な感じを起させるようなものではなかった。天真爛漫な笑い方で、それは中年男の浅井を却って狼狽させた。彼は本当にヌードスタジオは初めてきたのだったし、商売柄、女の裸身が珍しいわけではなかっ

たが今夜はなにしろ小柳老人にイニシアティヴをとられている形だから、女から見れば温和しく見えても仕方がない。それにしても四十過ぎて二十そこそこの小娘からウブなのねなどと云われるのには、苦笑しないわけにはいかない。

だが、今、目の前で、まるで女湯の脱衣場でのように、さっさと脱いで上半身を見せているハルミから、浅井はなんの欲情も覚えなかった。こんなものを見に通っている小柳老人の心理も解せなかったし、何より脱ぎっぷりの何気なさに浅井は興を殺がれていた。

「さあ、ごまかさずに取れよ」

「ごまかしてやしないわよ。近頃は警察がうるさいからさ、これ以上は脱げないことになってるの。表の張り紙に書いてるでしょ」

「ハルミも随分すれてきたな。ここへ来たばかりの頃は可愛いとこがあったのに」

「そりゃあ仕方がないわよ。おじいちゃんみたいないいお客ばっかりじゃないんだもの。いやでもすれてきちゃうわ。私も齢だしね、先のこと考えちゃう」

「幾つになった」

「二十二」

「若いじゃないか」

「そんなことないわ、ここらじゃ年寄の口よ。なんていったって、二十までね」

「よしよし、それでは若くないかどうか診断してやろう。そら」

小柳老人が千円札を一枚渡すと、ハルミはニッと笑ってパンティを片手で勢いよく下げた。そのときノックと同時に外からドアが開いた。

「おじいちゃん、新しい子がいるんだけど、一緒に見てやってくんない？　今夜が初めての子なんだけど、安くしとくわ」

色の悪い素顔に、アイラインだけ塗った、やはり若い女が顔を出して云った。ハルミは下ろしたパンティを、別に急ぐ様子もなく元に戻して、また椅子に腰をおろしてしまった。

「この店が初めてというだけだろ。またトルコ風呂（ぶろ）あたりから流れてきた子じゃないのかい？」

「ううん、ほんとうにウブな子なんだってば、ねえ？」

ハルミはそれで口の出せるときになったらしく、

「おじいちゃん、ほんとにいい子なのよ。呼んでやってよ。私と一緒でいいじゃない？　ねえ、お兄さん、一人より二人並べた方が面白いのよ」

と売込みにかかった。

「そうか、まあ、いいとしようか」

「お一人さま千円ずつ頂きます」

「それじゃ話が違うじゃないか」

「だって全然ウブな子なのよ。その代りノーチップでやらせるからサ、いいでしょ」

「何がいいでしょだ。この店も柄が悪くなったな」

「だって不景気なのよ、おじいちゃん。察して頂だいよ」

金を受取ると、入れ違いに別の若い娘が入ってきて、ドアは閉った。

「マユミって云うのよ、可愛がってやってね。こっちへおいでよ、マユミ。このお客さんたちは大丈夫だからさ」

ハルミが姐(ねえ)さん風(かぜ)を吹かして、マユミを紹介し、手招きして自分のいる床へ上らせた。並べて見ると、本当に若い子だった。ハルミが二十二だといった嘘(うそ)がたちまちにしてばれてしまっていた。どう見てもハルミより五つは若そうなあどけない小さな顔であった。

「なんだい、それで自分は脱がずにすませようってのか」

小柳老人が云いかけると、ハルミは慌(あわ)てて目くばせをして、チップのことを云わせまいとしてから、

「一緒に脱ぐわよ。待っててよ。だってこの子は本当に不馴れなんだからサ」

と云った。

マユミと呼ばれた子は、ハルミに合図をされると、客に背を向けて脱ぎはじめた。手足が細く、貧弱な躰つきに見えていたのに、ブラジャーを外してこちらを向くと、肩から胸にかけて驚くほど肉づきがよく、乳房のはった形のよさは、ハルミのものとは較べものにならなかった。ハルミは黒いストッキングを脱ぎ捨ててから、

「このお客さんにはサービスしといた方がいいのよ、マユミ」

と云い、椅子に腰かけたまま片脚をあげて開いた股に手を入れると、トリコットの布を片側にぐいとひいてみせた。

新宿二丁目は昔は私娼窟のかたまっていたところで、戦後は赤線地区と呼ばれていた。吉原などよりもっと手軽に、安い女の買えたところである。浅井義雄は結婚して十五年になるが、童貞の頃にはひどく不潔なところだと思っていたのに、思いきって洗礼を受けて以来、更に結婚してからは一層大胆になって、会社のあと、一杯ひっかけてはよく冷やかしに出かけたものであった。新宿でも花園町ほど粗末なものではなかったが、出入りの客が顔を合わせることに神経など使っていず、ごく簡単に用の足

せたところだ。ヒロポン患者が多いとか、愚連隊の巣窟だとか聞いていたが、浅井の知る限りでは、そんな凄みのある世界ではなかった。

昭和三十一年に売春防止法案が通過し、準備期間ののち三十三年四月一日から日本全国の赤線は燈火を消した。文字通り、その当座は新宿二丁目も夜はまっ暗になったものである。

その頃その辺りを通るときには、浅井にも若干の感慨がないではなかった。性病を怖れて予防具を使ってみたり、わざと使わずにスリルを味わったり、そんなことをしたのが懐かしく思い出されたりした。しかし別に馴染みの女ができたわけではなかったし、痛切に必要を感じる若さは失っていたから、それはただそれだけのものだった。

二丁目がぼつぼつ息を吹き返しているという話は、もう随分前から聞いて知ってはいた。トルコ風呂とヌードスタジオが全盛だったのは、三年も昔のことである。その頃でも浅井は自分から出かけてみようという気は起さなかった。それというのがもうその頃の浅井が金では自由になる筈のない素人の若い娘や人妻と、一再ならず熱烈な恋愛をしていたからである。それらは何れも悲恋とも呼びようのない不可思議な終り方をしていた。この年になって浅井が思い知ったのは、男というものは結婚したが最後、妻というものを先方が別れる気を起さない限りは背負い続けていかなければならない、ということである。一人の男と一人の女が十年以上の歳月を共に暮してみると、そこには危機が必ず訪れながら、却ってある部分がその都度、より強く膠着していくのではないだろうか。夫婦というのは、そういうものだと浅井はつまり達観していた。

「銀座へ戻りましょうや、小柳さん」

ヌードスタジオを出ると、浅井は小柳を省みて云った。少し飲んでいたのがさめきっていて、気持は索漠としている。自分の懐ろは少しもいたんでいないのだが、まったく無駄なことをしたという後悔があった。

「そうですな」

小さな美術印刷会社の小柳社長は、おとなしく相槌を打った。二人は銀座のバーからわざわざ新宿二丁目まで出かけてきたのであったが、それでまた御叮嚀にタクシーを拾い直した。どうしたものか小柳老人には、最初に浅井を誘ったときの勢いが失われていた。

「ヌードスタジオへ行ってきたの？　へええ、もの好きねえ」

銀座でも二、三流の小さなバーで浅井がたった今の経験を話し出したら、ホステスのうち三人が冷笑し、残りの三人が興味を持ってのり出してきた。

「私、知らないわ。どういうとこ？　何すんのよ、ヌードって。面白い？」

「どうってことないよ。ただ裸になるだけさ。それにパンティはとらないんだ」

「あら、パンティとらないの？」

「ああ、警察がうるさいってね」

「そんなものわざわざ見に行くって、どういうんだろ」

「まあ、とらないってものを、わざわざとらせるまでの手間ひまにスリルがあるのかな。どうですか小柳さん」

小柳老人はかなり賑やかな酒なのだが、その夜は妙に沈んでいた。ともかくヌードスタジオへ入るまでと出てからと、彼は人が変ってしまっている。浅井が話しかけて、ようやく顔をあげたが、それで俄かに我に返ったらしくて勢いよくハイボールを飲んだ。

「いやあ浅井さん、今夜はどうも調子が狂ってしまって面目ないですよ」

「どうかしたんですか」

「なんとかいいましたねえ、昔のカフエの女給のような名の子が」

「ハルミですか」

「いやいや、初見世の子ですよ」

「ええと、マユミだったかな」

「そうそう。あれには参りました。なんかこう、ドキッとしましたな」

「そうですかねえ」

浅井には小柳老人が何を考えこんでいるのか見当がつかない。

「あれは本当にウブですよ。私には分ります」

「そうかな。若いことは若かったですね」

「十五、六じゃないですか」

「まさか。随分発達してたじゃないですか」

「いや、しかし、あれは無垢の娘ですよ」

浅井は吹き出しかけて、小柳老人の大真面目な表情に気がつくと慌てて口を抑えた。

赤線がなくなってから、売春と暴力団の繋がりは昔より深く緊密なものになっているのが今では常識だった。水商売にもピンからキリまであるのに、ヌードスタジオまで流れて来たのは、いずれ悪質な紐がついているに違いない。親分の愛娘がまさか趣味で脱ぐわけもなし、ヌードスタジオに処女がいて、あんな真似をする筈がない。浅井はあばずれのハルミにも、まるで子供のようだったマユミにも、少しも興味を覚えなかった。それに較べれば、二流どころでも銀座の女はやはり銀座の女だと思った。三流の土地へ落ちないだけの器量も才覚もあるというわけだ。

水割りのウイスキーをぐいぐい空けながら、浅井には今夜は酔うという予感があった。

「今夜は浅井さん、飲むわねえ」

店では古顔のホステスが途中から隣にぴったり坐って動かなくなった。青い和服を着ている。

「延長っていうんだぞ、知ってるか」

「なんのこと？」

「警察が来たときの仲間うちのサインだよ」

「ええ？」

「パンツをとったり、客にやらせてるところを警察に見られたら、現行犯でひっぱられるんだ」

前に坐っていた女の子たちがまた騒ぎ出した。

「あら、やっぱりとるの？」

「とるどころじゃないよ、もっと凄いよ」

「どう凄いの？」

「どうって、凄いんだ。そうすると延長ッて声がする。警戒警報だな、つまり。すると、さっと出したものを隠すんだ」

「どうやって隠すの」

「馬鹿(ばか)。脱がねえんだって云(い)っただろう」

「脱がないでどうやって出せるのよ」

「自分で考えろ、馬鹿野郎」

小柳社長の奢(おご)りで、ホステスたちもみんな飲んでいた。いわゆる一流のバーと違って、酒の値が滅茶滅茶(めちゃめちゃ)に高いところではないので、浅井も落着いて飲めるのであった。もっとも彼がこの店に来るようになったのは、小柳老人に連れられて来て以来で、まだ一年とは馴染(なじ)んでいない。

その夜の話題はもっぱらヌードスタジオで、常連が来ても同じ話がひきつがれ、ホステスも酔って自分の見たスタジオの話を披露し始めて、賑やかになった。

「ともかく私たちには、あの真似は出来ないわね。だって、狭い狭い部屋に十人以上も客を入れて、みんな酔ってて、その中で女一人が裸になるのよ。どんなことになると思う？」

「強姦(ごうかん)されちゃう？」

「そこまでいかないけど、つまり、やっぱり凌辱よね。私はもう気の毒で見ていられなかった」

「女がいても脱ぐ？」

「平気よォ。あらお姉さま、入ってよってなもんよね」

「アベックで見ると男のひとには刺戟になるかしら」

「絶対。それはうけあう」

「経験者は語る、ね」

ホステスたちがキャーキャー笑ったり喋ったりしている横で、小柳老人は静かに一人でハイボールを何杯も空けていたが、突然太い声を出した。

「ここは地獄の一丁目といって、二丁目のねえところだァ」

「やだわ、誰の声色なのよ、それ」

「誰の声色だっていい」

小柳老人は酩酊していた。浅井の方に向き直ると、しみじみと云ったのである。

「二丁目とはねえ、浅井さん。あれは地獄の二丁目ですよ。私は常連ですから、あの世界の実態は知っています。あんな子供が、あんなところに送りこまれて来るなんて、私は不憫でなりませんよ」

彼は、はらはらと涙を流した。

小柳幾造は、早くから禿げ始めたのと、生れつき姿勢が悪いので、金持になってもまえかがみになる癖が改まらないために、ずっと前から実際の年齢よりも年寄に見られてきた。当人の方もそれは心得ていて、若く見せようという努力は一切しなかった。

消費経済は拡大するばかりで、宣伝広告用のダイレクトメールなど、デパートや会社その他からの注文が殺到し、美術印刷を専業とする彼の会社はこのところ何年も笑いが止ったことがない。そんな好景気にも、使用人たちがつけあがって不当な賃上げ要求などをして来ないのには、彼の長年の苦労と、ぱっとしない風采が役立っているのだと彼は考えていた。社長といい、景気がいいといっても、まだまだ小会社なのだから、彼は外部に対しては客商売の人間の頭の低さというものを必要としている。責了印刷の文字の間違いや、指定された通りの色に刷り上らなかった場合の謝り方が、彼ほどうまい男は会社の中には誰もいない。小柳さんでは、しょうがないよ、とどこの宣伝部でもこう云って寛容になるのであった。

外でも有効なこの風采は、内にあってはもっと効力を発揮していた。小柳幾造の妻は、この十年というものは彼が絶対に女にもてることはないと確信し、安心しきっている。もう数年前から、彼は妻と肌を合わせたことはなく、妻の方でもそれを怪しんだことはなくて、ただ夫はそういう齢になっているのだと思いこんでいた。五つ違いの妻は五十五歳で、これはもう自分も色気と無関係の齢になったと思っていて、だから小柳家は長く無事安泰であった。あなたは遊びすぎたからですよ、と妻の勝代は皮肉まじりに云うことがある。それは遂に優越した妻の微笑というものであった。

だが小柳幾造は、六十歳という実際の年齢よりは、はるかにふけて見えるにもかかわらず、体力はしかし決して衰えていたわけではなかった。

ただ、勝代が云ったように、彼が若い頃から遊びという遊びをしつくしてしまったというのは事実であった。彼は若い頃から小金には困らなかったし、それに古きよき時代には金がなくても女と遊ぶのに不自由はなかったものである。昔に較べると、今の商売女は芸者でもホステスでも、なんともがつがつしていて面白くない。血眼になって金をとろうとしているくせに、娼婦ではございません、赤線とは違います、と気取っているところが気に喰わない。昔は芸者でも淫売でも行きつく先は女も客も一目瞭然としていながら、その手前でのんびりと遊ぶということを互いに心得ていたものであった。

ともかく近頃の女たちは、小ずるくて浅ましくて、小柳の趣味にはあわないのである。そこへ行くとヌードスタジオで裸になる女の子たちは、実にいい。

十五、六から二十四、五歳までの彼女たちは、衣裳を脱ぐという最初の条件で、もう見栄も気取りもかなぐり捨てている。彼女たちは、昔の遊廓に嫁入支度が整うまで働くという目的で出かけてきていた貧農の娘たちと実によく似ていた。悪いこと、恥ずかしいことをしているという意識などなくて、底抜けに明るいのであった。それはともすれば健康というイメージと結びつき、昔と違って暴力団の支配下にあるのだという暗い背景を忘れさせた。

小柳老人が新宿二丁目に通うようになったのは、ざっと云えばこういう理由からであった。

おじいちゃん、と彼女たちは彼をそう呼び、実際の年齢よりふけて見える小柳を、そのままに受入れていた。銀座あたりの女なら、ああこれでは金にならないという窃かな落胆と無駄な客という小さな憎しみの視線をチラと投げかけるものなのだが、二丁目の女たちはそんなことをしない。彼女たちの仕事は、客を中にひっぱりこめば、それで一応事が足りるのである。客の能力も風采もかまうことはなかった。

ヌードスタジオは意外に常連というものが少なくて、見学みたいな気分で一応の知識までに覗きにくる客も多いから、女たちは客をスタジオへ引張りこんだあとは、いたってサバサバしたものだ。

そういうところへ頻繁(ひんぱん)に現われる小柳老人は、二丁目の客の中では段違いに金離れもいいものだから、女たちは忽ち(たちま)彼に好意を持つようになった。彼一人に女三人がどんどん脱いで、二十分の間世間話をして、そのまま出てくる。軒並みにそうしているうちに、女たちの方が積極的になってきた。

「ねえ、おじいちゃんは出来ないの」

「そんなことはないよ」

「だって何もしないじゃないの」

「それはいけないんだと云ってたじゃないか」

「だってさァ、世の中には表と裏ってものがあるじゃん？」

「ここでかい？」

「うん。今度きたら私がおじいちゃんを若返らせるって云ってあったんだ。だから今夜は私ひとりなのよ」

「鍵(かぎ)もかからない部屋だよ」

「大丈夫。分ってるから誰も開けやしないわよ。さあ、おじいちゃん」
十八、九の小娘が、一所懸命(いと)で小柳老人を元気づけようとするのであった。彼はやがて心から、この世界を愛しむようになっていた。一つの店では一人の女以外に手を出さないのが、こういうところの遊び方だが、たいがいこういう積極的な女の子は、引抜かれるのか、組織の中で動かされるのか、一つの店に長くいることはない。女たちの動きは激しかった。しかし小柳老人の人気はひきつがれて、衰えるということがない。

その小柳老人にとって、今夜はまったく青天の霹靂というものであった。彼は二丁目の女たちを、誰も彼もほとんどわけへだてなく愛していたのだが、昔彼が若かったころのように、恋心を覚える相手にはついぞ出会していなかった。それを彼は、やはり自分が齢をとったからなのだろうと思っていた。

若い頃、つまり戦前のことだが、男の遊びには厳然とした鉄則があった。つまり素人と商売女をはっきり区別して、素人女には決して手を出さないということである。だから戦後道徳の頽廃ぶりは小柳老人には実に嘆かわしいものに見える。公娼が廃止された一方で、婦人雑誌などが率先して「初夜の手引き」とか「寝室のムードづくり」とか、「体位について」などという彼には不謹慎としか思えないような特集をしては、素人女たちに必要以上の性生活の智恵をつけようとしているのだ。小柳老人に云わせれば、それは素人女を淫売に教育していることに他ならなかった。夫たちは昔も今も外でせっせと働いているのに、妻たちは電化生活で余った時間を、そういう記事を読んで研究したり、寝室をまるでパンパン宿のようにピンクずくめにしてしまったり、ナイロンのネグリジェなどという珍妙なものを着込んで、満員電車で疲れ果てて帰ってくる夫を待ち受けるのである。

小柳老人の身辺では、若い男たちの恋愛はさかんなものであった。その相手の殆どが、どこかの女店員だったり、人妻だったりである。男が金を使わずに浮気をするということじたい小柳幾造にはとんでもなく不道徳なものに思われるのだが、若い男たちは平気で逢引きの費用をワリカンにしたり、金のないときは女に出させて当り前という顔をしている。男も男なら、女も女だ、いったい彼女たちは嫁にいってからはどんな家庭を作るのだろう、と小柳老人は溜息をついた。あるときは見かねて会社の若いものに、遊ぶなら商売女にしろと注意したことがあったが、そのとき彼らは性病と暴力団組織と繫がっている女を、高い金で買うより、身近な女たちと恋愛した方がはるかに清潔で危険がないと答えた。「不潔じゃないですか、第一、あんな女たちは」彼らは吐きすてるように云い、眉をしかめて商売女を蔑んで見せた。

小柳老人たちが若い頃には商売女に対して、彼女たちを一人前の人格として扱うことに情熱を持ち、それを男の心意気と心得る気風があった。永井荷風の小説などが、歓迎されたのには理由がある。彼らは淫売に恋をし、そういう相手に恋のできる自分の心の高潔さに満足し、陶酔した。馴染みの女が他の客に抱かれているのを待つという時間の心の動きを、彼らはイキと称していた。最も哀れな境遇にいる女を愛するという精神を、オールドリベラリストたちはこう呼んでいた。ヒューマニズム。

小柳老人は、そのヒューマニズムを、あのヌードスタジオの中で実に久しぶりにとり戻したのであった。

ハルミというあばずれと並んだせいもあったかもしれないが、マユミは実に初々しかった。しかも悪く物怖じするような暗さはなくて、振向いた躰は若さと健康ではちきれるようだったのだ。化粧が濃くなかったのもよかった。

銀座のホステスたちが、嬌声をあげながら彼女たちが客と一緒に冷やかしに覗いたヌードスタジオの実態を喋っているのをききながら、小柳老人は静かに盃を傾けては、マユミを思い出していた。二流バーの女たちが、ヌードを冷笑するのは彼には次第に許しがたいものに思えてきた。どこがどれだけ違うというのだ、お前たちよりずっと率直で正直で可愛い女たちが揃っているのだぞ、あの世界は。

しかし小柳幾造は、心の練れた老人だった。何も云わずに飲んでやがて酔うと、ついに思いが言葉になり、浅井に向ってはしなくも落涙してしまったのである。

バーの女たちは小柳老人の程のいい酒に安心しきっていたから、この酔態には大いに驚いた。この店でも小柳は金離れのいい上客だったから、女たちは一瞬しんと静まり返り、ともかくヌードスタジオの話題は避けるのが上策だと考えついた。

「社長さんっていいひとなのね」

「うん、心が優しいのよ。だから好き」

「まあ私の云いたいこと先に云っちゃって」

女たちは声も躰も俄(にわ)かに猫のように柔らかくして、小柳老人を取囲んだ。そろそろ看板近くになっていて、客は小柳と浅井の二人だけであった。

小柳社長は、ふらりと立上った。

「浅井さん、今日はお先に失礼しますよ。ちょっと行くところが出来ましたのでね」

彼は叮嚀(ていねい)に挨拶(あいさつ)をした。

「大丈夫ですか、小柳さん」

「いやあ、酒に酔ったわけじゃありません」

出て行く彼を見送りながら、女たちはまたひとしきり賑(にぎ)やかになった。

「今ごろから、どこへ行くのよォ、社長さん」

「怪しいなあ」

「一緒に連れてッてェン」

日頃は女たちに愛想のいい小柳老人が、この夜は一度も振返らずに行ってしまった。女たちは戻ってくるとすぐ帰り支度にかかった。それまでずっと浅井の傍で、言葉少なに坐っていた青い着物の女も、

「ごめんなさい、浅井さん、時間なのよ」

と気の毒そうに云った。

「送ってやろうか。君のうちはどこだい」

「東中野です」

「なんだ、隣組じゃないか」

浅井義雄の家は杉並の高円寺にあった。

「君の名は、たしか……」

「ええ、マチ子って云います」

クスクスと笑ったのは、君の名はという問いかけにそれと同じ題名の小説と女主人公の名前に連想が走ったからであろう。随分飲んでいたけれども酒に強い浅井は、すぐ気がついて、

「すると春樹さんが東中野には待っているってわけだな」

と、古い洒落(しゃれ)を云った。

「いいえ、男のひととはすれ違ってばかりなの。やっぱりマチ子って名前がいけないのかしらん」

「君は銀座に何年になるの」

「長いのよ、恥ずかしくっていえないわ」

「君ぐらいになると、何人ぐらい知ってるものなんだろう」

「当ててごらんなさい」

「十人？　もっとか」

「まさか。ひどいわね、浅井さん」

「そんなことはないだろう？　君みたいにきれいなひとなら」

「お上手ね。でも本当に少ないのよ。私は荒稼(あらかせ)ぎする必要がなかったから」

「ふうん」

「養わなきゃならない親も兄弟もないから。楽といえば楽だけど、淋(さび)しいわね、この齢(とし)になると」

「その代り男に貢(みつ)いだろう」

「ええ、若い頃はね。随分ひどい目に会ったこともあるわ」

マチ子の素直で物静かな話しぶりが、浅井には気に入っていた。青い縮緬に細かな飛び小紋を着て同色系の青い帯に青磁色の帯締という趣味も大層よかった。浅井の職業は商業デザイナーだから、色調というものには人一倍敏感なつもりである。

タクシーは新宿から宮園通りを走っていた。同じ方向へ帰りを急ぐ車ばかりで、まるで一方通行の道を走っているようだ。前も横の車も、客は男女のアベックで、躰をぴったり寄せあっていた。浅井も乗ったときからマチ子と手と手を握りあっていたが、これはバーの女と客なら当り前のことで、別段深い魂胆があってのことではない。

マチ子は、ゆっくりと話し続けていた。

「だんだん引っこみ思案になっていくのね。若いひとたちのやり方みていると、とっても私にはついていけないの。古風なんでしょうね」

東中野の細い道に入ってから、マチ子は身をのり出すようにして運転手に道順を右、左と指図していたが、やがて小さなアパートの前で止ると、浅井を省みて云った。

「ちょっと寄っていらっしゃらない？」

こういう場合、誘う女には水心があり、肯いて車を降りた男の方には魚心がある。

同じ頃、小柳幾造は新宿二丁目に現われていた。オーバーの衿を立て、ポケットに両手をつっこんで、考えこみながら、彼は「トルコ風呂」「バー」「ヌードスタジオ」のネオンの、小さいのがごちゃごちゃと並んでいる横丁に出た。

「あら、おじいちゃん」

「また来たじゃない。今度は私ンとこへ寄ってね」

「ウソ、うちよ。ねえ、おじいちゃん」

嬌声が左右から降りかかってきたが、彼はいつものように軽口を叩いて彼女たちに応じることをしなかった。

「どうしたの、おじいちゃん」

「ばかに悲しそうじゃン」

「元気出してよ、おじいちゃん。私ンとこなら元気出るよ」

飛び出してきて腕にすがる女たちもいたが、小柳老人は生真面目な表情で答えた。

「今夜は行くところがきまっているんでね」

女たちは呆気にとられて手を放し、彼の背を黙って見送っていた。やがて首を捻って女たちは自分たちの店のストーヴに戻り、別の客を探そうと外を見ながら、自分たちの話題にすぐ戻っていた。

「学生がさァ、最低だよね」

「ウン、ほら、頭のいいのがいくって大学、あそこのが一番いやだね」

「あんたもそう思うかあ」

「だってさァ、二十分間、ものも云わずにじいっと汗流して見ててさァ、キビ悪いよ」

「そういうときは、わざとめくってやるんだョ。頭へ来るのが分って面白いから」

「頭のいいのは頭へ来るのが早いってね」

「それで何も出来やしないんだから」

「そうそう。触ってもいいよって云ったら、震えたのがいたっけ」

「女の学生と恋愛しないのかな」

「恋愛は大っぴらだって。よくよくもてないのがここへ来るんだろ」

小柳老人が、ほんの三時間ばかり前に入った店へ入って行くと、石油ストーヴの前にしゃがんでいたハルミがびっくりして立上った。

「あら、お帰んなさい」

「さっきの子、いるかね」

「うん、もうすぐあく。気に入ったの？　それでまた来たの？　嫉けちゃうなあ」

しかしハルミはさっさと小柳を空いている部屋に案内し、

「やっぱり一人で来なきゃ気分出ないよね」

などと云った。

五分ほど待つと、マユミが入ってきた。小柳老人の顔に見覚えがあったらしく、すぐワンピースのジッパーを外しにかかったが、

「脱がないでいいよ。寒いから」

小柳幾造は、それを止めた。

マユミは不思議そうな顔をして小柳を見ながら椅子に腰をおろし、やがて足を組んだ。

化粧

その朝、浅井義雄は実に快くめざめた。宿酔がないのは、マチ子に強肝剤と生水をたっぷり飲ませてもらったせいである。さすがに酒を飲む場所で十年から働いてきた女は違う。酔いの手当ては心得ているものだと浅井は感心した。

寝室には、ほのぼのとした淡紅色の空気が充満していた。カーテンがピンクだから

である。陽が高くなると南向きのこの部屋は、冬でも火の必要がないほど温かい。四畳半の和室であったが、大きなダブルベッドを入れてあるので、それだけでもう一杯になっている。掛けているのはまるで羽布団のように軽い化繊綿の入ったもので、表は一面にフリルで薔薇の花を飾りつけた華麗なものである。浅井は両腕を伸ばして欠伸を一つした。片手が枕許の電気スタンドに当って、それが横倒しになった。そのシエードもピンクのチュールを重ねあわしたもので、夜、スイッチを入れると、ほのぼのと匂うような色を出す。

スタンドの倒れた音で気がついたのか、襖が開いて、

「お起きになったのね、あなた」

入ってきたのは、道子であった。

これは浅井の家の寝室なのである。入ってきた道子は、浅井の妻だ。和服姿だった。濃紺の紬の縞に、朱色縮緬の羽織を着ている。髪は若向きの型で前髪を斜めにして、化粧が濃い。しかし商売女と違って目のふちにアイシャドウやアイラインは塗っていなかった。

「何時だい」

「十時よ。こんなに、ゆっくりしてらして、いいの？」

「よく寝たなあ」

「ゆうべは遅かったんですもの。でも、そんなに酔ってなかったみたい。あら」

いきなり夫に手首を摑まれて、道子は驚いたらしかった。浅井もまた久しぶりで妻の匂うような笑顔を見たと思った。

「どうなさったの、あなた」

抱き寄せられた道子は抵抗せずに片手で帯をほどいていた。

しばらくして、道子は起きると部屋を出て手洗に立ち、

「いやだわ、あなたったら、髪も何もめちゃめちゃだわ」

と云いながら戻ってきて、部屋の隅の鏡台の前で化粧を直しにかかった。唇の濃い紅がぼやけてひろがっているのを修正するためには、殆ど最初からやり直さなければならない。その面倒を道子が厭がっているわけではなかった。鏡台は三面鏡で、ベッドの上に寝ている浅井の顔と道子は目をあわすことができた。

道子の眼は、ぬれぬれとたったいまの情熱を残していた。こんなことは、まったく何年ぶりだったろう、と浅井は思った。

道子の化粧は念入りだった。口紅がはみ出たのだけを修正するのではなく、クレンジング・クリームで一切を拭きとってしまってから、ベース（下塗）を整え、白粉を

叩き、それをブラシで落してから瞼と頬にかなり色濃く紅を刷いて、もう一度全体に白粉を叮嚀につけた。ガーゼで眉と睫毛と唇の白粉を拭い、眉墨をひき、唇にはぼってりと棒紅を押しつけて、薄紙を喰えて余分の紅をとる。

道子の化粧がこれほど濃くなったについては歴史があった。終戦から数年して、彼女が二十三歳で浅井の妻になったときには、道子はなりふりにかまう女ではなかった。世の中もまだ敗戦の貧しさであえいでいる頃だったし、結婚式も費用のかからないようにとそればかり考え、浅井も就職したばかりで、生活に余裕がなく、田舎から出てきた道子は少女時代の夢であった東京の現実にたまげて、新妻らしく粧うよりも、若い夫の収入でやりくりすることにだけ苦心惨憺していた。

結婚して四年目に、浅井が道子より五つ若い女と恋をしたとき、だから道子はまったく思いもうけてもいなかった出来事に動転した。浅井の相手は同じ会社に働く女事務員で、浅井も夢中になっていたが女の方はもっと積極的で、直接家まで乗込んできて、道子に直接談判をし、別れてくれと云ったものだ。

道子は逆上し、浅井もまたその気でいるものならば、女を殺して自分も死のうと思いきめながらも、相手の女の、いかにも都会風なスマートな髪型と化粧が眩ゆくその前でうちのめされていた。

それはこの夫婦に訪れた最初の危機で、春の突風に似ていた。道子は浅井にむしゃぶりついて絶対に別れないと幾度も幾度も叫び続け、浅井が次第に疲労困憊してくるのを見た気まぐれな若い女は、突然そういう彼に見きりをつけ、他の独身男性とさっさと結婚してしまい、火のような恋も突如として終ったのである。

道子が美容院に通うようになり、婦人雑誌の服飾の頁を熱心に読み、夫婦読本も読み、不妊症かと自分を疑って産科医のもとに出かけたりし始めたのは、それ以来である。事件のあとで、道子は道子なりに自分を反省したのであった。婦人雑誌の「身の上相談」欄には、そういう場合の答として、夫の浮気は必ずしも夫だけが責められるべきではなく、妻の方に妻の座への安心感がありすぎて、それが往々にして夫の眼を外へ向けさせるのです、というのがあったからである。

それからというもの、道子は必ず浅井より早く起きて、身じまいをきっちり整えて彼の寝ざめを待つ妻になった。浅井は若い女に翻弄された後だから、半分は面目なく、そして残り半分で、そういう妻の努力をいじらしく愛しいものに思った。

しかし浅井は、それから四年たつかたたぬかでまた女をつくった。今度は道子にひたかくしにしていたが、道子の方が敏感になっていて浅井がボロを出す前に察知し、このときもまた逆上した。結婚八年というキャリアにやや安心していた折柄だったから、そしてまた相手が若くて、道子は三十を過ぎていたから、今度は道子の方から相手の女のところへ出かけて行き、女の親の前で手をひけと迫り、相手を家族ぐるみで震えあがらせてしまったのである。

あんな鬼みたいなひとと、あなたよく八年も暮していたものね、と女は捨台詞を残して浅井の前から消えた。浅井がどう嘆願しても会うどころか電話にも出なくなってしまったのである。

鬼と呼ばれた道子は、やがて落着きを取戻すと、化粧が更に濃くなっていた。浅井はそれをぶきみな思いで見守っていた。自分は終生この女の枷から逃げ出すことは出来ないのだという憮然たる思いであった。

道子はまた熱心に婦人雑誌を読み、それまで二組の夜具を敷きのべていたものを、ダブルベッドに切換えた。生活を華やかにするためには、浅井だけの収入に頼っていたのでは駄目だと考えたのか、家の門に小さく「書道指南」の看板をかけた。浅井は気がつくとすぐにそれを取外させたが、目敏くそれを認めた近所の主婦や、女子高校生が三人ばかり間もなく入門して、浅井の留守の間の道子は少ない弟子を相手に、寺子屋の真似をして小遣い稼ぎをするようになっていた。

道子の実家は、今は落ちぶれてみるかげもなくなっているけれども、明治維新までは代々藩主の祐筆(ゆうひつ)をつとめていたという家柄なのである。戦前まで、道子の父親は地方の小都市ではあったが書道の塾をひらいていたし、道子も幼いときから習字だけは家の芸で特別厳しく仕込まれてきていた。

戦争が激しくなり、終戦を迎え、国全体が生活苦にあえいでいる時期には、まさか書道がもう一度息を吹き返すとは考えることもできなかったが、ささやかな小遣い稼ぎのつもりでいた書道指南が、ここ数年の間に、当初の道子が想像もできなかったほど大当りしてしまっていた。

昼過ぎから、この家には日に二十人余の女たちが集まるようになっているのであった。ほんの小さな三つしか部屋のない家ではあったが一応の座敷の体裁を整えている一間があるので、そこが寺子屋になった。浅井は滅多に家で仕事はしないし、しても茶の間でことが足りるから、彼の生活を脅(おび)やかす心配はなく、それどころか暮しが彼の月給だけでは到底のぞめないような贅沢(ぜいたく)なものになってきているのは表向きはどうあれ、浅井も歓迎しないわけにはいかないのである。

ようやく化粧の終った道子が、

「あなた、起きないの」

といいながら立上って、やはり鏡の前で着物を直し始めた。

弟子が殖えてから、道子は着物を着るようになった。その方が書道指南の貫禄がつくからである。いわば仕事着——ビジネス・ウエアなのであったが、道子の考えに従えば、それは浅井の前でも効果がある筈であった。

今も、道子は浅井の目を充分意識して、華やかに赤い長襦袢の前を重ね直して伊達締を巻き、着物を着つけ直している。洋服やスラックスと違って、和服には脱ぐときにも着るときにも色気があるものだと、道子は堅く信じていた。

浅井はダブルベッドの中で煙草をくわえ、道子の思惑通り道子の佇いを見守っていたが、心の中はまるで逆なことを考えていた。道子の着物の着方を見ながら、昨夜のマチ子を思い出していたのである。

道子に較べて、マチ子の化粧は薄く、すっきりとしていた。着ているものも地味で、長襦袢も紅っけがなく、ピンク地のあっさりした柄であった。マチ子の身につけていたもので華やかだったのは、綸子の伊達締と腰紐ぐらいである。それは決して色合の派手なものではなかったが、まるで買ったばかりのもののように清潔だった。

素人が野暮で、玄人が粋だというのは、このところだな、と浅井は感心していた。

道子はまるで売春婦のような長襦袢を着ていて、齢より派手な朱色の羽織をはおっている。それは二、三日前に躾をとった真新しいものなのだが、伊達締腰紐の類はもう一年も同じものを使い続けているから、それらは薄汚れて灰色がかってみえる。だから、それらを使って着物を着ている姿は、泥絵具を使った粗末な浮世絵にしか見えなかった、それもまったく拙劣な。

マチ子のアパートで、浅井はマチ子の脱ぐところも着るところも、ろくに見なかったような気がする。何もかも淡々としていて、まるでお茶漬のような女だったな、と浅井は思い出していた。

それに較べると、妻の道子の方は化粧ばかりでなく何もかも濃厚だ。が、それも決して悪くはない。

昨夜の今朝と、二人の違った女を抱いたあとで、浅井はまったく満足していた。四十過ぎて躰は衰えたかと思っていたのに、これは近頃の彼にとって革命的な出来事なのであった。まだまだ大丈夫だという男の自信の回復と同時に、浅井は過去の恋愛を省みて、深く会得することがあった。真剣に女に惚れてしまうと、妻の躰にふれる気が起らない。傍に寄られても、心身ともに退いてしまう。だから妻は気がついて逆上するのだ。

マチ子は好ましい女だったが、浅井は本気で惚れる気はなかった。妻にはないものがあるような気がしていたが、それは決して妻への不満というていのものではない。

十五年間に形づくられたねぐらを、浅井は快く思っていて、もはや変える気もなかったし、逆上さえしなければ道子は申分のない妻なのであった。

「あなた、お起きにならないの？」

道子がまた訊いた。

「うん」

「どうなさるの？」

「起きるよ。ちょっと疲れたんだ」

「いやだわ」

道子は幸福な妻の、満ちたりた笑顔を見せて、部屋を出て行った。もう昼過ぎて弟子たちの来る時間だったが、習字の弟子たちは来ても座敷で静かに墨をすり、道子が現われるまで自習しているから、慌てることは何もない。浅井の朝と昼を兼ねた食膳を整える必要があって、起きるかどうするかを尋ねただけなのである。

浅井は仰向いて天井を眺めながら、つまりこれが本当の浮気ってやつだな、と考えていた。今までは本気になったからまずかったのだ。女ができると一途に惚れて一緒になりたいなどと年甲斐もなく思い詰めたりしたものだから、それで妻も逆上し、家の中は此の世の地獄になってしまった。

道子がいるから、マチ子のよさが分る。マチ子がよくても、道子もいい。両方あるのは最高だ。これが浮気の醍醐味なのだと浅井はいい齢をして愉悦の極みにいるのであった。

ほのぼのと、昨夜のことが思い出される。道子との名残りが、躰にあるというのに、である。いや、それだけに思い出が、やわらいで匂い立つのかもしれなかった。

ほんの行きずりの出来心だけと思って誘いに乗ったのに、帰ろうとした浅井が財布に手をかけると、

「いいの。ずっと浅井さんが好きだったんですもの」

と、マチ子は思いがけないことを云って、金を受取らなかった。

「そういうわけにはいかないよ」

「いいのよ。そりゃ、そういうことを全然していなかったわけではないわ。でも、浅井さんに買われるのは嫌なの」

「買ったつもりでというわけじゃない」

「ありがとう。どうせ本気で相手にしてもらえるとは思っていないけど、そう云ってもらえただけで嬉しいわ」

「弱ったな」

「いいのよ。私の方は思いがかなったのだから」

近頃の商売女の手としては、なかなか洗練された技術なのではないかと半ば警戒しながらも、こういう扱いを受けたのは悪くない気持だった。それに、マチ子の雰囲気には、商売女の持ついやらしさが微塵もなかった。気性もきっとさっぱりしているのだろう。アパートの室内も簡素で清潔だったし、道子の飾りつけたこのピンクの寝室と較べて考えると、色気というものもまるでなかったような気がする。それが、浅井にはマチ子の言葉を裏付けするもののように思えた。

浅井は勢いよく起き上った。

身内からもりもりと元気がわき出してくるような気がする。夫の気持を迎えるために、化粧し、装い、寝室を飾りたてる妻を持ち、一方では垢抜けした女が金を受取らない、ただ愛されたことが嬉しいと云う。昔風の言葉で云えば、まさしく浅井は果報者であった。

加えて、近年のレジャー・ブームは道子ばかりでなく浅井をも大いに潤していた。美術印刷の小柳社長と浅井が個人的に親しいのは、浅井が会社の仕事の他に、小柳から頼まれてアルバイトをしているからである。

ダイレクトメールや宣伝用パンフレットの全盛時代だから、美術印刷会社は有卦に入っていて、小さな商店からも直接の注文がくる。そういう場合には小柳の方で商業デザイナーの斡旋もして、手軽く注文主の希望に応じるという建前をとっていた。出入りしている大きな会社の宣伝部にいるデザイナーに、内緒でこういう仕事をさせるのは会社に知れてはまずいのだが、デザイナーの方は金にはなる仕事だから大喜びするし、それがフイになるのを怖れて彼も会社にはひた隠しにするから、具合はまずよかった。デザイナーに支払う金は、名目ではどうにもできるから、デザイナーの方には税金がかからない。

浅井は酒が強く、小柳幾造とはウマがあって、だから小柳社長はちょくちょくいいアルバイトを世話してくれていた。

浅井の専門である商業デザイン界には、年々斬新なアイデアを持つ若者が続々と登場していて、この分野は今花ざかりである。四十過ぎた浅井は、彼らの卓抜した着想の前では押されぎみであった。なんといっても浅井は戦中派で、近頃の若い者とは生活の感覚が違う。それを痛いほど感じるのは、浅井の会社で社運を賭けるような製品の売出広告にかかるときであった。購買者層も年々若返っているから、四十過ぎたもののデザインはだんだん迎えられなくなっているのだった。

その点でも、小柳社長の持ってくるアルバイト口は、浅井には気楽だったし、小さい店舗の経営者たちはまだまだ頭が古いせいか、浅井のデザインは彼らの間では評判がいいので、シーズン毎に同じ店から浅井を名指してくる。小柳幾造と浅井は、こうして互いに仕事の上でも密接になっていき、浅井はそれにつれて道子には知らせずにへそくり収入を殖やしていて、飲み代には少しも困らなくなっていた。

「道子、飯だ」

その朝、食欲もまた旺盛だった。

オルゴール式のブザーが鳴り、弟子たちは座敷へ上って、習字の稽古を始めていたが、師匠の道子は浅井の給仕に余念がなかった。夫の食欲は、彼の家庭における満足の度合を示すものだと道子はこれまでの経験から、それをそう判断していた。

浅井の会社は国鉄新橋駅から歩いて五分のところにある。新日本物産という二流商社だが、宣伝広告部は時勢によって俄かに拡充され、他の部員たちからはともすると白い眼で見られがちだった。商業デザイナー、レイアウト・マン、文案作成の専門家たちは、いずれもいわゆる小市民的なサラリーマンとは型を異にしていた。最もよく酒を飲むのは渉外関係の社員に次いで彼らであり、遅刻常習者の最も多いのは宣伝広告部なのである。ネクタイを締めずに出勤してくるのも彼らだけであった。ネクタイをしないどころか、彼らの多くは、上着とズボンが布地も色も違っていたし、タイをしていればワイシャツの中にアスコット・タイをしているという具合である。ダンディに見える者は上等の方で、悪くいえば堅い会社員というよりやくざに近い。

会社の経営者たちもこれには一時は頭を痛めて、他の社員と出入口を別にして、会社の品位を保つべきだという意見など出たこともあったが、しかしそれも一時の現象で、若いデザイナーの卵たちは殊更奇抜な身なりはせず、デザインもまた月給をとるための仕事と考えていて、広告マンたちの気風も次第に改まってきていた。

浅井義雄はそういう中で、やくざ時代にも目に立つことはなかったし、近頃になっても浮上って見えることもなく、要するに中庸の道を歩いてきた。仕事の方もズバ抜けて目立つことはしなかった代りに、大失敗もやっていない。一応平均点をとってきて、だから四十過ぎても年寄扱いだけはされず、その代り若い者から敬意を払われることもなく過している。

数年前は、絵も描き、文案も同時に練り、広告の方法も議論しあったものであったが、近頃は分業制が徹底して、デザイナーはデザインだけ、文案を作るものは商品知識を得るために研究に没頭し、広告の方法はその道専門のアイデアマンがいる。浅井はだからデザイン専門になっているわけだが、まあ昔とった杵柄で、あまり全体のバランスがとれない場合には、年の功で部長に進言し、それが採用されることも多くなっていた。

まずデザイナーとしては、職場に落着いた形でいるといっていい。

午後になって出勤しても、格別白い眼で見られないというのも、あるいは人徳というものであるのかもしれない。

その日は仕事の方も、なかなかうまくいった。部長の出したアイデアと取組んでいた数人のデザイナーの作品の中から、重役会議の結果選び上げられたのが浅井のデザインだったのである。こういうとき、部内の反応は微妙だった。

浅井はひそかに、マチ子のところで祝盃（しゅくはい）を上げようと思った。

浅井がバー「ジョルダン」に入ってスタンドに腰をおろすと、マチ子がすぐおしぼりを持って寄ってきた。

「いらっしゃいませ。今朝起きるとすぐに、浅井さんがお店に来て下さるかどうかと思って、花占いをしていたのよ」

「来るという卦（け）が出ただろう」

「いいえ、来ないという卦だったわ。悲しかったわ。でも、花が悪かったのかしら」

「なんの花だい」

マチ子のアパートに花が活けてあったろうかと、思い出そうとしている浅井の前で、マチ子が笑い出した。

「それがね、造花なのよ。ほら、香港フラワーっていうの、あれ」

「なんだ、それじゃ花びらがむしれないじゃないか」

「そんなことないわ。力一杯ひきちぎって、来る、来ない、いいえ来る、きっと来ない、って夢中で占ったのよ」

香港フラワーではぐらかされたかと思ったが、ああいうことのあった翌朝、一人ずまいのアパートでプラスティック製の造花を、ひきちぎっているマチ子を想像してみると、思いつきで云える嘘とは考えられなかった。

「そんなに僕のこと気になった？」

「そりゃあ、そうだわ」

マチ子は、バーテンに聞えるのを懼れたのか、きゅっと口を噤むと、浅井の傍から離れて、四、五人かたまって入ってきた客たちの方へ行ってしまった。昨夜とは違うものだが、やはり青い地色の和服姿だった。髪は長いのを、高く上に結いあげていて、それがばかによく似合っている。

「いらっしゃい、珍しいのね、浅井さんが一人で来るなんて」

別の女の子が、浅井の隣にきた。

「何か飲む？」

「そうね、じゃ、コーラ」

「妙なこと云うなよ」

「だって、浅井さんにボラないでねってマチ子さんに釘をさされちゃったんですもン」

「へええ、どうしてだろう」

「好きなのよ。きまってるじゃないの」

こういうことで女たちが共謀するということがあるものなのだろうか、と浅井は疑ってみたが、どうすすめても女の子は客にたかるときの目的で店で作っているアルコールぬきのカクテルさえ飲もうとせず、コーラだと頑張りぬいた。

「好きになられたところで、どうせ彼氏がいるんだろう」

「マチ子さんなら、いないわよ、ねえ」

女の子はバーテンに相槌を求めバーテンは真面目な顔で肯いて、

「あのひとは堅いひとですよ」

と云い、勢いよくシェーカーを振った。

男が連れもなく一人で「ジョルダン」のような店に入る場合、その目的は女を張りに来ているというのは、いわばこういう世界の常識であった。だから店の子もバーテンと心を合わせて、客の意を迎えようとしているのかもしれない。浅井は警戒しながらも、やはり悪い気持ではなかった。

しかし、梯子酒の癖のある浅井は、そのトップにいきなりマチ子のいる店へ来てしまったのを後悔していた。いくらなんでも夕方から看板までねばっていては、昨夜の今日でいかにも目的が露骨で、女からも足許を見すかされる心配があったし、マチ子はあれきり寄って来ないのだから、浅井としても手持無沙汰だった。じりじりしていたが、それでは酔いのまわり方も却って遅く、浅井は二時間という時間も持ちきれなかった。

「帰るよ、勘定してくれ」

いきなり云うと、バーテンが驚いたのか目顔でマチ子を呼び、彼女は青い袂を翻すようにして寄ってきて、

「あら、ゆっくりなさってよ、浅井さん」

と云う。

「もう相当ゆっくりしたぜ、勘定してくれ」

「結構ですわ」

「君の店でもないのに、只で飲ませるっていうのかい」

「いいえ、お勘定はまとめて、いつでも結構ですから。いつも小柳さんと御一緒でしたけど、今夜から浅井さんの口座一つひらいときますわ。よろしいでしょう」

「じゃそうしてもらおう。君、その口座に一応これだけ先に入れといてくれ」

丁度そのときマダムが店に現われたので、浅井は財布から一万円札を一枚出してマチ子に渡すと、

「それじゃ、お先に頂いておきます」

と、マチ子も素直にキャッシャーの方へ行ってしまった。

「あら、小柳社長さんと御一緒じゃないんですの」

マダムに声をかけられて、浅井は苦笑しながら答えないわけにはいかなかった。

「たまに一人でくると、みんな同じことばかり云うよ。小柳さんとワンセットじゃないといけないのかい？」

「あら、そんなつもりじゃありませんよ。お一人さま大歓迎。さあ、私と乾盃して下さいな」

「いや、もう帰るところさ」

「まあひどい、私が来たら出て行くなんて、あてつけみたいだわ、浅井さん」

「そうじゃないよ、もう充分飲んだんだよ、おい、君たち証明してくれよ」

マチ子が小さく笑いながら云い返した。

「誰も証明しませんよ」

そこへ小柳老人が、静かに立現われた。

「珍しいわね、社長さんも浅井さんも一人ずつで現われるなんて」

「約束して落合ったんじゃないのかしら」

「そうでもないみたいよ。でも、とにかく珍しいわ」

「これで、ともかく浅井さんも落着いて、めでたし、めでたし、ね」

女たちのさんざめきを受流しながら、小柳老人は、浅井には愛想のいい笑顔を向けて、

「昨夜はどうも、失敬しました」

と挨拶(あいさつ)をし、

「お一人なら、御一緒にいかがです」

と叮嚀(ていねい)に誘った。

浅井はちょっとためらうものを感じたけれども、マチ子も引止めるし、スタンドよりはソファの方が落着くことは落着くので、小柳の隣に、並んで腰をおろした。

少し飲んでから、小柳老人が浅井に向って、また同じことを云った。

「昨夜は失礼しましたね、浅井さん」

「珍しく酔っておられたようでしたね」

「久々で酔ったらしいです。面目ないですな」

「新宿二丁目は、しばらく敬遠された方がいいんじゃないですか」

「いや」

小柳幾造は、このとき昂然と顔をあげて、きっぱり云った。

「今日も行ってきました」

「え？」

「いや、全員に飯を奢ってきたんですよ」

「なるほど」

浅井は戸惑って、意味のない相槌を打った。小柳老人は女たちの耳に届かないように小声で話していて、女たちは仕事の打合せぐらいに思っているのか話に入ってこない。

「いらっしゃいませ、社長さん」

マチ子が挨拶し、さりげなく二人の客の間に腰をおろしてしまった。

「君は趣味がいいね」

「あら、そうかしら。着たきり雀なのよ」

「昨夜と違う着物じゃないか」

「さすがね、浅井さんはデザイナーだって本当なのね」

「おいおい疑っていたのか」

「そういうわけじゃないのよ。ただ、私はこの色が好きだものだから、どの着物もどの帯も同じようなものになってしまって、お客さまによっては、君はいつも同じものを着ているねって云う方が多いの」

「青いものを見ると君を思い出すよって云う奴がいるだろう」

「あら」

「条件反射って云うんだ」

近頃はデザインの氾濫時代で、商品広告も意匠を猫の眼のように変えたがる。それが却って購買客の気を散らせる結果になっている。浅井は、マチ子を賢い女だと思った。

「君も飲めよ」

「ええ」

浅井は自分の飲みかけていたハイボールをマチ子に渡し、自分の方に新しいのをとった。女を酔わせるには、これに限る。店によっては、色つきの水や、アルコール分の少ない特製のウイスキーをホステス用に作ってあるところがあるからだった。

「頂きます」

マチ子は目で浅井に挨拶してから、実に無雑作に飲み干して、浅井の疑いを解いてしまった上、

「もう一杯ほしいわ」

と、ケロリとした顔でいう。

「よし。僕もだ」

四十過ぎてからは酒量をセーヴするように考えて飲み出しているのだったが、昨日の薬と水のおかげで、今朝の目ざめがばかによかったのを思うと、かまうことはないと云う気になった。

小柳老人は、もともと少女趣味なのか、店で一番若い子を相手に、何かしきりと話しこんでいて、飲む方はお留守になっているらしい。

「今晩も送ろうか」

浅井はマチ子を見据えて云った。酔ってないときでは、こういう露骨な目つきはできない。マチ子は一瞬、持ち上げたグラスを宙に止めて、考える風情を示した。

「みろ。困るんだろう、やっぱり」

「困らないわよ、ちっとも」

見返したマチ子の目は、ひどく生真面目なものであった。

「ただね」

「ただ？　なんだい？」

「浅井さんは昨夜も酔っていたでしょう？　今夜も飲んでいるし」

「それがどうした」

「浅井さんがね、本気で私に惚れてるとは思っちゃいないわよ。どうせ私は水商売の女ですものね」

「惚れてるよ。君みたいな、こざっぱりした粋な女は見たことがない。本当だよ」

「ありがと。好きだとか、惚れたとかっていう言葉は、若い頃には無条件で嬉しくなって、勝手に誤解してのぼせあがったりしたものだけど、私も銀座に十年いて、分別ってものができたんだわね」

「男が云うことを先まわりして云う気だな」

「あら、なあに、それ」

「つまり、一回きりよってヤツだ」

マチ子は別に驚きもしなければ、それで感情を害した様子もなかった。バーの酒は市販のものよりずっと割高で、それはつまりホステスたちのサービス料を含んでいるわけだが、客はその勘定を払う分だけ心でも口先でも女たちを凌辱する権利を持っている。自尊心というものを、彼女たちはその職場で夜毎に削りとられているのであった。

浅井が酔ったまぎれにねちねちと、マチ子に現在男があるのかないのかという詮索を遠まわしに続けていても、マチ子は平然としていた。マチ子は鼻筋の通った、頤の細い、美しい横顔を見せて、ハイボールを口許に運び、かなり勢いのいい飲み方をしている。

「浅井さんが、もし、私が考えていることを知ったら、びっくりするでしょうね」

やがて、微笑を含んで、こんなことを云い出した。

「なんだい、それは」

「私はね、浅井さんが好きだったわ、ずっと前からなのよ」

「それで今夜の方はどうなんだ。送られては困るのか」

「困るわけはないでしょう。浅井さんじゃあるまいし」

「僕がどうだって?」

「マチ子が浅井さんを送っていって、上りこんで、愛してよって云ったら、浅井さんは困るでしょ」

「それは無茶だよ」

浅井が苦笑いするのを見て、マチ子は声をたてて笑った。

「私はね、浅井さん」

マチ子は浅井の手をとって両手で強く押えながら、浅井の眼を覗きこんで云った。

「あなたも私も酔ってないときに、抱いてもらいたいの」

浅井は思いがけないことをきいて息を呑んだ。どちらも正気のときに愛されたいと願うのは、こういうところで働いている女にとっては真実味のある告白としか聞えなかった。

酔ったまぎれの愛の交換には、マチ子はもはや倦き果てていたのかもしれない。それでなければ彼女の言葉通り、浅井はずっと前からマチ子に慕われていて、それを迂闊に気付かずに過してきていたのかもしれない。いずれにしても、最初は金を受取らなかった女が、二度目は酒の酔いのないときに愛してほしいと云い出すのは、よほど手なれた客あしらいか、でなければ彼女自身が本気で浅井に惚れているかのどちらかであった。

「分った。どこかで酔いをさましてくる」

「いやだわ、浅井さん、今日でなくてもいいのよ。だって、マチ子もう酔っちゃったんですもの」

「それじゃ送ってやるよ」

「でも看板まで一時間以上あるのよ」

「よし、その間、よその店に行ってる」

「きっと帰ってらしてね」

「うん」

浅井が立上ると、小柳老人は顔を上げて、

「おや、お帰りですか」

と云ったが、一緒に出ようとはしなかった。隣でのマチ子とのやりとりを聞かなくても察しをつけていたのだろう。

別の馴染(なじ)みのバーへ行くについて、浅井は女のいない店を選んだ。年をとったバーテンが一人と、バーテンの見習が一人という男ばかりの、スタンド式の小さな店である。「スタッグ（牡鹿）」という洒落た名前がついていたが、客の方が雌鹿を連れて来るのは自由であった。それでも店の常連は、静かに酒を飲むだけが趣味の、品のいい老紳士などが多くて、酒は安いが一流どころの客種を持っていた。

「いらっしゃいまし」

バーテンの挨拶も礼儀正しい。人によっては妙に格式ばっていると思うかもしれない。店の構えも木材を多く使って、船室のような造りにしてある。日本人のいう英国風という感じなのである。まず小柳老人などには受けつけかねる雰囲気であった。浅井もどちらかと云えば、飲むなら女の子と馬鹿話しながらの賑やかな酒が好きな方なので、だから「スタッグ」に毎晩必ず顔を出すほどの常連ではなかった。

「お珍しいですね」

バーテンも、そう云って、すぐホワイト・ホースでハイボールを作り始めた。客の好みは一度で覚え、一々注文をきかないというのもこの店の特徴である。

「この店は、本当に、いいね」

浅井が、しみじみと云った。老いたバーテンは静かに礼心を示して会釈をし、浅井の前を離れた。一人で考えごとをしたい客が、必ず云い出す台詞だったからである。

浅井はハイボールを一口すると、煙草に火をつけて深々と煙を吸った。

つい先刻の、「ジョルダン」でマチ子が囁いた言葉が、次々とエコーのように甦ってくる。浅井さんが好きだったわ、ずっと前からなのよ。あなたも私も酔ってないときに、抱いてもらいたいの。今夜でなくてもいいのよ、だってマチ子もう酔っちゃったんですもの。きっと帰ってらしてね。――これが、繰返し繰返して聞えてくる。

こんな具合では、と浅井は考えた。俺はまた女に惚れるのではないだろうか――。まさか、と浅井はすぐ自分に打消していた。マチ子はたかがバーの女ではないか。これまでに、水商売の女と寝たことは浅井には数えきれない。結婚以来、再三の恋愛沙汰は、妻の道子が狂乱したり、女が逃げたり、浅井の方から逃げたものもあり、それぞれにケースの違いこそあれ相手はみんな素人女だった。この年になって、水商売の女に本気で惚れるほど、俺は人がよくないぞ、と浅井は自分に云いきかせた。

腕時計を睨みながら時間をつぶして、十一時半きっかりに浅井は「スタッグ」を出た。しかし歩いて「ジョルダン」に着くと、待っていると思ったマチ子どころか、店はもう鎧戸を下ろしてしまって、中の気配をうかがう術もなかった。

浅井はいささか逆上ぎみで、タクシーに飛び乗ると、

「東中野」

と叫んでいた。運転手は返事もせずに、車は走り出した。

「ジョルダン」のような二流のバーが、十一時三十分きっかりに看板にしてしまう筈がないと踏んでいたのは千慮の一失だったような気がする。マチ子が待っているに違いないとタカをくっていたのが口惜しく腹立たしかった。酔っていたのも気にかかった。昨夜のような具合で、また男を自分のアパートに喰えこんでいるのではないかと思うと、浅井は酔った勢いでますます自制がきかなくなっているのであった。

「お客さん、東中野はどのあたりですか」

運転手が、面倒臭そうに訊いた。

「東中野は東中野だよ」

「ここがもう東中野ですよ」

酔っぱらいは、これだからいやだ、という具合に、運転手は舌打ちしかねない不機嫌になっていた。

「東中野か、ここが？」

浅井は酔眼を瞠いて窓の外を見たが、昨夜の記憶はまるで薄れていて、見たこともない家々がならんでいる。アパートらしい建物はなかった。

「その先を左へ行ってくれ」

昨夜はマチ子が浅井の手を握りしめたまま、身をのり出すようにして運転手に右、左と細かく指図してようやくアパートに着いたのであったし、アパートから家に帰るときも、タクシーにのると外を眺めもしなかったので、浅井には皆目見当がつかない。

「よし、その先を左だ」

浅井はしかし、何がなんでも見つけてやって、マチ子のアパートの扉を叩きこわし、連れこんだ男の前で思うさま罵倒してやろうと思いこみ、思い詰めて次第に目を血走らせていた。

「どこですか」

運転手が、いらいらしている。

「そこを左だ」

「また元のところへ出ますよ」

「それなら右へ行け」

「中野になっちまうよ、この先は」

「それじゃ、やっぱり左じゃないか」

「はっきりして下さいよ」

「はっきりしないから探してるんじゃないか」

「しょうがねえなあ」

「文句を云うな、金は払うんだ」

遂には運転手と喧嘩になって怒鳴りあいながら、ぐるぐるぐるぐる東中野を駈けめぐるうちに、さすがに浅井も酒がさめてきて我に返った。

「もういい。高円寺に行ってくれ。今度は確かだよ。悪かったね」

相手はたかがバーの女じゃないか。そう思い直しても、しかし忌々しかった。方向を高円寺にしてからは、云った通り確かなものであった。彼は妻の待つ、自分の家に苦もなく帰りついた。

かな文字

浅井義雄がいつもの調子でゆっくりと出社すると、乱雑な宣伝広告部の部屋の隅に、小柳老人が椅子に腰をおろしていたが、浅井を認めるとすぐに立上って、

「ああ浅井さん、お早うございます」

と傍に寄ってきた。

他の社員のいる前だから、昨晩は失礼などと云わないのは心得たものである。

「やあ」

浅井もあいまいに挨拶をした。

「見本刷りが案外早くあがりましたのでね」

浅井のデザインしたポスターを、ひろげて見せるために待っていたのらしい。

「やあ、いい色にあがったなあ」

「そうでしょう?」

小柳老人の丸い顔の中で、小鼻が得意そうにぴくぴくと動く。それから素早く、部屋に部長の入って来たのに気がつくと、

「お早うございます。見本刷りが出来ましたんで、ご覧になって下さい」

と勢いよく声をかけた。

浅井が部長のところへ持って行こうとするのに、部長は気軽く大股に浅井の机へ近づいて、

「ほう、やっぱりいいじゃないか」

と云った。

「この黄と青が、よく出ましたね」

「色もいいが君、この字が面白いよ。分りやすいし、パンチがきいているし、おまけにどこか優しくていいじゃないか」

商品名の文字は図案化して別に新鮮味はなかったのだが、広告の謳(うた)い文句の第一行だけ書き文字にしたところを、部長は指さして感心している。

小柳老人もうなずいて、

「私もそう思いました。この字は本当に面白いですな。浅井さんの筆ですか」

と訊(き)く。

「まあね」

浅井はあいまいにうなずきながら、悪い気持ではなかった。この書き文字は、実は浅井の妻である道子に書かしたものであった。十枚書かして、その中から選んだのは浅井であった。道子は初めて浅井の仕事に協力するのが嬉(うれ)しくもあり、面白くもあったらしく、さまざまな書体で書いては浅井の反応を見ていた。このポスターを持って戻ったら、道子はどんな幸福そうな笑顔を見せることだろう。部長のＯＫが出たので、それはそのまま小柳の工場の印刷にまかせることになった。

「これ、もらっていいかな」

浅井が云うと、小柳老人は、

「どうぞ、どうぞ。会社にまだありますから」

と云った。

そのとき部屋の電話が鳴りひびいた。

「浅井さん、電話です。米倉さんという方から」

「よねくら？」

聞き覚えのない苗字なので、浅井は首をかしげた。

「浅井さんが来る前に二度かかってました。女のひとです」

女で米倉となれば、ますます分らなかったが、浅井はまだ何の勘定も催促されるときではなかったので、なにげなく受話器を耳に当てた。

「浅井ですが」

——モシモシ、私、マチ子。

「へえ、米倉なんて云うから誰かと思った」

——本名は米倉路子なのよ。

「ええ？」

——ミ、チ、コ。道路の口の方の路子。でも、最初のお店にミチコというひとがいたものだから、マチ子にして、それでずっとマチ子なんです。

こういうろくでもない話から始めているのは、浅井の機嫌をとろうというつもりなのかどうか、ともかく浅井には少々迷惑な電話であった。まさか昨夜はどうして待っていなかったんだとか、別の男を連れこんだろうとか、まっ昼間にオフィスで怒鳴りつけるわけにもいかない。

「用事はなんだい」

――ご免なさい、お仕事のところへ電話なんかかけて。でも気になってしょうがなかったものだから。

「なにが」

――だって、どうして昨夜は帰って来て下さらなかったの。ひどいわ、待ちぼうけにさせるなんて。

「行ったら、締ってたんだよ」

――お店が？

「うん」

――だって一番おそくまで待ってて、鎧戸（よろいど）おろすからって云うんで帰ったんだわ。昨夜はなんだか知らないけど、お客さまがみんな早くって。

「それから行ったんだぜ」

――それから？　どこへ？　あ、私のアパート？

「分りにくいんで呆れたよ」

――やっぱり。なんだかそんな気がしたもんだから、何度もドアをあけて外を見たのよ。二時ぐらいまでそうしていたわ。悲しかったけど、本当に探したのね？

「うん。しかし、もう、いいよ」

――いや。怒らないで、今日はいらしてよ。どこにでも迎えに行くから。

「いいよ、行くから」

――お店は今夜は休むわ。新宿あたりで、どこでも浅井さんのいいところで待ってます。

マチ子の電話の声は低く細く、浅井は昨夜の彼女の囁きを思い出さないわけにはいかなかった。あなたも私も酔ってないときに、抱いてもらいたいのよ。ずっと前から、浅井さんが好きだったわ。

マチ子と時間と場所を打合せてから電話を切り、席に戻ると、小柳老人は浅井の椅子のそばに腰をおろして待っていて、

「どうです、今夜は退けてから御一緒に。うまい蟹でも喰いにいきませんか。北海道直送の店ですよ」

と、例の人なつっこい笑顔を寄せてきた。彼は美食家で、うまいもの漁(あさ)りも趣味の一つなのである。

「今日は、ちょっと早く帰らなきゃならないんですよ」

「ははあ、なるほど」

小柳老人は、したり顔でうなずくと、そのまま話は切り上げてしまい、しかし帰りがけにまた振返って、

「浅井さん、この字は本当にいけますよ。あの店のも、この字でやってはいかがですか」

と、小声で云い出した。

あの店、というのは小柳が自分の工場からまわしてよこす小売商店の宣伝用パンフレットのことである。浅井の小遣(こづか)い稼(かせ)ぎの一つであった。

「そうですね、やってみましょう」

「しつこいようですが、浅井さんの字なんですか？」

「いや、実は、女房に書かせたんですよ」

「奥さんに？　へへえ、これは驚いた」

小柳老人は本当に驚いたらしくまたあらためて、ひとしきり道子の書き文字を褒め

ちぎった。彼はやはり年齢相応に書道の方にも造詣(ぞうけい)が深いところがあるらしく、道子に伝えたらどんなに喜ぶかと思うような専門的な褒め方をした。

「そんなにうまいですかねえ、いろんな書体で書かせて、これだけ使ったんですが、やっぱり餅屋(もちや)の娘だったかな」

「え？」

「いや、父親が書家なんですよ。代々藩主の祐筆(ゆうひつ)だったとかいうんですがね」

「なるほど、いや、それで分りました。なるほど、これは有りがたい。これから書き文字だけの仕事もお願いしますよ、浅井さん」

「はあ、それほど褒めて頂けば、女房のヤツも喜んで書くでしょう」

小柳老人が帰ったあとで、浅井はあらためて机の上にポスターをひろげ、道子の筆(ひっ)蹟(せき)を眺めてみた。太いがまろやかな筆使いで、そこにはこう書かれていた。

あなたも

どうぞ

夫婦合作のポスターというのは長いグラフィック・デザイナー生活の中で、これが初めてのものであった。浅井は叮嚀(ていねい)に端から丸め外から更に一枚の紙で掩(おお)ってセロテープで止めた。道子を喜ばせるために、それを持って帰るつもりなのである。

退社の時刻がくると、浅井はそれを持ってマチ子と待ちあわせている場所へ向った。新宿の伊勢丹(いせたん)の裏にある小さな喫茶店のドアは真紅のガラスだった。押して中に入ると、マチ子が一番奥の席にこちらを向いて腰をおろしていた。珍しく羽織を着ている。

「待ったかい？」

マチ子は黙って首を振り、柔らかく微笑していた。それはまるで二人の仲がつい昨日今日始まったばかりとは思えないほど、自然で、穏やかな表情であった。浅井は向いの席に腰かけて、狭い店の中をちょっと眺めまわした。

「喫茶店なんて、久しぶりだなあ」

「お昼間、お仕事のあいさに出たりしないんですか」

「普通のサラリーマンならあるんだろうけど、僕らは滅多に喫茶店などは、ねえ」

「紅茶の方にします？　コーヒー？」

「うまかったかい、それ？」

ウエイトレスの前で、マチ子はちょっと眉(まゆ)をひそめてみせ、

「紅茶を、ね。私ももらうわ」

と云(い)った。マチ子の前のコーヒーは半分飲みかけたままになっていた。

「昨夜は本当に悲しかったのよ。恨んでいたわ」

「冗談じゃない。僕は一時間ぐらい東中野じゅう探しまわったんだぞ。終には運転手と大喧嘩(おおげんか)さ」

「分りにくいところですものね、悪かったわ。一度よく覚えてしまえば簡単なんだけど」

紅茶がくると、マチ子がしなやかな指先で角砂糖を挟(はさ)みながら訊いた。

「幾つ？」

「一つでいい」

ひどく家庭的な女なのかもしれないな、と浅井は心の中で思いながらマチ子を観察していた。薄暗い夜の酒場で見るときと、羽織姿のマチ子はどこか違って見えた。化粧も淡かったし、着物の衿(えり)も詰めていて、夜の仕事をしている女のようには見えない。しかし、たとえば道子と較(くら)べてみれば、段違いに垢(あか)ぬけした女であった。

「いや。何を見てるの」

マチ子が、ほのかに笑いながら、紅茶茶碗(ぢゃわん)を口に運んだ。

「飯は何がいい？　寿司(すし)でも喰いに行こうか？」

こんな時間に女と向いあっていて、酒がないというのは浅井にはなんとも手持無沙(ぶさ)

汰であった。女とは、よほど深い仲になってから、打合せておいていきなり待合へ入ったことはあったが、二度目でこんな精進潔斎みたいな逢引きをするのは初めての経験なのであった。奇妙な具合で、どうにも落着かない。

「あら、晩御飯の支度は私のところにしてあるのよ。私の手料理じゃ、いや?」

水商売の女というのは、ただもう金だけが目当ての、男の遊心を誘うのだけが目的で、それも銀座に十年からいて鍛えてあれば、よほどの凄腕だと思いがちなものだが、アパートの小さな台所で、白い割烹着をかけて細々と働いているマチ子を見ていると、ただ小粋な女が、惚れた男のために嬉々として生きているようにしか見えない。

六畳の和室だけの、簡単なアパートだったが、新しい建物なので空間処理がうまく出来ている。簞笥も寝具も押入の中に入ってしまっているのか、部屋はいま、まるで客間のように、かなり質のいい机が中央におかれ、縮緬の座布団が二つあるだけだった。いや、一隅に和風の大きな鏡台が、こればかりは華やかな柄の鏡台掩いをかけて置かれてあるのだけが、女の部屋だという主張をしていた。その前に、香港フラワーのバラが四輪、ブランデーグラスにさして飾ってある。花の色は赤と白と桃色が二輪だった。マチ子が花占いに使ったというのは、この花だったのだろうか。五輪あったものの中から、一つだけ花びらをちぎりとってしまったので、四輪になっているのだろうか。

この前来たときは酔っていたせいもあったし、商売女との通り一遍の浮気のつもりだったから、用をすましたらさっさと帰ったのだったし、こうゆっくり眺めまわさなかったので、今日はいろいろと気のつくことが多い。

和室だったが窓も壁も洋風に出来ていて、ガス・ストーヴに火を点けていたから、たちまち部屋の中は暖かくなった。するとマチ子は台所から出てきて、ガスの元栓を締め、電気ストーヴの方を持って来て、コンセントに差し込んだ。

「二段式なのか」

「だってガスは臭いし、すぐ頭が痛くなるでしょう？　電気なら安心だけど、早く部屋を温めるのには間にあわないのよ」

これは行届いた女だ、と思った。こういう女が本当に空家になっているものなのかどうか、近頃の銀座は不景気だというが、マチ子のような女に男がいないというのはその現象なのだろうか、と浅井はしきりと考えこんでいた。

なにしろ素面なので、ゆっくり丹次郎をきめこんでいるわけにはいかないのである。喫茶店のときと同様に、浅井は手持無沙汰なのであった。マチ子は料理に夢中になっている。

座布団を折り畳んで枕にし、浅井は細い躰を長く伸ばして寝転んでしまった。自分の家にいても、この時間なら晩酌が始まっている筈であった。

浅井は片腕をのばして、まるめて棒のようにして持っていたポスターを、外包みをとってのばしてみた。

青と黄の鮮明な色わけの右肩から、墨色の文字が、にこやかに、

あなたも

どうぞ

と、語りかけるように書かれている。配色とかな文字の位置がピタッときまって、浅井も久々の会心の作なのであった。色とかな文字に囚えられたひとの眼は、必ず近寄って何がどうぞなのか見に来る筈であり、そこで印刷活字で細々と並んだ商品宣伝文を読んでしまうという段取りである。部長が褒めたのも道理というものだ。小柳老人もお世辞を云ったとは思われなかった。

「あら、それ浅井さんのデザイン？」

マチ子がすぐ傍に来て、のぞきこんだ。

「うん」

「いいわねえ。すっきりしていて、綺麗な色ねえ。青にこういうあわせ方できるのね、黄色って」

マチ子も感心して眺めている。浅井は黙って煙草をふかしていた。

「この字も、いいわね。これ、浅井さんの字？」

「うん」

この場合、まさか妻の書いたものだと云うわけにはいかなかった。

「まあ、そうォ。浅井さんって、字もうまいのね」

「うまくなんかないよ」

「上手な字よ。だってこれ、なぞった字じゃないもの。一息に書いてるわ」

「そんなことが分るのか」

「分るわよ、そのくらい。私たちの頃は、国民学校だったんですもの。お習字ってものがあったのよ、時間割に」

「国民学校か。それじゃ君、いくつなんだい？」

「いや。今日みたいな日にきかないで」

妻の道子は浅井より四歳下だから今年は三十八歳になる筈であった。マチ子が道子よりも段違いに若いことは疑いようもないが、地味作りにしているのが却って若く見せるためのテクニックなのか、それともそれが年齢相応の装いなのか、浅井にはちょっと見当がつかない。

「お待たせしました。どうぞ」

食卓が整うと、マチ子が気取って声をかけ、浅井は起き上ったが膳の上のものを見ると目を瞠った。

豆腐のあん掛け。いかの松かさ焼。たかべの甘辛煮。いくらの大根おろし和え。三ツ葉のひたし。漬物はかぶの塩もみと紅しょうが。椀の蓋をとると、なめこの赤だしという具合だったのである。

「僕の好きなものが、どうして分ってたんだい？」

それも小料理屋のように小綺麗なつくり方でなく、素人風でどこか鄙びた盛り方なのである。

マチ子は、いかにも嬉しそうに微笑しながら、小さな声で、

「浅井さんの好みが分らないから、私の好きなものばっかり揃えてみたの。数を作れば一つぐらいはお好きなのがあるかと思って」

と云って、電気炊飯器の蓋をあけ、飯をよそい始めた。

「本当に酒は一本もないのかい？」

浅井は飯茶碗を受取りながら、なさけなさそうな声でいった。

「ええ、だって、そうしてほしいんですもの」

マチ子の声はまた一段小さかったが、かたく心を決めているらしくて、酒の用意がない筈はないのに立つ気配がない。

「驚いたなあ。いきなり飯を喰うっていうのは何年ぶりだろう？」

「そんなにいつも、お酒をお飲みになるんですか？」

「うん」

「いけないわ。三日に一度はアルコールをすっかりぬかないと、躰に毒よ」

三ツ葉のひたしを口に入れた浅井は、だしぬけに笑い出した。

「どうしたの？　なにがおかしいの？」

「君に男ができないわけが分ったよ。君みたいなひとに、男のいないわけがないと思っていたんだが、これじゃあ出来ない筈だ」

「どうしてかしら」

「そりゃそうだよ、酒飲みに、いきなり飯を出して、躰に毒だからアルコールをぬけなんて、世帯臭いことを云われたら、男は気が滅入っちまうにきまってるじゃないか」

浅井は笑い続けていたが、マチ子は黙って箸を動かしていて、

「どんなに笑われたっていいわ。浅井さんが好きで、酔ってない浅井さんに……って思ってたんですもの。明日から来なくてもいいわよ」

と、俯いたまま云うのだ。

「そんな純情なことでは君、とても銀座に十年いられる筈はないねえ」

「ええ。私、尽し過ぎちゃうんです。男の人はどうせ遊び半分なんだって自分にどんなに云いきかせても、好きな人にはこうなっちゃうの。ご免なさい。ゆるしてね」

浅井も妙な気分になってきていた。俄かに十五年ほど若くなったような気がする。子供の頃のままごと遊びなどを思い出したりしていた。

晩酌のない清潔きわまる食膳は、わさびを抜いて鮨を食べるのに似ていたが、浅井の食欲はそれで衰えたわけではなかった。魚の煮つけも砂糖味が少なかったし、豆腐のあん掛けに至っては味つけが淡泊で実に旨かった。久々で家庭料理を食べたように思い、むやみと牛肉ばかり食べさせたがる道子のことを思い出した。それはいつも婦人雑誌がのせている「夫のためのスタミナ料理」の献立なのであった。

浅井よりも一時代も二時代も前の男たちならば、吉原の高級な遊び方について多少の知識なり経験なりを持っていたに違いなかったが、浅井にはいわゆる「お床入り」

という言葉は聞き知っていても、実際にそうした雅やかな匂いのある行事には出会したことがなかった。

食後の後片付をしてからマチ子が床を敷き延べる様子を見守りながら、浅井は部屋の隅でいとも不粋に膝を抱いて煙草をふかしていたのだったが、部屋についている洋式のバス・トイレを使って戻ってくると、マチ子はもう淡色ぼかしの縮緬の寝巻姿で、浅井のためには、

「私のですけど」

と、糊を落したような浴衣をひろげて背中から着せかけた。

いよいよ丹次郎だと半分は苦笑しながらも、半分は現代にまだこういう色気が残っていたものかと嬉しくて、浅井は肌をあわせてきたマチ子を力強くひきよせていた。あの酔った夜には気がつかなかったが、マチ子の肌はしなやかで、まるで全身にうっすらと汗がにじみ出ているかと思われるように快かった。触れた瞬間が冷たくて、それがすぐ熱くなる。面白い女だと思った。枕もとのスタンドはつけたままだったが、マチ子はかたく眼を瞑ったままで、浅井のするままにまかせていた。躰もしなやかだったが、息使いも動きも激しくはなかった。ごく自然に、そして作為的な声をあげるというようなことはなかった。それが浅井には、ひどく新鮮なものに思える。

四十歳近くなった妻の道子と、つい比較しないわけにはいかないのだった。十五年の結婚生活で馴れきっている一方で、浅井の浮気が原因してかそれ以来というもの道子の閨はかなり積極的なものになっていた。浅井は今は他に惚れている女がいないから、そういう妻を決してうとましくは思っていないし、道子が年齢より若く見えるとひとから褒められると、悪い気はしない。

しかし、にもかかわらず、マチ子の静かな受身でいる姿態は好ましかったし、彼女がかすかに深い息を吐いただけで、道子が声を立てるとき以上に浅井は興奮した。

浅井が躰を離すときも、マチ子は追う様子を見せずに静かに目を瞑って、ときどき肩を動かして呼吸していた。

枕許には浅井の煙草とマッチと灰皿が用意してあった。浅井は火を点け一服し、深く吸って煙を吐いた。うまい、二服目の煙は、わざとマチ子の寝顔に軽く吹きつけた。気配でうっすらと眼をあけたマチ子は、眩いように眉をひそめて、うっすらと笑った。

「お酒、ほしいんでしょ、あなた、でも、もうちょっと待ってね」

躰に残っている興奮を惜しんでいるのか、鎮めているのか、浅井には分らなかったが、いずれにせよ、そういう女を煙草を吸いながら眺めているのは、いかにも色男然として、浅井は悪い気持ではなかった。

しかし、しばらくするとマチ子は滑るようにして夜具から出て、鏡台の前に横坐り(よこずわ)りすると、かなりものうそうに髪に櫛(くし)をあてた。さっきまで台所でこまめに働いていたときとは、これもまた人が違ったようであった。

マチ子の髪は長く腰まであって、パーマネントはかかってなかった。かなり細い毛で、漆黒というよりは茶がかって見えたが、今流行のヘア・ダイ（毛染め）を使っているのではない。マチ子は鏡台の前で、随分長い間繰返し繰返し櫛の目を通していたが、そのうちに坐り直したと思うと見るまにキリキリと、ひっつめのいつもの髪型に結い上っていた。

「うまいものだね」

まだ布団(ふとん)の中で寝そべりながら一部始終を見物していた浅井は思わず声をかけた。

「もう五年もこのスタイルですもの」

振向いたマチ子は、いつものマチ子に戻っていた。

「浅井さん、日本酒がいい？　ウイスキーがいい？」

「飯のあとだから、ウイスキーにしようかな」

「タンサンがないのよ。水割りで我慢して下さいね」

「うん」

手早く用意して盆のまま浅井の枕許におき、コップ二つに水割りを等量に作ってから、

「もう起きてよ、浅井さん」

と云うのだ。

「なぜだい」

「だって、お布団しいてるところじゃ、なんだかだらしなくて、いやだわ」

浅井は半身を起して、黙って一杯だけ飲んだが、マチ子は自分も一口、二口ウイスキーをすってから、浅井のシャツや肌着、靴下まで、いつの間にか身につけさせてしまい、

「酒の味が分らなくなるじゃないか」

と、浅井が文句を云っても、わざと知らないふりをして、さっさと寝具を片付けてしまった。

浅井の方も、ぶつぶつ云ってはいても、決して不愉快ではなかった。もう昔の精力は減退していたから、一度で片付けてもらえれば安心して飲めるというものである。それに、食欲も性欲も満足したあとの躰は、アルコールを実に健康に受止めていた。

飲んだものが、躰の隅々まで快適にしみわたる。

浅井が、三杯目のコップを手にする頃、マチ子は二杯目を飲み終って、よろよろしながら着更え(きがえ)を始めた。先刻の縮緬(ちりめん)の寝巻から、青い和服に着替えるまでに、マチ子は幾度もふらついたが、浅井はそれを少し酔いのまわりかかった眼で、楽しく可笑(おか)しく眺めていた。

「おいおい、大丈夫か。ふらふらしてるじゃないか」

「大丈夫よ、酔ってこうなってるわけじゃないんですもの」

「酔っていないで、どうしてだよ」

「云わせたいの」

「ああ、聞きたいね」

「悪いひと」

着替え終ると、胡坐(あぐら)をかいている浅井の膝に手を置いて、浅井の飲み残しをぐいと空け、

「おいしい」

と云った。

「君も酒飲みなんだね」

「ううん、お店で飲むのはちっともおいしくないのよ。どうしても職業意識ってものが働いちゃうのね。それに……」

「それに？」

「今夜は、おいしいわよ。だって、そうでしょう」

後では、アルコールのまわり方も早いのだろうか、強いはずのマチ子が、かなり酔っている。浅井は抱き寄せて、マチ子の唇を吸いながら、しかし頭の隅の方で、過去の恋愛と較べて、これは確かに浮気だ、浮気というものだ、と思っていた。その何よりの証拠には、マチ子と一生を共にしたいなどという願望は、彼には一片たりともないのであった。純情な女だと思い、銀座には珍しい女だと思っても、所詮はそういうところにいる女なのだという幽かだが、しかしかなりはっきりした蔑視が心の底の底にはある。この女と、これから長く関係が続いたとしても、妻の道子が髪を逆立てるような「事件」はもはや決して起らないだろう。

その安心が前提にあって、その範囲の中で浅井は今、実に充ち足りていた。

「ねえ」

マチ子が、酔って、浅井の腕の中で猫のように柔らかく動きながら云った。

「ときどき、こうして会ってほしいわ」

「うん、後で飲めるんだったら、いつだって来るよ。だけど、酔ったときじゃ、どうしていやなんだい？」

「あたし、浅井さんの子供を産みたいの」

「えッ？」

浅井は驚いた。一瞬に酔いもさめようと云うものである。

「大丈夫よ。何も迷惑かけないわ、私生児として届けるわ。お金もほしいなんて云わないわ。ただ、浅井さんの子供を産みたいの」

マチ子の発言は、かなり重大なものだと云わなければならなかった。水商売の女が、子供を産みたいという。それも、あなたの子供がほしいのだという。だから酒の気のないときに、厳粛な「お床入り」をしたのだという。まったく、そうきいてから考えてみれば、あのときのマチ子は厳粛そのものだったという気がする。

「本気でそんなことを考えてるのかい？」

「そうよ。本気よ。ずっと前から考えていて、もう思い詰めていたんだわ」

「子供を産んで、どうするんだ」

「育てるわ、私が」

「どうやって育てるんだい」

「私だって少しは貯金があるし、学校へ上るまで親類に預けたっていいし」

「僕は、いやだよ」

「どうして。なんにも迷惑かけないのよ。結婚してなんて、決して云わないわ。悲しいけど、分は知ってるわ。お金目当てじゃないことは、分ってるでしょう？　私が嫌いなの？」

「嫌いなわけないじゃないか。君みたいな、いい女に今頃出会うなんてことは考えてもいなかったから驚いてるくらいだ。昨夜は逆上して、このアパートを探していたんだから」

「だったら、子供を産むの、嫌だなんて云わないで。うませてよ、作らせてよ。お願いだわ」

「生れて来る子の方を考えてみろよ。父親のない子なんて、可哀そうじゃないか」

「ええ、それは私も父なし児だったから知ってます。でも、母親だけでも子供は育つわ。バー勤めをしている女だから、まともな結婚はもう出来ないって諦めているけれど、子供だけは産んでおきたいのよ。いいでしょう？　あなたにも、あなたのおうちにも、決して迷惑は、かけないから」

「そんなに子供って欲しいものかなあ」

「三十に近くなると、あせるのね。でも、つまらない男とどうかなって産むのは嫌で、だからずっと浅井さんならって思ってたのよ。この前、送っていこうかって云われたときは、だから本当に嬉しかったわ」

「子供か」

浅井は、自分でウイスキーを入れ、かなり濃い水割りを作ってから、ぐいと一息飲んでから、考えこんだ。

「浅井さんは子供さん何人いるの？」

「それが、一人もないんだよ」

「えッ？」

今度はマチ子が驚愕した。その驚き方は唯ならなかった。まるで両眼が飛び出たようになり、両手は空を掻いて、全身全霊で意外なことを知ったという絶望と落胆が同時に襲いかかったように取乱した。

「女房の方に、欠陥があるらしいんだ」

「どうして？　あなたの方は大丈夫なの？」

結婚後四年目、浅井が最初の恋愛をしたとき、妻の道子は半狂乱になって浅井の子供を産もうとあせったことがあった。産婦人科医のところへ内診を受けにいき、それから浅井の精液をビタミン剤の容器にとって、やはり産科の医者の検査に持って行った。最初のときは量が足りなかったといって、浅井はもう一度奇妙な恰好で、実に不自然きわまる方法で精液を小瓶へ放射したものであった。

今、マチ子の激しい質問に出会して、浅井はそういうことがあったのを告白しないわけにはいかなかった。

「奥さんは、それじゃ不妊症だっていうわけなのね」

「医者は、まったく希望がないわけじゃないと云ったそうだけどね」

「じゃ、ひょっとすると浅井さんの方も、弱いんじゃないかしら」

「弱かったかい？」

「あら、そういう意味じゃないのよ。あたし、あなたの貰っていって人工授精にしようかしら」

「そんなことしなくたって妊娠できるよ」

「いやに確信ありげね」

「うん、女房以外のが妊娠したことがある」

「まあ」

「安心したろう」

「真面目な人だと思っていたのに、浅井さんも隅におけないのね。でも仕方がないわね、それだけ魅力があるんだから。それで、その妊娠したひと、どうしたの」

「おろしたさ、素人だからね、それから、さっさと結婚してしまった」

「まあ、あなたを捨てて」

「うん」

「近頃は素人のひとの方が大胆なのよねえ」

マチ子は、浅井に一杯と自分にもウイスキーをついで、口へ運びながら、もう落着きを取戻していた。

浅井の話は、しかし半分は嘘であった。道子に子供がないのは本当だが、彼が妊娠させたのは、あの二人の娘たちではなくて、三番目の恋愛のとき、相手は人妻だった。

それは、まったくの火遊びに似ていた、と今にして思う。面白さという意味では、最初の処女であった二人より、彼女は肉体も成熟していたし、何より一盗二婢のたとえ通り、男には最高のスリルだった。二人の逢引きは必ず白昼に限られ、そして一度だけ彼女が実家に帰ると偽って家を出て、都心のホテルで三日を抱きあって過した。夫には二号がいて、彼女は何年も指一本触れられたことがないのだと云っていた。自分にはあなた一人しかないのに、と云って、浅井に妻のいることを嫉妬し、床の中では狂うように夢中になった。

その彼女が、妊娠したのであった。どうしても産むと云いはり、そのために離婚するから、あなたも別れてほしいと迫られ、浅井はそのときほど女の怖ろしさを悟ったことはなかった。

結果は、浅井が三十六計を案じた末に、逃げたのである。どっちの子供か分るものかと捨台詞を云うと、女は眼を吊上げて、あなたがそんな卑怯な男だとは思わなかったと云った。

あれからもう四年になる。あの女はどうしたろうか、と浅井は思った。別れる頃、女はもう悪阻が始まっていて、それだけに二人の別れ話は惨憺たるものになった。彼女が妊娠五カ月のときに会ったのが最後で、もう堕胎もできない時期に来ていると云っていたのだから、離婚して実家に帰って産んだのでもあろうか。あのときの、あの真剣な様子からは、彼女の夫の胤だとは今になっても考えることができない。

しかし、考えてみると浅井には、つまりまだ一度も顔を見たことのない子供が、この世に一人はいるというわけであった。そう思うと、奇妙なほど、その子供が懐かしいものになってきた。

「それじゃ奥さんも可哀そうねえ。浅井さんは子供がほしいと思ったことは、ないの？」

「そりゃ、あるよ。しかし貰い子をすることもないし、女房ももうじき四十だから、まあ二人とも諦めてるところだな」

「自分の子供の顔を見てみたいとは思わない？」

「それは、思うなあ」

しみじみとした口調になったのは、別れた人妻の産んだ子のことを、もう一度思い出したからであったが、マチ子の方では、一層身をすりよせてきて、

「ねえ、だから私が産んでも、いいでしょう？　ね、迷惑かけないわよ。結婚してなんていわないし、子供の認知もしてくれなくていいわ。私の弟夫婦の籍に入れて、私が貰い子するという表向きにすることも考えているのよ。ねえ、いいと云って」

「しかし、それじゃあ、いかにも僕が無責任みたいじゃないか」

「いいのよ、私が浅井さんを好きなんですもの。さんざ苦労した末に、浅井さんなら欲得ぬきで愛せると思いこんだのよ」

「マチ子！」

浅井は抱き寄せると、その場でマチ子の胸をさぐり、荒々しく裾を彼の足で割った。

「ああ」

マチ子は身をよじって避けようとし、避けられないと知ると、帯を解き、伊達締をゆるめて、浅井のするにまかせた。

「マチ子！」

「ああ、いいのね、産んで」

「うん、産め！　僕の子供を産め！」

「嬉しい。子供が欲しいの。浅井さんの子供が欲しかったの」

酒の勢いを借りたといっても、一夜の回数が浅井には珍しいほどであった。一昨夜ここから帰った朝は道子を抱いたのを思い出し、浅井は自分の体力に自信を取戻していた。水商売の女に、これだけ惚れられているのかという喜びも、もちろんあったが、その自信回復は何より嬉しかった。

夜更けて、浅井は家へ帰った。マチ子は引止めなかったし、すねて見せる様子もなく、あんなに子供がほしいと云いはったのに、あっさりと送り出した。

タクシーで、ほんの五分で着いた我が家の、「書道指南」の看板の下にあるベルを押すと、すぐ玄関に明りがついて道子が戸をあけた。

「お帰りなさい」

着物に伊達締で、まるで芝居の中で芸者が家で羽織っているような粋な矢羽の半纏を着ている。御叮嚀に黒繻子の衿がかかっているのだ。色っぽく見えるといわれているものは、なるべく身につけるようにしているのが道子の生活方針——夫に家庭を忘れさせないための——ものなのであった。

うたた寝をしていた様子は、はれぼったい瞼で分ったが、夫の帰宅以前には布団で寝ないというのも彼女の方針の一つなのである。妻というものは、いつでも、機嫌よく、どんなに帰宅時間がおそくても文句を云わずに迎え入れなければいけない、と道子はかたく信じていた。濃い化粧も、だから少しも落してはいない。

「おみやげだよ」

「あら、何かしら」

珍しいことなので、道子は驚き、ポスターをひろげたときの喜び方は大層なものであった。

「まあ、あなた」

「夫婦合作のポスターだ」

「本当ね、まあ」

「あなた、こちらの方が怒りたくなるほど遅いのよ」

「あたり前だ。何時だと思ってるんだ」

「あら、そんなに酔ってるの？」

「これだけ酔ってるのに、入れると思うのか、馬鹿野郎」

もうはいって来た、と危うく云いかけて、浅井はてれかくしに怒鳴りつけた。

「いいよ」

と道子が訊く。

「あなた、お風呂は」

ンと脱ぎ外していると、
ろで着たり脱いだり二度した手間で、また背広、ネクタイ、ワイシャツ、カフスボタ
しかし浅井は、疲労と酒の酔いが出ていて一刻も早く眠りたかった。マチ子のとこ
と云いながらも、道子はまるで転げまわりたいほど喜んでいる。

「いやだわ、恥ずかしいわ」

「うん」

「あら私が書いたって仰言ったの？」

「評判がいいんだぞ。小柳さんも、うまい字ですねえと、しきりに褒めていた」

道子は噴き出して、完全にごまかされた。

浅井がダブルベッドの中に倒れるようにして眠ってしまったあと、道子は茶の間に戻ってもう一度ポスターをひろげてみた。

　あなたも

　　どうぞ

道子の頰がふくらみ、喜びが微笑するだけではものたりなくなっていた。

「あなたも、どうぞ」

道子は口に出して呟き、それから立上り、伊達締をほどきながら風呂場へ歩き出した。どんな夜でも、道子は入浴を欠かしたことがない。浅井の帰宅時間がきまっていないので、その日の稽古に来る人数や、稽古時間によって、夕方入浴してしまうこともあれば、今夜のように待ちくたびれながらも浅井に新湯を使わせたいと思っていることもある。

それに今夜は、浅井に対して、道子の方も報告したいことがあった。習字の稽古に来ている一人の口ききで、道子も都心に教室が一つ出来そうなのである。

それはある婦人団体が、習字と活け花と茶の湯をまとめて会員制で稽古をするグループを作ろうとしていて、そちらからの勧誘だった。道子は自分の実家の家柄や、戦前に父親が開いていた書道塾について、かなり誇張して弟子たちに喋(しゃべ)ってあったので、それがかなり利(き)いていたらしい。

営業的なことを考えれば、そろそろ権威ある展覧会にも出品したい頃であった。弟子を殖やすためにも、都心へ出るのにも、そういう箔(はく)は必要というものである。実は、展覧会については、そろそろ準備はし始めていた。秋の日展の審査が、十月中旬には受付けを開始する。

風呂場の入口で、道子は半纏と着物を重ねたまま脱ぎ、全裸になると同時に、頭に大きなビニールの袋をかぶった。折角セットしてある髪が、風呂の湯気に当って台なしにならない用心が、この珍妙な風習を産むに到(いた)った。近ごろの女湯では、女たちの大半がそういうものをかぶっている。

風呂の蓋(ふた)をとり、湯が少しぬるいのに気がつくと、ガスに火をつけてから、道子は全裸のままで屈伸体操を始めた。入浴前の美容体操は血行をよくする上に、大層効果があるという知識は、近頃の家庭の主婦ならば誰でも持っていることだ。テレビでも週刊誌でも、何十年となく美容体操を続けた結果、まるで息子とは姉と弟のように見られるという実物見本つきのその道のベテランが顔を出して、若さを保つ秘訣(ひけつ)のあれこれを述べたてている。中年の贅肉(ぜいにく)をとるための体操。首を細くするための体操。胸の肉を盛上げるための体操。二の腕を細くするための体操。風呂桶に摑まって、全裸で脚を上げたり、腕を振りまわしたりしている道子は、真剣そのものであった。

美容体操が終る頃、湯は少し熱くなりすぎていたので、道子は慌てて水を足した。あまり熱い湯は、肌を早く老いさせる、という常識もまた婦人雑誌が彼女に与えたものなのである。

ようやく湯舟に全身を浸してから、道子はクレンジング・クリームで顔の化粧を落し、湯でしぼったタオルで拭い、栄養クリームで幾度も幾度も顔をマッサージした。眼の下の皮膚に一番早く老化現象が現われるから、そこは最も慎重に叮嚀にやらなければいけない。額の皺をとるためのマッサージ。眼尻の皺をとるためのマッサージ。耳から首筋にかけて、最も老けやすい肌に刺戟を与えるマッサージ。頬を、いつまでも若々しく豊かに保つためのマッサージ。

たえまなく指先を動かして美顔術を終えると、道子は浴槽から出て蜂蜜入りの特製石鹼をよく泡立てながら全身を洗い、何杯も湯をかけて流してから、もう一度湯の中に沈んだ。

そろそろ睡くなっているのだが、ここが最後の仕上げだから、いやでも落着いて充分あたたまっていなければいけない。

金だらいにスキン・オイルを数滴落し、湯を注ぎ入れると白濁した液体が出来た。湯舟から出た道子は、それを全身に隈なくすりつける。肌をしなやかにさせるために、皮膚にうるおいをもたせるために、いつまでも若い躰でいて夫を喜ばせることのできるように、ある化粧品会社が鳴物入りで宣伝している商品なのであった。大層高価なものだったが、使ってみるとそれだけの効果はあるように思われた。要するに顔にクリームを塗るのと同じ理屈で、他の皮膚にも油をつけてカサカサになるのを防ぐものなのである。

美容食というものも、道子は実行していた。醜い中年肥りになるのを防ぐためには、野菜を主とした献立が必要である。夫のためには精力を増進させるスタミナ料理を作りながら、道子自身は空腹に耐えて生野菜を齧り、石鹸臭いのに辟易しながらチーズを食べている。肉も魚も脂身はさけているのだから、外側から油をすりこまなければならなくなるのも理屈として筋が通っている。

高価な化粧品は、原価はしれていて、どこの会社のものも大した差のあるわけはないのだが、明らかに違うのは香料であった。高い石鹸、高いローション、高いクリーム、高いスキン・オイル、これらの香りは、夜のムードを作るために、昔の娼婦たちが惜しげもなく金を払って買ったものであったが、公娼の廃止された文化国家日本では、家庭の主婦たちが恥じらいもせずに買い求めている。若い女性を対象とした週刊誌も、家庭の主婦向けの月刊誌も、そうしたムードを煽(あお)りたてるばかりだ。夜の身支度万端ととのえて道子が寝室に戻っても、浅井は眼をさますわけではなかったし、道子もまさか揺さぶり起すほどの悪妻ではなかった。寝室は温かかった。それは決して、道子が湯上りだからではない。この部屋にはアメリカ製の電気暖房器がすえつけてあるので、真冬でも掛けて寝るのは薄い化繊綿入りの掛布団で足りた。

道子は鏡台の前に立って顔と手にナイト・クリームをたっぷりぬりつけると、そのままの姿勢で半纏と着物を脱いで隅の脱衣籠(かご)に突っこみ、急いでネグリジェと着替えた。脱いだものを、きっちり畳むにはもう時間が遅すぎたし、このピンクの色彩でむせ返るような部屋には、なにか自堕落な雰囲気があって、脱いだものがそのまま積んであっても決して不自然には見えなかった。

しかし何よりも、道子のネグリジェは壮観だった。それは真紅のナイロンで、デパートの特選売場で買ったばかりのアメリカ製品である。身頃の部分は不透明のトリコットと透明のトリコットの二重になっているが、腕は付け根から透けて見える。胸ぐりは大きくて、乳首がようやく隠れている程度であった。

さすがの道子も、この強烈なネグリジェを着るのには買って以来ずっとためらってきたものであったのだが、今夜は何か心に決意するところあるように、思いきって着てみたのである。明日の朝、目をさました夫は、どんなに吃驚するだろうか。明日はこのままの姿で、夫が目をさますまで寝ていようか、どうしようかと、道子は楽しく迷いながら、ベッドの中に滑りこんだ。

酒臭い夫の体臭には馴れた妻であった。ダブルベッドの中央に眠り痴けている浅井を、徐々に押しやりながら、道子は明日の朝はやはり、いつものように早く起きて化粧して夫の寝起きを待つべきかと、道子はもう一度迷いながら、眼を閉じた。

あなたも

どうぞ

瞼の裏に、ポスターの文字が、くっきりと浮ぶ。それは新しい教室と、つまり道子の初の出張教授と、展覧会出品との夢に、拍車をかけるのに似ていた。襲いかかる睡魔に身を委ねながら、道子の喜びは押えきれなくて、熟睡している夫に抱きつかずにはいられなかった。

「うーむ」

浅井が、寝返りを打ち、続いて口の中で寝言を云った。

「子供か。いいな」

道子の耳は、敏くもこの二言を逃さなかった。眠りかけていた彼女の眼は大きく瞠かれ、恐怖と猜疑の入り混った視線で、いつまでも正体なく眠り痴けている夫の横顔を見守っていた。

どんな気持からであっても、男と女が一度でも肌を合わせたら、それから後は逢う度に、心も躰も深まっていく。それは倦きるときまで深められ、ものなれた男でも女でも、それを愛が深まる状態だと誤解しがちである。浅井とマチ子の場合も、まったく同じ経路を辿った。

あなたの子供を産みたいと云われたときには吃驚したし、警戒心も持たないわけではなかったのだが、その後マチ子は忘れたようにそんなことはけぶりにも出さず、却って浅井の方が自分の子供というものについて考えこんでしまっていた。

四年前のあの女が子供を産んでいたとしたら、今年その子はもう満三歳になっている筈であった。あのときは女の迫り方が異常で、浅井の方はもともと人妻との火遊びのつもりだったから、逃げの一手しか考えなかったが、しかし今になって落着いて考えてみると、何か惜しいことをしてしまったような気がする。

気性が激しく、贅沢というものに馴れた女で、浅井には今となっても彼女を妻とする気を起さなかった自分を賢明だったと思っているのだが、しかし火遊びの思い出は、やはり鮮明に記憶の中に灼きついている。あの女——千鶴子といったが、その後どうしているのだろう。夫は事業家で、芸者を二号にして囲えるほど財力のある男だったが、千鶴子は美貌を望まれて結婚したらしく、実家が金持らしい様子はなかった。まして他人の子を妊って離婚ということになれば、夫から金をとれる道理がない。生活に困っているだろうか。それとも、マチ子のようにバーにでも出て働きながら子供を育ててでもいるのだろうか。それならば、やはり自分は男として、冷酷なことをしてしまったことになると、浅井は幽かに自責の念にかられていた。あのとき自分のとった態度は、どうみても卑怯この上なかった。今更になって、子供のことが気になるというのも、未練たらしくて男々しいこととは思えない。

しかし子供は、いるものならばどんな子か顔を見てみたいものだ、と浅井はやはり思うのであった。もしもその父子対面が実現したとしたら、さぞかし奇妙なものであろうとも思う。

四十二歳という自分の年齢を、浅井はあらためて思い起していた。妻の道子に対して、浅井は今は何一つ不足を持っていない。間に事件があったにしても十余年の間に彼はすっかり道子との暮しに馴らされていた。マチ子がどんなに気がつく女だといっても、彼女を妻とする考えは毛頭も浮ばなかった。なんといってもバーの女はバーの女だ。道子は、どんなに化粧しても、どんなに凄いネグリジェを着たところで、彼女の躰が知っているのは浅井という男一人だけの筈であった。この満足感が、何よりも浅井に道子と水商売の女たちを明確に区別させていた。

「浅井さん」

名を呼ばれて、感慨にふけっていた浅井は我に返った。

「やあ、小柳さん」

小柳老人は、もう春だというのに、分厚い外套を着たまま、暖房のきいた部屋の中でもそのままの恰好で、浅井のすすめる椅子に腰をおろした。午後であったが、陽はまだ高く、二人は浅井の会社の宣伝部の部屋の中にいるのであった。

「随分しばらくでしたね、小柳さん」

「はあ。このところ忙しくて」

「こないだのあれ、どうでした」

いつものアルバイトの収入が届かないので浅井の方ではそれとなく催促したつもりである。最初の夜こそマチ子は金を受取らなかったが、その後、浅井はマチ子に青い着物を買ってやったり、帯を帯締と添えて買ってやったり、何かと金がかかるようになっている。

「そのことで、御相談もあってね。いかがですか、今夜。お渡しするものも用意していますよ」

会社には内密の、裏での稼ぎだから、この白昼のオフィスで堂々と受取るわけにはいかない。

「そうですか、うかがいます」

「六本木ですが、ちょっとした店を見つけました。なかなかオツな料理を出すところで、こぢんまりしていましてね。小座敷は二つばかりの小さなところですが、そこでお待ちしていましょう」

「六本木とはまた、変った方角ですね」

「そりゃ浅井さん、私どもも流行には敏感でなくてはならない商売ですからね」

「小柳さんが六本木族とは知らなかったな」

二人は声を合わせて笑った。六本木も、一頃の騒がれた盛りの時期からは少し外れているのであったが、小柳老人には浅井の冷やかしが満更でないらしく、童顔をほころばせてしばらくにこにこしていたが、やがて身をのり出して話題を変えた。

「奥さんの字、どこでも評判がいいですよ」

「そうですか、本人もだんだん鼻が高くなって来ましてねえ」

「一度、私もご馳走しなければいけませんな」

「それは大喜びしますよ」

「今夜、ご一緒に、どうですか」

「そうですか、しかし……」

「あ、計算は別です。分ってます。金の話は一切しません」

小柳老人の呑み込みの早いのには、怖れ入ってしまう。

「ちょっと電話かけて、ヤツの都合もきいてみないと……」

「お宅ですか」

「いや、それが、今日は教室なんですよ」

浅井は半ばてれながら、しかし半ば誇らしげに云った。

「教室？」

案の定、小柳老人が問い返してきた。浅井は手短かに、道子が週に二度、都心にある稽古場で書道を教えていることを話した。

「それは大したものですな。浅井さんも、それでは左うちわでしょう」

「まさかそこまではいきませんがね、しかし弟子の数は馬鹿にならないようですな。BGが、わんさと押し寄せるらしいですよ」

「そんな偉い先生では、安直にパンフレットの宣伝用の字など頼めなくなりますねえ」

「本人も鼻高々で、日展を通ったら、もう書いてあげないわよ、なんて生意気なことを云っていますよ」

「日展ですか」

「なに、通りゃしませんよ。通ったところで亭主の僕が書かせる分に文句は云わせません」

「亭主関白ですか、浅井さんは」

「まあ威張ってる方でしょうね」

「あんまり悪いことをして来なかったんですな」

「え？」

浅井が驚いたところで、小柳老人は眼の奥で小さく笑いながら云った。

「そんなことはないでしょう。それほど浅井さんは人が悪くない筈だ。第一、あなた、もてるじゃないですか」

「どうも小柳さんには何もかもお見通しみたいな気がするな」

「分りますよ、私には。これまでに二度や三度は悪事が露見している筈ですよ、どうです？」

「ずばり、ですよ。しかし」

「…………？」

「だんだんこちらも智恵(ちえ)がついてきましたからね、一時ほどは女房が怖くはなくなってきましたね」

「いやいや御油断めされるな。女というものは、端倪(たんげい)すべからざるところがありますからな」

「だんだん電話をかけにくくなりますよ。もう、やめましょうや。二人で飲みましょうよ、小柳さん」

「いやいや、それとこれを話していい場合と悪い場合の心得はありますよ。是非おめにかかってごちそうさせて下さい」

「そうですか。それではともかく電話をかけてみましょう」

東京駅前のオフィス街にあるビルに電話すると、道子の教室にすぐ繋がり、浅井の云い方にすぐそれと察したものか「先生、お電話ですけど。あの、御主人さまから」と取り次ぐものの声が聞えた。

——はいはい。

「道子か」

——どうなさったの、あなた。

浅井が教室に電話をかけるときは、あらかじめ前の日か朝のうちに約束して、浅井の月給日と道子の月謝納入日のどちらかのあと、どこかで落合って一緒に食事をしてから帰るという新しい生活様式が道子の教室開き以来できているのであったが、なんの約束もないときに突然こういう時間にかかったのは初めてなので、道子は驚いたらしかった。

「小柳さんが今会社にみえてね、晩御飯を一緒にどうかと云って下さってるんだがね」

——小柳さんって、あの美術印刷の社長さんですか？

「そうだよ。君の字のファンらしいよ」

——字だなんて。あなた、書(しょ)と云って頂きたいわ。

「分ったよ。それで、どうだい、都合は」

——今日は遅い日なんです。七時にならなければ終らないわ。それから飛んで行きますけど、いけません？

「七時か、それは遅いなあ」

——だって、あなた方はどうせお酒なんでしょう？　それまでチビリチビリとやりながら、待ってて下さってもいいでしょう？　ね？

道子は小柳社長の招待と、思いがけない夫からの電話で有頂天になっているらしく、自分の都合はやりくり出来ないのに、参加することに対しては積極的だった。

道子の声は聞えていない筈だったが、小柳は様子でそれと察したらしく、

「お待ちしますよ、いいじゃないですか、浅井さん」

と横合から口を出し、六本木の店の名と電話番号を手早く紙片に書いて渡した。

電話を切ってから、浅井がふと気付いて小柳の顔を見ると、彼の小さな眼が相変らず奥の方で笑っている。

「あの様子では浅井さん、相当あなたも首根っこを押えられたことがあるようですな」

「小柳さんに会っちゃかなわないな。そんなに見えますか？　弱ったな」

「いや、私などは、もっとひどいものです。家に帰れば下宿人ですよ。なにしろ実績が実績で」

「小柳さんが？　信じられないなあ」

「女房というものは、私どものようになれば苔むしてますからね。何を云ってもビクともしませんや」

「しかし小柳さんは明治生れでしょう？　奥さんも当然……」

「明治の女は、あなた、強いのなんのって。なんですな、今の女が強くなったなんていったって、近頃の若いものは我慢てものをしないから、その分だけ凄みが足りませんよ。うちの家内なんぞは私が女をつくったって、幾晩も帰らなかったからって、一度も文句を云ったことがないです」

「それは妻として理想のタイプじゃないですか」

「とんでもない、ぶきみといって、あんなぶきみなものはありゃしませんよ」

退社時刻の間際に、浅井の机の傍の電話が鳴り、受話器をとると聴きなれたマチ子の声で、

――浅井さんをお願いします。

「ああ、俺だ」

――あら、マチ子です。

「分ってるよ。なんだい？」

マチ子はしばらく黙っていたが、

――今夜、帰りに寄って下さらない？

「今夜は駄目なんだよ」

――どんなに晩くなっても、いいんだけど。アパートの方へ寄ってほしいわ。

「それが駄目なんだ」

――どうして？

「家で客をすることになってるんだよ」

――ああ、それじゃあ駄目ね。いいわ。

あっさり電話を切ろうとするので、浅井の方から用件を訊きただすことになった。

「なんだい？　どうしたんだい？」

――うん、でも、いいわ。

「急用なのか？」

——いいえ、ただ、会いたかったのよ。

「明日、行くよ。いいだろう？」

——ええ。お店の方？

「どっちでもいいよ」

——それじゃ、私の手料理にする？

「休んでも、いいのかい？」

——ええ、今日も休むつもりだったんだけど、二日続けて休むと何か云われるから、出ます。

「変だな。どうかしたのかい？」

——ええ、具合が悪いのよ。

「風邪かい？」

——そう、かも。

「じゃ、大事にして寝ていなさい。明日、寄るよ」

——六時くらい？

「そうだな。早くて、そのくらいだ」

——じゃ、お待ちしています。

電話を切ってから、浅井は爽やかな顔つきで会社を出た。外には春の突風が吹きまくっていて、銀座の夜の勤めに出て来た女たちがめくれる裾を気にしながら足早く歩いていた。マチ子も風邪さえひいてなければ、こういう女たちの群れの中を歩いている筈の時間だった。そう思うと、浅井は自分の歩き方が、一段と颯爽としているように思えてくる。今日は妻と共に友と語り、明日は自分に惚れぬいている女のところへ夕方から出かけるのだ。家庭も円満なら、艶福にも恵まれ、しかも小柳と組んだ商売も繁昌している。会社でも、近頃の浅井のハッスルぶりには部内でも目を瞠っている者が多いのだった。女を持つのは男の甲斐性のバロメーターだというのは、ここのところを云うのではないだろうか、と、浅井はまったく悪い気持がしない。いや、青年期を過ぎた自分に、再びこんな意気軒昂のときが実現しようとは、彼には思いもかけなかった。

六本木というところは、浅井のような中年者の畑ではなかったから、タクシーで小柳に云われた通りの目標まで来て街に降り立つとどの方角に何があるのかさっぱり見当がつかなくて、もし小柳から地図を渡されていなかったら、とても小料理屋の「ことぶき」などという店を見つけることはできなかっただろうと思われた。店に入るとき、道子はここを一人で見つけ出すことができるだろうかと、ちょっと心配になった。

それにしても六本木と小柳老人では、新宿のヌードスタジオより不似合だと思っていたが、その六本木に「ことぶき」という名前の小料理屋があるというのが不思議だった。小さな入口で、紺に店の名を白く抜いた暖簾がかかり、何もかも純日本風に出来ている。その小径の両側に英語と片仮名でわめき立てているような街の中で、よくも目立たないこの店を見つけ出すことができたものだと、浅井は小柳老人の特殊な嗅覚に敬意をこめて、暖簾をくぐった。

店の中もまた、水を打ったように静かだった。表の陽気と較べて、暖房がききすぎていないのも快かった。

「いらっしゃいませ」

若すぎない女中が、久留米絣の着物を着ていて、頭を下げた。かといって、店の作りは決して民芸風ではない。わざと泥臭さを売物にしているような店を小柳老人は好まなかった。

「小柳さんと約束して来たんだが」

「はい、おいでになっていらっしゃいます」

と答えると同時に、奥の襖が中から開いて、

「さあ、こちらです。どうぞ」

と、小柳老人は待っていた。

「どうも、いつもごちそうになるばかりで、殊(こと)に今日は女房も一緒でとは、少し具合が悪いですなあ」

「御遠慮はご無用ですよ。奥さんにはお会いしたいと前々から思っていました。奥さんの見える前にお見知り頂いておかないと私もこれから仕事が気軽く頼めないですから」

「冗談じゃないですよ。日展なんかに通るものですか。つい最近まで、ろくに筆も持ったことがないのですから」

「それで、あれだけ書ければ立派なものですよ。ところで」

小柳老人は背広の内ポケットから茶色の封筒を取出すと、

「奥さんの見える前にお渡ししときますか。それとも別の日にしましょうか」

と、訊いた。

「いや、大丈夫ですよ。今日は一緒に帰りますし、近頃はポケットを探られる心配がないんです」

「なるほど」

「昔は苦労しましたよ。ピースの箱にしまったりしましてね」

「ピースの箱」

「小柳さんは知らないですか。ピースの箱の高さは丁度千円札の幅と同じなんです」

「へええ」

「新しいピースの箱から煙草をぬいて、横に丸めた千円札を詰めて銀紙を元に戻すと、重さもあまり変らないので、盲点なんですよ。どんな焼餅やきの女房でも、煙草の箱の中身までは調べませんからね」

「ふーむ、いろいろと考えるものですなあ」

「しかし物価は高くなりましたねえ」

「そう、千円札では事が足りない。まったくです」

妙なところで物価問題が顔を出し、しばらく二人は黙って酒を口に運んでいた。茶色の封筒は中を改めもせずに浅井の胸の内ポケットに納まっていた。そこには十枚に近い一万円札が入っている筈である。浅井の会社の月給と大差ないだけの金が、浅井が二つ三つデザインして小柳に渡せば入ることになっている。小柳が小売店主との間で、どれだけの口銭をとっているかは知らないが、浅井にしてみればこちらからごちそうをしてでも廻してもらいたいアルバイトなのであった。マチ子との間柄も、この三カ月ほどの間に大層安定してしまって、浅井はそろそろ彼女には月々きまった金額を渡すようにしようかと思い始めている。それというのも、いくら色男を気取ったつもりでも、まさか女のアパートに出かけていって、一文も金を使わないというのは、いかにも金に汚ない男にも、腑甲斐ない男とも見えるだろうと思うし、その代りに何か買って品物で渡すのも最初のうちはいいが、だんだん面倒になる。それに近ごろの風潮としては、物でもらうより現金の方が万事が手軽で双方に便利だという考え方があった。浅井の場合も、和服一反の値段が意外なほど高くなっているのに驚いていた。四年前に、贅沢好きの千鶴子を喜ばせようと秘かに金を貯めて買った反物と、似たような品が、値段が倍になっていたのだった。だから、そういうものを買って渡すよりも、浅井の方も現金の方が安上りですむというわけなのである。

浅井は腕時計を見た。妻の道子が来るまでにまだ一時間ある。

小柳老人も、それに気がついたらしかった。老人は部屋の一隅に畳んであった外套のポケットから、くしゃくしゃの封筒をひっぱり出してから、

「浅井さん、この前の店のパンフレットですが、同じデザインで、月毎に表紙の色だけ変えてほしいという注文なのですよ。お礼は失礼ですが、毎月これで、この一年を通したいというのですがね」

指を三本立てている。まるきり不労所得みたいなものだから悪い話ではなかった。

肯く浅井の前に、小柳老人が出してひろげたのは色見本だった。

それは幅四センチ、長さ十センチほどの紙を百枚ほども綴じて、しかもその綴じめをゆるくし、百枚の紙を自由に並べあわせることも、ずらして色調を見るにも便利なように考えられた印刷用の色見本なのであった。数種類の白から始まって黒までの間に、さまざまな色が、黄でも緑でも赤でも紫でも、濃淡や系統さまざまに集められてある。裏にはそれぞれ番号が打ってあって、三番と二十八番といえばクリームがかった白と、淡いブルーの組合せということになる。

浅井は急に真剣な目付きになって、三色刷りのパンフレットの、文字と模様と地色の色を選びにかかった。

「こういうところではどうですか」

「結構ですな。ついでに再来月の分もきめておいてくれませんか」

「そうですか、では」

それで、その日の相談というのは終ってしまった。もう少し注文があるのかと期待していたので浅井は少々落胆したが、金は受取ったのだから云うことはない。

「旨いでしょう、ここの刺身は」

「新鮮ですね」

「板場が、店の主人なんですね。魚の脂（あぶら）ののり具合で、切り方を薄くしたり厚くしたりするんですよ。スタンドに並んで見ていると、若い客にはブツ切りを出すんですな。これは心得た包丁だと思いましてね、以来、よく来ています」

「女房の奴（やつ）、遅いな」

「気になりますかな」

「いや、申訳ないと思ってるんです」

「もう始めているのですから、申訳ないなんてことはないですよ。しかし、なかなか大変でしょう、家事雑用というのはむやみと多いものなのに、他に仕事を持つというのは」

「いや、別に。子供がいませんからね」

「おやそうでしたか、それは」

小柳老人は触れてならない話題に触れたと思ったらしく、黙って酒を注ぎ、飲んだ。

「小柳さんのところは、子供さんは何人ですか」

「四人です、男二人、女二人でしてね」

「ほう、そうですか」

「長男が副社長をしていまして、次男が専務をやってます。娘は二人とも、私の会社のものと結婚させましたから」

「つまり、小柳美術印刷は同族会社ですな」

「そう、そう。家内も株主でしてね」

「なるほど」

「もう孫が五人いますよ」

浅井は酒を口に含みながら、あなたの子供を産みたいと云ったマチ子のことを思い出していた。妊娠して、これは間違いなくあなたの子供なのよ、と詰め寄ってきた千鶴子のことも思い出していた。

「子供というのは、僕は持ったことがないから分らないけれども、どういうものですかねえ。自分の分身として、自分と似たような存在がもう一つあるというのは、薄気味の悪いような気がしますがね」

浅井の観念的な言葉を、小柳老人は言下に否定して云った。

「子供は理屈じゃないです。いいものです」

それから浅井の年齢と子供のない事実を思い出したのか、すぐ打消すように云った。

「いや、しかし、子は鎹（かすがい）といって、私ら夫婦が長続きしたのは子供がいたからですよ。子供がなくても続く夫婦というのは、私にいわせれば大したものですな」

「そういう見方もあるかなあ。そういえば、僕のところなどは女房一人の努力で続いてきたようなものかもしれない」

それは、まさしく浅井の本音ともいうべき感慨であった。危機は幾度か訪れ、それは常に道子の闘志によって追いやられたのであったから。

「浅井さんは、お多福風邪をやられましたか」

小柳老人の問いに、浅井はつい吹き出してしまった。

「子供がないというと、すぐそういう質問を受けますがね、あれをやると精子が全滅するそうですね」

「しかし、安心して浮気ができるというものですな」

「いや、僕は何にも関係がないですよ。結婚してから、子供ができないので調べたことがあるんですがね、僕は健全で、どうも女房の方に障害があるらしいんです」

「そうですか。それはいよいよお気の毒だ。今日は、その話も禁句ですな」

「平気ですよ。もうどちらも諦（あきら）めていますからね」

「いやいや、子供のできない女が持っている劣等感というのは大変なものですよ。それは、あなた、そこのところはいたわってあげなきゃいけませんよ、浅井さん」

「医者からは、希望がないわけではないと云われたらしいですがね」

「産科医は不妊症の女の心理をよく知っているからでしょう」

「しかし、この年になってみると、僕もちょっと自分の子供は持ってみたいという気がしますね」

「そうでしょう、私も四十過ぎてから切実にそう思いましたよ」

「え？」

「いや、家内は私が四十になるまでにパカパカッと産み上げてしまったんです。こっちは若くて、仕事にも女にも無我夢中の間ですから。子供を可愛いと思う頃は、もう四人とも、こまちゃくれた口をきくようになってましたね。それでも、いいものなのだから。いや、どうも酔いましたかな」

子供について語るとき、小柳老人には、それまでの浅井が知らない一面が顔を出したようである。浅井はそれを意外とも、羨ましいとも思った。千鶴子の産んだ子供が生きているなら会ってみたいと思い、その気持があまり切実なので驚き、持て余した。今になって、ああいう別れ方をした女のところへのこのこ出かけて行くよりも、マチ子があいう望み方をしているのだから、マチ子の望みをかなえてやる方がいいのではないか、とも思った。

しかし、いつまでもこんなことに拘泥しているのはやりきれなかったので、浅井は話題を変えることにした。

「小柳さんは、お孫さんが五人と云われましたね」

「云いたくない話ですがね、つい喋ってしまいましたな」

「どうですか。子供より孫の方が可愛いというじゃないですか」

「それはね、浅井さん。それは違います」

小柳老人は、浅井がぎょっとするほど真剣な眼をして云うのだった。

「孫が可愛いのは、無責任な状態で可愛がれるからだといいますがね、私は違うと思いますよ。あれはもう自分の力に絶望した状態のとき可愛くなるんです」

「絶望？」

「そうですよ。自分の能力に絶望したとき、つまりですね、もはや自分には生殖能力がないと知ったときに、俄かに自分の血縁のものが愛しくてたまらなくなるんですよ。男の場合はそういうものに違いないと思いますよ。自分の肉体は衰えていて、やがて死ぬが、こうして生命は残っていると思って、それで溺愛するんですよ、きっと」

小柳老人が、こういう熱弁をふるうところを見るのは初めてだったので、浅井は受け止めかねていた。

「すると、つまり小柳さんは、まだ孫に溺れる齢ではないというわけですか」

「もちろんです。私はまだまだ自分に絶望してませんよ。豊臣秀吉は私ぐらいの齢で淀君に秀頼を産ませてますぞ」

小柳老人は、昂然たる意気を示した。

「私はねえ、私の女に子供ができたら、自分のこの手で取上げたいと思っていますよ。本当に。自分は生きている、という確固たる証拠なんですからな。自分の腕の中で、自分の子供が産声をあげるところを想像しただけで、全身がわくわくしますな」

あまりにも切実な響のある言葉だったので、浅井はもっと話を続けたかったのだが、この会話は打切らなければならなかった。道子の声がしたからである。

「すみません、大層お待たせしてしまって」

「いやいや、お先に始めていましたから」

「始めまして、浅井の家内でございます。主人がいつもお世話になりまして」

「こちらこそ。小柳です」

初対面の挨拶が終ってから、小柳老人はまじまじと道子を見て、

「浅井さん、こちら本当にあなたの奥さんですか」

と訊いた。

「妙なことを云い出さないで下さいよ。小柳さん。正真正銘の女房ですよ」

「いやあ、こんなあでやかな方が奥さんとはまた、あんまり思いがけなくて。いや、失礼しました」

「いやですわ」

道子はちょっとしなをつくって、それから華やかに笑った。美顔術も美容体操も、若造りの派手な化粧も、甲斐があったというものである。

「お一つ、いかがです」

「あら、私いただけませんの。奈良漬(ならづけ)でぼうっとなる口なんです」

「しかし、ま、お一つ」

「はい、それでは形だけ頂だい致します」

小柳老人は、浅井の妻が少しも世帯(しょたい)やつれした女でなかったことに、まったく驚いたらしくて、繰返し、繰返し、道子に対して讃美(さんび)の言葉を投げかけていた。酔っているなと浅井は小柳をそう判断していたが、道子は少しも悪い気がしないのか、ころころと楽しそうに笑いながら相手をしている。

「浅井さんの奥さんが、こんな美人とは知りませんでしたよ」

「いやですわ」

「お若いですなあ、浅井さんは四十ちょっとでしょう？　奥さんは、三十前ですか」

「とんでもございません。私は主人とあまり年は違いませんのよ」

「それこそ、とんでもないですよ。これじゃあ、浅井さんが堅いのも無理はない。こんな綺麗な奥さんがいたんじゃ、浅井さんが酒以外に手出しをしないのも当り前ですよ」

「そんなことございませんでしょう。私には隠してることが一杯あるんじゃないでしょうかしら」

「いや、奥さん。私はこの通りの年寄で、もう酒を飲むより手はないですが、浅井さんみたいに付き合いのいいひとは知らんですよ。女にはまるで興味のないような、色気ぬきの酒ですからな、浅井さんは」

「信じられませんわ、私」

「そりゃ信じられんでしょう、浅井さんは奥さん一人で手一杯なんですよ、きっと」

「あら、いやですわ」

「浅井さん、まず一献。美しい奥方のために乾盃といきましょうや」

浅井は、なかば呆れ、なかば感心して小柳老人の道子へのもてなしぶりを眺めていた。どういう魂胆があって、彼が道子にこんなことを云っているのか分らないのだが、浅井のためには有りがたい嘘八百だった。少なくとも、これによって道子は浅井が近頃は小柳老人とばかり飲み歩いていると思いこみ、男同士の間でさえ堅いと思われるほど女に手出しはしなくなっていると信用することは確かだった。しかし、こと小柳自身に関しては、その嘘も鮮やかすぎて浅井は息を呑んでいた。ついたった今まで、まだまだ女に子供を産ませる能力があると主張していた彼が、太閤秀吉まで引合いに出していた彼が、年寄だからあの方はもう全く駄目だと云っているのだ。その豹変ぶりには、とても浅井は調子を合わせていくことができない。なるほど女を騙すには、このくらいの嘘が平気でつけるようにならないといけないのだな、と浅井は感心していた。小柳美術印刷の会社の繁栄も理由なしとしない。商道に嘘はつきものなのだろう。しかし、まず最も必要なものは年功なのだろう、とも思った。小柳老人も若い頃にはこう見事に女を化かしきることはできなかったのだろう、とも思った。

道子の方は、すこぶる機嫌がよかったが、さすがに手放しで褒め続けられると、ようやくてれてきたらしく、すすめられるままに箸をとりながら、

「これ、なんですの？」

と、机の上のものを見て訊いた。

「これですか、色見本です」

小柳が答えた。

「いろみほん？」

「印刷にかける前に、これで色をきめるんだよ」

浅井が説明した。

「ちょっと拝見」

道子は手にとって、珍しげにパラパラと幾度も繰ってみながら、

「綺麗なものですのね、こうやってみると、色にも色々ありますのね」

と云った。

「ねえ、あなた、私も色を使って字を書いてみようかしら」

道子はその思いつきに眼を輝かして云ったのだが、小柳はそれをたぐり寄せてまたもや自分の方から道子を称讃した。

「いやあ、文字は人なりですか、書は人なりですかな。私は奥さんの字にすっかり参りましたねえ。あでやかな、はなやかな、実に惚れ惚れとしましたよ。お目にかかってみれば、文字通り、いや文字通りというのは、こういうときの言葉だったんですかなあ。御主人の前で、こういう云い方は不謹慎だったですかな。浅井さん、こんな奥さんでは外へ出すのは、さぞ気がもめるでしょうなあ」

食事を、道子はきちんと摂った。日本料理というのは、ほとんどが低カロリーだか

ら、美容食としてもまことに結構なものだったのである。ひらめといかの刺身、すまし汁、野菜の煮もの、茶碗むし、豆腐のくずかけなど、小柳老人がみつくろってすすめるものを道子は喜んで食べ、浅井はその健啖に驚いていた。しかも道子は、なかば小柳老人に対する礼儀もあり、なかばは本心で、しきりと、

「なんておいしいんでしょう。結構なお味ですわ」

と云い続けながら箸をすすめたのである。時間は七時半を過ぎてからだったから、空腹であったのも理由の一つだろうし、中年肥りに有害なものは一皿も出て来なかったから、道子は安心して食べていたのだろうが、浅井にしてみると妙な気分だった。料理は、道子が決して浅井のために整える類のものではなくて、マチ子の好むものばかりであり、マチ子のアパートで浅井が食べるようなものが多かったからである。

「道子」

「なんですの」

「こういうものを家で喰わしてくれるんだったら、僕は飲まずに帰るぜ」

「それは無理よ、あなた。さっきから頂いていて思ったのだけれど、こんな栄養価のないものをお肴にしてお酒飲んでるんだから、肉やチーズを家で食べなければあなたの躰はもたないわ。私の方針は、やっぱり間違っていなかったのだわ」

この会話は、小柳老人が手洗いに立ったのか、勘定をしに行ったのか、ともかく座を外した隙に小声で交わされたものである。道子の自信にあふれた断固たる回答の前で、浅井はげんなりしていた。ともかく浅井は普通のサラリーマンより朝はおそいのだけれども、その朝、昼兼用の食膳には、いきなりビフテキだの、トンカツなどが出ることになっていて、道子はいつも強引に食べさせようとするのであった。日曜日を除いて、浅井が家で食べるのは一日にそれ一度かぎりだからというせいでもあったが、ともかく濃厚なビーフ・シチューなどを朝から食べるのは、浅井はかなわない。しかし、それについて文句を云うと、道子は待ちかまえていたように週刊誌をひっぱり出し、「有名人の一週間の食卓」という頁を見せ、それに対する高名な医者の批評を朗読して、

「ね、だから」

と云うのであった。

医者は読者の生活環境も、職業にも嗜好にも関係のない、まったく医学的な見地から「驚きましたね。あなただけの行動半径を持つ方が、こんな低カロリーの食事を続けていたら、早晩その若さを失い、倒れてしまうでしょう。あなたに必要なものは、肉と乳製品のメニューです」などという発言をしているのであった。若さを失うであ

ろうという警告は、もうそれだけですべての抵抗を押える殺し文句ではないか。

「ことぶき」を出てから、小柳は浅井の顔をのぞきこむようにして、

「いかがです、いつものコースでまわりますかな」

と訊いた。

浅井は一瞬マチ子のいる「ジョルダン」を思い出してドキリとしたが、小柳の今夜のとぼけぶりを推して、一切まかせて大丈夫だと判断した。家に帰ってからも、今後も、浅井に不利なことを小柳老人がする筈がない。

「小柳さん、女房を連れて歩くところじゃないですよ、あれは」

浅井は僅かに抵抗してみせた。小柳の調子にあわせて芝居をしたわけである。そしてこの演技には、かなりの迫真力があったらしい。道子が身をのり出して訊いた。

「いつものコースって、バーのことなんでしょう、あなた」

「そりゃ、そうさ」

浅井はわざと不機嫌に答えた。

「小柳さん、是非つれてって下さいな。私、まだ一度もバーってとこ、見たことがないんです。テレビドラマで見るだけで、前から行ってみたい行ってみたいと思ってましたわ。主人は、どう頼んでも、つれて行ってくれませんの」

「あたり前だ。女房連れで行って、楽しいところじゃないんだから。よしましょうや、小柳さん、今夜はここで失礼しますよ」

「そうですか、では」

小柳老人はニコニコ笑いながら、道子に話しかけた。

「御主人に帰って頂いて、奥さんと私と御一緒ということにしますかな」

「まあ、すてき」

道子は有頂天になって、はしゃぎながら浅井を省みて云った。

「あなた、私そうさせて頂くわ。おいやなら、あなただけお帰りになって結構よ」

「馬鹿野郎、すぐつけ上りやがって」

「浅井さん、無駄な抵抗はやめるんですな」

「運命にはさからわないことですかね」

「そうよ、あなた」

「黙れといったら黙れ」

道子が一声、声高く笑い、三人は一台のタクシーの後ろの席に躰を詰めて乗った。

「銀座、電通の通り」

その夜、小柳のとったコースは、第一番には高級クラブ、二番目には一流のバー、それから「スタッグ」だった。それは「いつもの」コースとは大分違っていたが、適当に二人とも顔の知られている店であった。どの店でも、道子は歓迎された。そういうことには慣れているホステスたちは、女客の扱い方を心得ていたし、道子が浅井の妻だと知ると一様に等しい反応を示した。

「御主人さまには、いつもごひいきにして頂いております」

恭しく挨拶してから、浅井を振返って、

「きれいな奥さまねえ。浅井さんが堅いの、無理ないわァ」

道子は上機嫌だった。彼女が行った店はバーというよりは社交場化しているクラブに等しいという識別をする能力はなかったから、そこが意外に清潔であることを発見し、女客は嫌われるものという常識的な考えを持っていたのに、ホステスたちは主として道子に話しかけ、彼女の着物を褒め、帯を褒め、美しいと云い、若いと讃える。小柳老人がときどき横あいから口を挟んで、道子が一流の書家であるように紹介したものだから、いわゆる文化人をもてなす手練手管にたけている女たちは、道子の最も喜ぶツボを心得て、

「やっぱり」

「ねえ」

「ただの奥さまとは思えなかったわ」

「違うわよね、普通の奥さんと」

などと口々に云っては肯（うなず）きあった。

「いやだわ、小柳さんって、オーバーな方ねえ。私はただのお習字の先生ってところですのに」

道子が浅井の手前もあって訂正すると、小柳は女たちに、

「教室を二つ持ってらっしゃるんだ」

と更に言葉を足す。

「まあ、教室ですって！」

「どちらですか。私も習いに行こうかしら。奥さま、いけません？」

「あら、どうぞ。東京駅前の、丸ビルの隣にあるビルの中にありますのよ。週に二回、二時から五時と、四時から七時までの二クラスありますの」

「私たちには丁度いい時間ね」

「お習字って、習いたいわ。字がうまいなんて、女の魅力の一つじゃない？」

「私、習う。きめた」

「羨（うらや）ましいなあ。女流書家なんて、女性の職業として最高じゃない？」

「そうよ、第一に品がいいし、高級だし、家柄のよさそうな感じがするし」

女たちのさざめきに、道子はもうブレーキがきかないほどとりのぼせていた。

「家柄だなんて。私の祖父は、加賀(かが)さまの御祐筆(ごゆうひつ)だったというだけですわ」

利口な女たちは、この一言ですっかり道子の性格も知能指数も見透してしまった筈だったが、そんな素振りは毛ほども見せずにはやしたてた。

「わアッ」

「聴いた? 御祐筆だって」

「やっぱり生れ育ちの悪いものは、ろくな字が書けない筈だわよね。私、習ってもだめだわ。やめるわ」

「カメノコっていうのよ、そういうの」

「カメノコ?」

「どうもがいても、手が上らないのよ」

声たてててホステスたちと一緒に笑いながら、道子は自分で自分に最後のとどめをさした。

「そういう方、本当にいらっしゃるわ。一所懸命でも、ちっとも上手にならないのよ。こちらで筆を投げてしまうわ」

道子の愚かしい言葉の端をとらえて、馬鹿だと断定してしまうのは間違っている。なぜならば、一般的にいって、世の妻たちのほとんどは、夫たちの家庭外での生態は知らされていないからである。

公娼（こうしょう）とか、赤線というものがあった頃には、夫がそこへ出かけた場合、何をして出てくるかということは明白に分っていたが、それらが撤廃され、売春防止法案というものが議会を通過して以来、売春というものは有ることは有っても非常な危険を伴うものだという観念が、週刊誌の「実話もの」などを通じて妻たちの常識になっている。この常識は、夫が不潔な行為をすることはまずないが、しかし他の女と「恋愛」する危険性を増したものとして妻たちにバーというものを警戒させるようになった。

しかし、その警戒心は常に漠然たるものであった。なぜなら、赤線の撤廃は、バーの女たちにプライドを持たせ、「ホステスは立派な職業です」などと胸をはって週刊誌に登場するバーのマダムたちが現われていたからである。いわゆる文化人とか有名人というものを一人も身近く知らない一般の読者でさえ、彼らの出入りする三つ四つの有名なバーのマダムたちの顔も名前も文化人なみに記憶している。いや、妻たちの多くは、そういうマダムというのは、経営者の一人として、つまり文化人なのであると思いこんでいる。

だから、そういう店に夫に連れられて行って、夫以上にチヤホヤされてしまえば、大安心をしてしまうし、他愛もなくその実態について誤解してしまうのだ。どの週刊誌も婦人雑誌も、そういう場合あなたは騙されていると知るべきだという知識までは与えてくれていなかった。銀座の女たちならば女房や恋人の一人や二人、眩惑させ、いい気にさせ、酔わせるくらいのことは手易い仕事だなどと、道子に見抜けるわけがない。

「楽しいわ。あなた、また連れてきてね」

道子は幾度も幾度も同じ言葉を繰返し、

「どうぞ。浅井さん、また一緒にいらしてね。浅井さんの奥さま、私、大好きだわ」

女たちは、ヌケヌケと云う。

クラブとバーを出たとき、浅井は渋面を作っていた。

「いい加減にしないか、馬鹿。小柳さんに御迷惑だぞ」

「あら、どうして」

「女たちが君に寄ってたかって飲んだ勘定は、みんな小柳さんにつくんだ」

「あら、そうなんですの、ご免なさい。あなた、代りにお払いして頂だいよ」

「いやいや、そんなお気づかいは御無用ですよ」

小柳老人はニコニコして云った。

「しかし、奥さんは、女性にも馬鹿にもてますなあ」

道子は浅井の叱責によって、小柳老人に大層経済的な負担をかけてしまったと知ると、少しわれに返ったのか、慎重に考え深く小柳老人の言葉を受取り、

「それは、きっと」

と、道子は二軒の店で女たちがまるで彼女に群がるように寄った状態について回想し、それが次の連想をうんだところで、静かに答えた。

「お習字のお稽古にいらっしゃる方たちは、あのくらいの年齢の女の方たちばかりなんですの。ですから、私の方にも、そういう方たちを受入れる感じがあるんですのね、きっと」

小柳老人も、夫の浅井も、このこざかしい感想を肚の中でせせら笑っていると知ったなら、道子は銀座の夜の街中で憤死したかもしれない筈であったが、しかし彼女は慎ましやかに答え終った自己満足に酔いしれていた。ホステスは憧憬のまなざしで私を見ていたではなかったか。私は書家だ、と彼女の内心は昂っていた。と、また教室の弟子たちの期待のためにも、ぜひとも日展を通ってみせよう。私は彼女たちかたくそう決意していた。道子は、

最後に「スタッグ」というバーへ入って行ったとき、今までの二軒の店とは、あまりにも勝手が違うので、道子はものといたげに夫を見た。

「いろんな店があるんだ」

浅井が、また叱りつけるような口調で云った。実際、彼は不機嫌だった。女房連れでバーめぐりをする男などというのは、馬鹿の標本みたいなものなのだ。女たちは一度でも女房の顔を見たら後は鼻白んでしまって、向うから手出しをしてくるものではないし、男の方でも台所を見られたら口説けるものではないのだった。小柳老人の支払いだし、結果としては将来の自分の安全保障のために役立つことだと思うから我慢しているのだけれども、浅井はこんなまずい酒は最近では飲んだことがなかった。しみじみと、マチ子のアパートで、ゆっくりと飲む酒が恋しかった。

明日は行くぞ、マチ子のところに。浅井は不愉快を、その決意を新たにすることによって、ようやくまぎらわせていた。

「浅井さんの奥さんですよ」

小柳老人が、シェーカーを振っている老いたるバーテンに云った。

「いらっしゃいまし」

バーテンは、英国風の恭しさで、道子を迎え入れた。

「浅井さんに、こんな美人の奥さんがあったとは知らなかったでしょう？」

小柳老人は酔っているのか、少しくどくなっていて、同じことを、バーテンに云ったが、バーテンは、いとも鄭重にこう答えた。

「はあ、浅井さんが、女の方とおいでになったのは、これが初めてでございますから」

その見事な演技には、当の浅井が眼を瞠ったほどである。

女のいないバーというのは、まず酒代が不当に高くなる心配がない。ホステスたちの給料分が付加されていないからである。次には雰囲気が騒々しくない。だから、本当の酒好きが、一人できて、ぼそぼそとバーテンと小さな会話を交わしながら飲むことに最も適している。

そして、うまい具合に、その夜は道子の他に女客がなかった。だから、道子はバーテンの言葉を信じて疑わなかっただろう。

婦人雑誌は、今や懇切叮嚀に閨房の技術にまで及ぶ豊富な男女の事の知識を、若い娘や妻たちに与え、押しつけ、教育しているけれども、どんな週刊誌にも男の同性同士の強靱な連繋意識については記していないようである。女ならば、自分の友人が浮気をしたことを、その夫に告げ口することはあるが、男は決して友人の情事をその妻に云うことはしないものだ。自分の敵の行為でさえも、その妻に告げるという陥め方さえすることはない。それはおそらく男女の性向の違いからだけではなく、男には共同の危機感があるという理由があげられるだろう。浮気心とか遊心を持たない男は、そういう女と較べて絶対皆無にも等しいのだ。だから彼らはかばいあう。友人をかばうことは、自分をかばうことに他ならないからである。

彼らは雄々しい連帯感から結束するのではなく、単なる自己防衛のために団結するのである。

「スタッグ」に、浅井が一人で来たのは、この前にマチ子の「ジョルダン」の看板になるまでの時間かせぎに来たときの他は、小柳と待ちあわせるためか、ちょっと思い出すことができない。

この店には、浅井はたいがい女連れで来ていた。それも、これから口説こうかという堅気の女を連れて来たものである。道子と結婚してから両三度にわたる恋愛に、この店は実に頻繁に活用されていた。この店の静かな雰囲気の中で、ほとんど言葉をかわさずに黙って飲んでいれば、必ず恋愛のために必要な「ムード」は醸成されるものだったのである。

店の主人が、バーテンが、そんなことに気がつかない筈はなかった。この店には女のいるバーのようなソファはなく、客はみんなスタンドの前で、高い椅子に腰かけて、並んで飲むのである。いわば彼らの目の前で進行していた情事を、彼らが気のつかない筈はないのであった。しかもなお彼らは、客の妻の前で、鄭重に云うのであった。

「浅井さんが、女の方とおいでになったのは、これが初めてでございます」

それは同性の放つ強烈な皮肉であったのかもしれなかったが、そのために却って浅井は救われ、道子は完全に騙されてしまっていた。

小柳老人が、三番目の店に「スタッグ」を選んだのには理由があった。時間が十時半を過ぎていたからである。どんな気どった高級バーでも、そろそろ客もホステスも乱れてくる頃であった。そんなところを道子に見せるわけにはいかないではないか。浅井という夫の威厳にかかわってしまう。

「奥さん、ここのバーテンダーはカクテルの名人ですよ。まず銀座では三本の指の中に入るでしょうな」

小柳は、バーテンにまで愛嬌をふりまきながら、

「浅井さんの奥さんは奈良漬で酔うほどアルコールに弱いんだそうだ。何か、こう、陶然とするような、おいしいカクテルを作ってあげてくれないか」

と云うと、バーテンは、もっともらしく肯きながら、

「何もお飲みになったことはないんですか」

と、道子に直接訊いた。

「お正月のお屠蘇は、少しなら頂けますけれど、顔が赤くなってしまって」

「ビールは」

「主人の真似をして、後で苦しくなって困ったことがありますの」

「料理屋の清汁は」

「別に。ええ、お味つけに味醂だとか日本酒を使うことはありますけれど、それは、」

そういえば、なんともありませんわね。あら」

バーテンは、重々しく肯き返して、云った。

「アルコールは量さえお過しにならなければ、人体には無害なんでございますよ、奥さま。それと、もう一つは御自分の体質に適うものを、お見つけになればよろしいんでございます。ウイスキーばかり飲む方が、胃潰瘍になったりなさるのは、ウイスキーがその方の体質にあわなかっただけなんですね。ブランデーになさってれば、何事もなかったかもしれないんでございます」

彼はバーテンダーの養成所で講義するような口調で続けながら、手先はこまめに動いて、やがてシェーカーを形よく振った。

道子の目の前に置かれたカクテルグラスに、やがてバラ色のカクテルが注がれると、道子は感激して声をあげた。

「まあ、綺麗(きれい)。小柳さん、こういう色がさっきの色見本の中にございまして?」

「はあ? はあ、はあ」

男が酒場に出入りするのは、仕事からの逃避なのだから、印刷会社の社長に向って、夜の十一時ごろ色見本などと云い出すのは、まったく興をそぐこと夥(おびただ)しい。さすがの小柳老人でさえ、とっさにまごついたくらいである。

「まあ、おいしい。なんというカクテルなんですの、これ」

「ミリオン・ダラーでございます」

ジン台の強いカクテルを、道子はほんの三口ほどで、あけてしまった。

小柳老人が、ようやく外套(がいとう)のポケットから商売用の色見本を出してみせると、道子は浅井を振返って、

「あなた、こういうものは、どこに売ってるんですの。私に買って下さらない」

と、甘えた声で云った。早くも舌がもつれているが、当人はカクテルの口あたりが大そうよかったせいで、少しも気がついていない。

「差しあげますよ、どうぞ」

小柳が云い、道子は、

「あら、でも」

「いや、会社に幾つもあるものですから。なんだったら、こんな使い古しでなく、新しいのを差しあげましょう」

「いいえ、これで結構ですわ」

「それじゃ、お持ち下さい」

「本当によろしいんですの？　ねえ、あなた？　頂いても、いい？」

押し問答を形だけして、色見本はたちまち道子のハンドバッグの中に納まってしまった。酔っているのに、確かなものである。

「あなた、私も飲めるのね。苦しくないし、おいしいし、あなた、この次また連れてきて」

「何を云ってるんだ、酔っぱらって」

「ああら、酔ってなんか、いませんよ。ねえ小柳さん、もう一杯頂いたって大丈夫ですわよね？」

二杯目のミリオン・ダラーで、小柳も浅井も腰を浮かした。道子が、完全に酔うという事態が、さし迫っているのに気がついたからである。

「小柳さん、大変今夜はごちそうさまになりました。つい、いつまでも御好意に甘えていて」

「いやいや、私こそ、いつまでもキリのないお誘いをして失礼しましたな」

タクシーに、小柳老人に押しこまれて、ようやく二人きりになると、

「馬鹿野郎」

浅井は妻を叱りつけた。

「どうして怒るの、あなた。今夜はずっと不機嫌なのねえ」

「あたりまえだ、女房が酔っぱらって亭主が介抱するなんて馬鹿げた話があるか」

「私が酔ってる？　どうして？」

「酔ってるじゃないか」

「酔ってなんか、いませんよ。あれぽっちのカクテルで、酔うわけがないでしょ。私の体質に合うお酒なのよ」

「体質に合ったって、酒は飲めば酔うんだ、覚えておけ」

浅井の方も、押えに押えていた酔いが、小柳老人と別れてから、どっと出ていた。

酔った夫婦は、まるでたあいない口争いを続けて、あっというまに我が家に帰りついた。

「本当に酔ってるのかしら、私」

玄関を上るとき、道子は眼を据えて訊いた。脚がどうやっても上に上らないのであった。草履が脱げない。完全に腰をとられている。

「だから、よせと云ったんだ」

「ご免なさい」

戸締りをしてから、浅井は舌打ちをして、妻を抱き上げた。

「重い？」

「重いよ、デブ」

「あら、魅力的だって、小柳さんが云ったじゃないの。バーのひとたちも、きれいだって云ったわ。美人だって云ったじゃないの。こんないい奥さんは、いないって云われたのよ。ねえ、あなた、あなたもそう思う？」

「うるさい、勝手にしろ」

寝室のダブルベッドまで、ようやくの思いで辿りつくと、浅井は邪慳に妻をその上に投げ出し、電気スチームをつけ、さっさと着替えにかかった。おそろしく疲れているのが分る。小柳老人が何から思いついて、道子を招待する気になったのか、わけが分らないのだが、こんな誘いには二度とのるものではないと思った。せっかく高い店へ出かけたのに、ろくに女たちと口を交わすこともなかったのだ。女たちは道子一人に集中してサービスし、男二人には目もくれなかった。むろんそれは所期の目的だったのだから、文句をいうのは筋違いというものなのだが、しかし、なんとしても馬鹿馬鹿しいような、もったいないことをしたような、その奇妙な後味が、彼をして一刻も早く眠りたいと望ませていた。今夜の苦役のために、明日はきっとマチ子のところで解放感が味わえるのだろう、と彼は辛うじて思うことができた。そのためにも、よく眠るべきだ。

しかし酔った妻は、夫を眠らせなかった。

「ねえ、あなたァ」

「なんだ、俺は眠いんだぞ」

「結び目がとけないわァ」

「うるせえな。そのまま寝てしまえ、馬鹿」

「無理よ、帯だけでも解かなきゃ苦しくて苦しくて」

浅井は舌打ちをして妻の着物を脱がせながら、こんなことを前にしたことがあったのを、ふと思い出していた。人妻であった千鶴子。あの火遊びの恋の口説で、彼女が一度泥酔して、浅井が脱がせたときのことを思い出していた。

素人女(しろうとおんな)は、手がかかるから、まったく厄介だ、と浅井は思い、どんなに酔っても、男に手間どらせないマチ子を、もの懐(なつ)かしく思い出していた。ああいう気楽な女で息抜きでもしない限り、近頃の女房なんてものにはつきあいきれねえや、というのが本音なのだが、

「ねえ、あなた私を愛してる？」

と妻が酔って訊くのに、まさか本心をぶちまけるわけにはいかない。そんなことをしたら、今夜の苦労は水の泡(あわ)だ。

「馬鹿、そんなテレビドラマみたいなことを云うな」

「でもォ、訊いたっていいでしょう、酔ったときぐらい。ねえ、愛してる？」

「愛してるよ、うるせえな」

「本当に愛してる？」

「ああ」

「みんな、いい奥さんだって云ってたわ。ねえ、あなたも、そう思ってる？」

「うん」

「若い、若いって、私、いくつぐらいに思われたのかしら」

「…………」

「小柳さんって、面白いひとね。あの人と毎晩のように付合ってるんだったら、あなたが飲んでまわるのも無理ないわね。今晩はもっぱら私にサービスしてくれたみたいだけど……」

「………」

「ねえ、あなた」

「うるさいな。寝かせてくれよ、俺は眠いんだから、怒るぞ」

「怒らないでェ」

こんな台詞の抑揚は、テレビに出演するメロドラマ女優の口調そっくりなのだが、当人はもちろん気がついていない。婦人雑誌や週刊誌と同じように、テレビもまた一般家庭に、つまり堅気の家に、女の媚態の各種とその効用について、教育をほどこしているのであった。かくて夫たちは、ラッシュアワーで疲れ、会社の仕事で疲れ、社用族として疲れた躰を休めるところを持たず、バーをまわったり、麻雀をしたり、家に帰る時間を遅らせる手段であればなんにでも飛びついてしまうという悪循環が起っている。

昔、男には敷居をまたげば七人の敵がいるといわれて、だから帰れば手足を伸ばして大安心するように女が奉仕するということになっていた。世にこれを封建制度といい、旧来の家族制度とも呼ばれ、その見地から長い間、女性解放が叫ばれていたのである。

敗戦後、さまざまなものが破壊された中に、進駐軍の手によって男女同権、男女平等、あるいは婦人優先という考え方が植えつけられた。それから強くなったのは女と靴下だという比喩も生れた。無自覚な女たちは有頂天になって喜び、それを享受し、結果は一言にして云えば「もらった病気は重い」というのが現状である。

婦選運動などに苦闘した先輩たちの、遂に開きえなかった道を、彼女たちはいとも気軽く歩いていて、アメリカの女よりも、中国の女よりも、質的には低下してしまった。権利は主張するが義務を怠り、男女の人間的平等を「女だから許される」と誤解し、ようやく公娼を廃止した文化国家の中で、玄人女が素人風によそおう一方、一般家庭の主婦の中に玄人と見分けのつかない気風が吹きこまれた。元兇は、週刊誌やデパートなどの商業文化である。革新的進歩的文化人にでも分析させれば、それを「主婦の上に現われた植民地的現象」とでも云うであろうか。

しかしながら男性も人間であって、夫の忍耐心にも限度というものがある。ある日、突然のように夫が消えてなくなるという事件が近頃は頻々として起るようになった。我慢しきれなくなって妻から逃亡する夫たちが出てきたのである。昔のように「男は強く、女は弱い。だから妻子は男が養う」という教育を受けずに育った若い男たちは、なぜ自分だけが働いて、会社でもサービスし、家庭でもサービスし、それで妻も子もレジャーに浸るという不当な事態が惹起するのか理解に苦しんで逃げ出すのだろう。アメリカでは、ずっと前からそういう社会現象が現われていて、そのために「逃げた夫を探す」会社が出来、妻の依頼で連れ戻して謝礼を受けるという商売で、案外ひきあっているらしい。

が、しかし、浅井義雄は四十代で、日本男性としてはまず中古の方であった。大分薄汚れてはいるけれども大和魂というものもまだ少し持っているし、人生の約半分を男の威張っていた時代で過している。だから、何度か弱身を握られているからといっても、いつまでも酔った妻に、こよなく優しくつとめるほどの雅やかさは持合せていなかった。

彼は何よりも眠く、そして遂には今夜中の堪忍袋の緒を切って、九仞の功を一簣にかく、という事態を招いてしまったのであった。

「ねえ、あなた。ねえ、あなた。私がいい奥さんだってこと、今夜は本当に認めたわね」

「ああ、認めたね」

彼は最後の力をふりしぼって、枕もとのスタンドの金属製の紐をひいて云った。

「子供さえ産んでれば完璧だよ」

そのまま彼は、妻に背を向けて布団をかぶり、彼の言葉の与えた影響について思いをめぐらせる余裕もなく、深い眠りの中に没入してしまった。

安淫売の部屋のように、ピンクで飾りたてた寝室も、電光を消せば闇が色を塗りつぶす。その中で、道子の両眼だけが、闇よりも黒く、光よりも強く、はっきりと瞠かれていた。

子供……。

この前の寝言のときと同じ言葉が、疑うべくもなく夫の口から出ているのだ。性生活に乱調が現われているのを、よりよい方に解釈していたのは私の誤解であったのだろうか。もう何年もきいたことのない言葉が、夫の口から、はっきり二度も現われるというのは、明らかに「異変」であった。

酔うということに面白がって、より酔って遊んでいた妻は、このとき全身に、いきなり冷水を浴びせられ、突然醒めたのであった。夫に対して、道子が強い不信を抱いたのは、まさにこのときであった。

芽ばえ

天気予報はこのところ、不思議にも、あまり外れたことがなかった。その日もまた快晴に明け、寝室にはピンクの空気が充満していた。浅井義雄は、そういう中で、のんびりと眼を醒ましていた。頭が、ちょっと痛い。それは昨夜の酒が三種類にわたったからである。最初の日本酒が、ちょっといけなかった。しかし、ひどい後悔ではなかった。宿酔（ふつかよい）をおそれて酒を飲まないというのは、女が妊娠するのをおそれて浮気をしないのと同じ理屈だった。浮気のスリルと同じように、酒の味と酔いもまたいいものである。男が後悔をするのは卑怯（ひきょう）なことだ、というのが浅井の哲学なのであった。

熟睡したらしく、かすかな頭痛以外に躰（からだ）に変調はなかった。いや、それどころか浅井は自分が大層元気なのを朝の現象と共に認めて満足していた。今日はマチ子のアパートへ行くのだ。マチ子は今日は「ジョルダン」を休んで、昼間から買物籠（かご）を提げ、浅井の好物を買い漁（あさ）る筈（はず）である。昨夜の小料理屋の料理に較（くら）べれば、マチ子の手料理は下手だとしかいえないのだが、浅井にはその昔の母親の味つけと似かようものなつかしさがあって気に入っている。

妻の道子は、もう起きている。この夫婦は睡眠必要時間が違っていた。道子は五時間も熟睡すると充分なのだ。いくらか体質が高血圧ぎみなのである。それにひきかえ、浅井は八時間以下の睡眠時間では起きても頭の中がもうろうとしていて役に立たない。軍隊生活の思い出を彼も僅かながら持っているのだが、それは総て不眠の苦痛に繋がっていた。彼が快調になるのは十時間たっぷり眠った場合なのであった。彼は昨夜の帰宅時間と、現在の時間を腕にはめたままの時計で確かめ、九時間半は眠ったことを確かめて改めて安心していた。今日は、きっといい日に違いないという予感がある。

会社の定期的な健康診断で、浅井はいつだったか医者に、自分がどうも平均年齢の平均睡眠時間に較べると、ずっと多くを必要とするらしいことについて、何か理由があるのではないかと訊いてみたことがある。医者は首を捻って、それには個人差があることをまず云い、それから浅井が多少の低血圧であるのも理由の一つであるかもしれないと云い、最後に「肝臓が丈夫なひとも、そうですよ、ええ」と云って、笑顔になった。よく眠れるのは健康な証拠であり、男にとってそれは別の意味でのパスポートなのだと、その笑顔は語っていた。

浅井は勢いよく起き上り、順序よく重ねてある新しい肌着を身につけ、洗面に出た。

そのとき、台所からきた道子と行き違い、その顔色の青いのに驚いて、浅井は訊いた。

「どうか、したのか、お前」

「ええ。私には、お酒はやっぱりあわないのね」

鏡の前で泡だらけの顔に百面相を演じさせて髭を剃りながら、浅井は勢いよく台所か茶の間にいる道子に話しかけた。

「だから、よせと云ったのに、いい気になって飲むからいけないんだ。昨夜は酔っぱらって、正体もなかったぞ。銀座で車にのせるときは一騒動だったんだ」

「……そんなでしたの」

「覚えてないのか」

「……ええ」

「馬鹿野郎。小柳さんも後悔してたらしいが、だいたいお前がいい気になるからいけないんだ。ミリオン・ダラーというのは、強いカクテルなんだぜ」

「……綺麗な色でしたわね」

この会話には常ならぬ特色があった。浅井が上機嫌でいるのに反比例して、道子の声は精彩を欠き、浅井の言葉への反応が、いつでも半拍テンポが遅れている。浅井はそれを、道子が台所で仕事をしながら、片手間で夫に返事をしているからだろうと誤解していた。

「小柳さんから色見本を貰ったのは覚えてるかい？」

「え？　ああ、はい」

「あんなもの、ほしければ俺が持ってきてやるのに。みっともない」

「……すみません」

食卓の前に坐って、朝刊をひろげ、見出しの大きな活字だけ眼で拾ってから、浅井はあらためて道子の状態に気がついた。今朝の彼女は化粧をしていなかった。口紅も落したままなのだ。妻の濃厚な化粧にようやく馴れていた夫は、そこに凄惨な翳を見出したのだが、浅井には昨夜の今朝で何一つ後ろめたい思いはない。

「よくよく酒が体質にあわないんだな、君は」

そう云われて、道子はうなだれ、ふうっと深い息を吐いた。

「そうなのね、きっと」

「寝てろよ、今日は」

「ええ、でも午後からお稽古があるの」

「私は女流書家だといって、大層な気炎を上げていたぞ、昨夜は」

「……恥ずかしいわ」

「小柳さんから書いてくれと頼まれたら、君はもうどんな大家になっても断われないぜ」

「……本当にね。でも、大家になんて、とても」

「しかし、色で字を書くというのは、面白いアイデアだと思うよ。僕らは始終やってることだが、前衛書道でも墨を使うのが大きな前提なんだろ？」

「……ええ」

「元気を出せよ。食欲もないのか」

「……胃が痛いみたいなの」

「喰いすぎだよ。まあパクパクと色気もなく喰いやがって、あんなところを見て、小柳さんが本気で美人だなんぞと思うものか」

月に一度、道子は周期的に元気のなくなるときがあった。そういうときに何か事件が持上ると夫の方が手を焼くというのは、どこの家庭でもあることだろう。女の生理がそうさせるのである。いわば女は初潮を見てから死ぬまでの長い間、そうした躁鬱症状と不即不離で生きなければならないように運命づけられているのかもしれない。

その朝の食膳には、分厚いハム・ステーキと、人参のチーズ和え、ほうれん草のバター炒めという具合に、いつものような油濃いものが並んでいたが、浅井は昨夜の道子のような健啖ぶりを示した。

「うまいな。君は喰わないのか」

「……胃が痛くて」

「その卵、くれよ」

「……どうぞ」

鶏卵の半熟は毎朝夫婦で四個ずつ消化しているのが浅井家の日常茶飯事の一つなのであった。浅井はときどき卵を見るのもいやなほどうんざりすることがあったが、今朝は一人で三個を平らげてしまったのである。

家を出るとき、浅井はふっと背広の内懐ろに手を入れて、道子が例の封筒を見てはいないかと心配になったが、昨夜の道子の酔態を思い出して、そんな筈はないと思った。それでなくても、このところ道子が浅井のポケットを血眼になってひっくり返すような事件は起っていない筈なのであった。

「あなた」

「うん？」

「今日は早く、お帰りになってね」

「ああ、よしよし。しかし部長と話すことがあるからね、そうなれば晩くなる」

「はい」

「胃の薬か、肝臓の薬を飲んだらすっきりするよ。しかし、カクテルが、たった二杯なんだから、重症の筈はないよ。ああ、風呂(ふろ)が一番いいかもしれない。熱いのに入るのが、宿酔には効くんだ」

「……そうしてみますわ」

「うん。なるべく早く帰る」

言葉使いはぶっきら棒だが、そういうときの夫は、妻を最も愛し、最もいたわっているということを、長い暮しの中で道子は知っている筈だった。だから浅井は、後顧の憂(うれ)いもなく、さんさんたる陽光を浴びながら、高円寺駅に向って、のどかな表情で歩いていた。

だが家の中で、茶の間に戻った道子は、もはや抑制を失って嶮(けわ)しい顔になってしまっていた。彼女は昨夜来、一睡もしていないのであった。そしてまた、夫の内懐ろに八万円の現金が財布と別のところに入っていたことも知っている。浅井は会社の月給は全額きちんと道子に渡していて、他にアルバイト収入のあることも認めていた。その分が飲み代(しろ)になることを道子は前から承知していた。

道子の方にも自宅と丸ノ内の教室とから上る収入がある。それはもうほとんど浅井の月給に匹敵するだけの額になっていた。レジャーブームは小柳の美術印刷会社をうるおし、浅井の小遣いにも恩恵を与えたばかりでなく、道子のような女にまで多くの弟子たちを集めさせている。お習字という復古調は、活け花、茶道と共にやはり上昇気流にのっていた。それは活け花ほど材料費がかからず、茶の湯ほどの面倒はなくて、しかも一層「教養的」であった。ペン字に自信のない女たちが、毛筆を持って、仮名文字や、正しい行書の書き方を習えば、ペン字の方の自信が一挙に回復されようというものである。バーのホステスたちがいみじくも云っていたように、近頃の女たちは一方でジュク族などの発生を見ながらも、古典的「気品」に対しても憧れを育てているのであった。

だから道子の収入は、決してばかにならないのだが、浅井はかつて一度でも、道子の収入について、その金額や消費方法について尋ねたことはなかった。同じようなことを質問された場合、浅井の方が困るからだが、道子の方の支出面は明らかだった。それはほとんど彼女の装うことに使われていた。

道子が蒼ざめているのは、夫が妻に内密で八万円という大金を所持していたからではない。昨夜の社会見学で、一晩飲むというのは途方もなく金がかかるものだという知識を道子は持ったわけだし、ホステスたちの身装の贅沢さには、道子の収入でさえ太刀うちできないと思えた。夫の金で、ああいう女たちと浮気をすることは、経済的に考えられることではなかったし、浅井にかなり計数の観念が発達していることを道子は知っている。女に熱中したときでも、彼はむやみと大金を費消したことはなかった。その点、安心のできる夫だということができた。

道子は、決して嫉妬心を何年かぶりで再燃させていたのではない。浅井の寝言や昨夜の言葉から夫が女に子供を産ませようとしているという飛躍した結論を出したわけでもなかった。女ができたのではないかという猜疑心よりも、いま道子は自分が三十八歳という年齢に達していて、しかも子供がいないという厳しい現実があることを、心臓を貫かれるように悟っていたのだった。

夫の愛を引寄せる手段は、美容体操でもなければ、化粧でもなく、若さでさえないという事実を道子は昨夜の夫の捨台詞から悟ったのである。完璧な妻となる条件の一つには、子供を産むという重要なものがあったのだ。なぜ私はそれに今まで気がつかなかったのだろう。もし道子にキリスト教の素養があったとしたら、人間の性は享楽のためにあるのではないという厳粛な教えを思い出した筈であった。

食卓の傍にひろげ放しになっている新聞には、婦人雑誌の大きな広告が出ていた。

なにげなくそれに眼を落した道子は、次の瞬間、新聞に襲いかかるようにして、その特集広告の一つを読み始めた。

婦人雑誌が主婦に与える知識は、まったく到れりつくせりという具合である。婚前交際について。初夜の過し方。計画出産。寝室にはムードを。どういう妻を夫は喜ぶか。体位について。夫の愛を取戻した妻の経験談。人生相談。そして遂には避妊から妊娠中絶の方法にいたるまで、あらゆるケースを含めて懇切叮嚀に指導してくれる。

いま道子が、眼を光らせて読んでいるのは、「特集・不妊の悩みを持つあなたに」という頁であった。新聞広告を見るなり外へ出て、高円寺の商店街にある本屋から、本日発売のその号を、たった今、買って帰ってきたところである。ついでに薬局に寄って、薬も買ってきた。それは浅井の指示した胃薬でもなければ、肝臓の薬でもなく、精神安定剤に他ならなかった。

記事を読みながら、台所へ立ち、水を汲み、茶の間に戻って、その間片手はずっとその雑誌を離さず、道子の眼もまた片時も活字の行列から離れなかった。精神安定剤の説明書をろくに読まずに、急いで三錠ほど口の中に投げこみ、冷たい水で呑み下した。

特集記事は、事細かく不妊症についてのさまざまなケースを説明し、それについて個々に解決の方法を示し、それぞれ匿名の女性の経験談がのっている。最後の項目としては、養子をとる場合というのがあり、その雑誌が責任をもって推薦することのできる全国孤児収容施設の名前と所在地があげられていた。「産みの親より育ての親というのは、私の経験にてらしてみても真実を語る言葉だと思われます」という書き出しに始まる経験者の手記ものっていて、道子は息もつかずにその最後の一行まで読み通した。

副作用をもたないというのが謳い文句の、その精神安定剤は、十五分ほどたってから効果をみせ始めていた。昨夜一睡もしていない道子の肉躰に、ようやく神経がなだめられて、均衡のとれた生理が現われていた。道子は大きい吐息をついたつもりだったが、それはあくびであった。

雑誌の頁を開いたまま、それを膝の上に置いて両手でしっかり押えつけ、道子は窓ガラスの向うの小さな庭を見た。灌木ばかりの粗末なものだが、道子が弟子をとるようになってから、一応は手入れをするようになっていた。庭師の手間賃は高いので浅井の月給だけではとてもそこまで手がまわらなかったのである。

常緑樹が多いのであったが、それでも春になってから青い艶々した若葉が、花より早く華やいだ姿をのぞかせていた。三十八歳、という年齢を、道子は思い出していた。

私は、急がなくてはならない。

オルゴール式のブザーが鳴った。午後からくるお弟子さんの第一号の訪(おとな)いであった。

道子は立上り、落着きはらって玄関へ迎えに出た。

浅井はその夕刻、社を出てから東中野のマチ子のアパートまでの道すがら、一軒だけ寄り道をした。それは東中野の駅前商店街にある食品店で、浅井はそこでクサヤの干物を買った。会社にいる間ときどきマチ子と向いあって、さっぱりしたものを食べる図を想像しているうちに、どうしたものかクサヤの干物を思い浮べ、するともうむやみとそれが食べたくなってしまっていたのである。

魚の干物類は一切、道子は食べさせてくれないのであった。栄養価は認めるのだが、総じて干物は塩辛いので、少ない量で多い飯を食べてしまい、結果的には含水炭素を多くとり過ぎてしまうから、というのがその理由であった。長寿のためには、塩味は薄くしなくてはならないのに、干物の中にはまるで塩漬そのもののように塩からいものが多い。

浅井は長い結婚生活から、内政不干渉主義が家庭平和の鉄則であることに気がついていたので、枝葉末節(しようまっせつ)のことでは道子に譲ることにしてしまっていた。それに道子が食べさせなくても、外で酒を飲む浅井には、塩味の強いものが肴(さかな)に多いから決して不自由していない。塩辛、うに、シシャモ、タラコ、イクラなどは、近頃はバーでだって突き出しに出てくるのである。婦人雑誌が提唱する、妻の栄養管理といっても、脱け穴だらけなのだ。

しかしクサヤは肴としては好き嫌いの激しい対象であった。気軽な小料理屋や、一杯飲み屋、それからお茶漬の店などにはおいてあるが、なかなかバーなどではおめにかかれない。

浅井は、ずっと長い間、クサヤの干物を食べていないことを思い出したのであった。マチ子のアパートに電話があれば、「おい、クサヤを買っといてくれよ」と実に楽しい電話がかけられるところだったのだが、あいにくなことにマチ子のところには電話がない。その不便は、この三、四カ月の間にときどき感じていたが、クサヤをぶらさげてマチ子のアパートまで歩くのも、考えてみるとまあ悪くない、味なものであった。浮気という反家庭的なものと、クサヤの干物を買うという最も現実的なものとの取合せに、なんともいえない可笑(おか)し味(み)がある。

ドアの前に立って、ベルを押すと、待っていたように中から開いて、

「お帰んなさい」

と云いながら、マチ子が白い花がひらくように笑った。

「ただいま」

と、浅井もおどけて応じ、それからマチ子の髪型と、寝巻姿を見て、たった今まで寝ていたらしいのに気がついた。髪は下げて一まとめにし、三ツ編みにして片方の肩に下げてある。白粉どころか口紅もついていない。部屋には寝具が敷いてあった。

「具合がまだ悪いのかい？」

「ええ、まだなんだかぐずぐずしてたんだけど、浅井さんが来て下さったから元気が出るわよ、きっと」

「熱は？」

「いいえ、熱は最初からないのよ。なんだか勢いがなくなっちゃっただけなの」

妻の道子も今日は化粧っけのない、疲れの出た、妙に白っぽい顔をしていたのを浅井は思い出した。気圧の加減だろうか、女はそんなことに敏感なのだろうか。生理日の訪れは、二人の女は約半月違っていることを、浅井はもう知っていたから、そのせいとも思えない。マチ子のブルーデイは三日前に終っている筈であった。それで電話をかけてきたのだったろう。

「こういうとき、電話がある方が便利だね。具合をきいて、見舞らしいこともできるのに」

「ええ。私も本当に来て下さるかどうかと思って落着かなくて、でもお料理はしてあるのよ。ただ、ひょっとして浅井さんに都合が悪いことが起ったら待ちぼうけになるんだなあ、悲しいなあって思ってたとこ」

「電話、ひけばいいのに」

「ええ。でも、電話があると、具合が悪いときでもママから叩(たた)き起されちゃうことがあるし、うっかりお客さまに云ったのが覚えられてて、眠りばなにベルが鳴ったり、そんなときは、かけてくる方は乱酔のときでしょう？　ともかく私のような商売をしていたら、電話はないのがいいのよ」

「しかし僕は不便だな」

「ご免なさい。でも、あなたがいらっしゃるのは、いつだっていいんですもの」

「ああ、いいよ、そのままで。いいよ、今更、着替えなくたっていいじゃないか」

「でも、見苦しいでしょ」

「いいよ」

「だって、お布団(ふとん)敷いたまま御飯なんて、いかにもだらしがないじゃないの」

「いいといったら、いいんだ」

浅井は怒鳴りつけた。

「また出すんだから、二度手間じゃないか」

マチ子は含羞(はにか)んで、チラッと浅井を見ると、台所にかけこんでしまった。化粧をしていないのと、髪型のせいもあって、それがひどく初々(ういうい)しく見えた。

浅井は背広を脱ぎ、浅井が来るようになってからマチ子の作った彼専用の浴衣(ゆかた)に着替え、今までマチ子の寝ていたあとへ、ごろりと横になった。体臭の少ない女だと思っていたが、こうして寝温(ねぬく)まった夜具の中に入ると、ほのかにだが、マチ子の匂(にお)いがする。浅井は、たちまち興奮した。

「おい、マチ子」

「はあい、すぐよ、待っててね」

「待てない。すぐ来いったら」

台所から振返って浅井の招く顔を見て、マチ子はすぐ汁を煮たてていたガスを止めた。

「ちょっと休まして、おねがい」

浅井の躰(からだ)が離れてから、マチ子が云って、そのまま眼をつぶっていた。

浅井は煙草を一本吸い終ると、起き上って、浴衣のうえからウールの単衣を着て、着物姿になり、それから再び俄かに思い立って台所に入って行き、クサヤの干物を焼き始めた。日本酒もあるし徳利のありかもすぐ分ったので、燗も同時につけた。油がバチバチ音をたてるような乱暴な焼き方をしてから、徳利も肴もぶら下げて戻ってくると、

「ものすごく臭いわ、なあに？」

マチ子が眉根にきゅっと皺を寄せて、訊いた。彼女がこんなに露骨に不快さを見せたことは、かつてなかったのに、浅井はひとりで上機嫌になっていて、

「クサヤだもの、臭いのが当然さ」

と、嘯いている。

彼は今日の午後からずっと、まるで思い詰めていたように食べたいものを食べるときがきて、寝ている女の表情をうかがう余裕も失っていた。女がいて、酒があり、肴は最高なのだ。一つ終った後で彼の関心は、もはや酒と肴にのみ専らしている。

まだ熱いのを指先で手荒く裂いて、口の中に放り込んだ。うまい。浅井は、奥歯で嚙みしめながら、熱い酒を口に当てた。コップ酒であった。うまい。喉を鳴らして飲んで、マチ子の方を見ると、彼女は先刻からくるりと浅井に背を向けて寝ていた。そ

の首から肩へかけて、線が美しい。美容体操で腐心している道子などの及ぶところではなかった。そこには倖せとは縁の薄い女の、淋しいがしかし強靱な生命力に培われた美しさがある。もっとも浅井がそう考えついたわけではない。彼は、抱いた女が、起きかねている図柄を、名匠が自分の絵に見惚れているときのような眼で、眺めているのであった。

一本分の酒を飲み終る頃、ようやくマチ子が起き上った。寝巻の上に半纏風の茶羽織を着て、そのままバスルームに消え、しばらくして戻ってきた。手に、大きな緑色の瓶を提げていて、部屋の隅に置くと、そっと蓋を開けた。

「なんだい、それ」

「エア・ウイック」

「え？」

「だってあんまり臭いんですもの」

便所にあった脱臭剤を、部屋の中においたのだから、随分露骨なことをしたものだ。

「君はクサヤは嫌いだったのかい？」

「そんなことないのよ。でも、それ、あんまり凄いわ。臭すぎるんじゃない？　どこで買ったの？」

「そこのマーケットだよ」

浅井は嗅(か)いでみたが、特別ひどいわけではなく、クサヤ特有の匂いがあるだけだった。

その夜、マチ子が整えていた食膳(しょくぜん)は、浅井の好みを知り覚えた彼女らしい、湯豆腐と、筍(たけのこ)とぜんまいの煮つけなどであったが、彼女の分は何もなかった。

「君は喰わないのか」

「なんだか食欲がないのよ」

妻の道子が朝云っていたのと同じ言葉だ。まさかこの二人の間に連絡があるとは思えないが、浅井は一瞬ぼんやりと顔を上げてマチ子を見た。

「食べた方がいいよ。うまいぜ、なかなか」

「ええ、私も食べたいものはあるの、あとで食べますから」

「なんだい？」

「喉のすっとするものがほしいと思ってね、作ってあるのよ、浅井さんもめし上る？」

「なんだ」

「ひやむぎ」

「へえ、気が早いねえ」

「浅井さんも嫌いじゃないでしょ」

「ああ、好きだよ。しかし、あれは夏の喰いものだ」

「いま召上らない？」

「いや、酒がいい。このクサヤで、飲めるだけ飲みたい感じだ」

「私の感じとしては、ひやむぎの感じ」

「じゃあ、いいよ。遠慮せずに喰えよ」

「飲んでらっしゃる目の前で、悪いわね」

「いいよ。しかし、君は飲まないのか」

「やめておくわ。なんだか調子が出ないから」

「本当に出てない感じだねえ」

浅井は酔いも手伝って、カーテンの手前にかけてあった背広から、三万円別にしたものを取出して、

「これ、見舞がわりだ。これから毎月渡すから」

と云った。

「あら」

マチ子はそう云ったが、表情はなくて、意外というのでもなければ、有りがたそうでもなく、まして感謝して受取るという顔でもなかった。

浅井としては、これは気に入らなかった。三万円というのは、物価高の昨今では大金の部類に入らないかもしれないし、銀座のようなところで働いている女にとっては、ものの数でもないことかもしれないが、しかしそれは浅井にとって、決して少額な金ではなかったのだ。ただし、浅井がこのとき多少とも気に障(さわ)ったというのも、女が吃驚(びっくり)するだけの大金を投げ与えていないという負(ひ)けめがあったかもしれない。銀座の女を月々の手当て三万円だけで囲おうというのが、ちょっと虫のいい話と思えば思えないこともなかったからである。

そこで浅井は、マチ子同様にあいまいな表情になり、黙って手酌で飲み、二人の間で三万円は宙に浮いた形になってしまった。

そのとき、表のベルがビービーと鳴った。

浅井はぎょっとして、大げさに云えば手の中の盃(さかずき)を取落すところだった。それというのも、彼がマチ子のアパートに来るようになってから、そろそろ四カ月になるというのに、戸口のベルは彼以外の者の手で鳴らされたことがなかったからである。

マチ子も眉をひそめた。

「どなた？」

「そば屋ですッ」

表の声は、ひどく威勢がよかった。

「なんだ」

マチ子と一緒に浅井も吐息をついた。マチ子は急いで台所に立ち、ざるそばの空(から)になったせいろう二枚を持って出た。

「ご苦労さま。おいくらだったかしら」

「二百円です」

「はい」

「毎度ありがとうございッ」

そば屋の小僧が帰ったあとで、しばらくこのことが二人の話題になった。

「誰か他の男が来たのかと思ったぜ」

「まさか、あなた以外にこのアパートに私が住んでることを知ってるひとはいないわよ」

「本当かい？」

「疑い深いのね。知らないッ」

「さっきのそばは誰と食べたんだ」

「どうしてそんなこと訊くの？」

「せいろうが二枚だったじゃないか」

「近頃は一人前では出前ってしてくれないのよ、だから勿体ないけど二人前注文したんだわ」

「昼がそばで、夜がひやむぎか。君はそんなに麺類が好きだったのかい？」

「そうでもないんだけど、ちょっとここんとこ胃の具合がおかしいのよ」

「飲みすぎたんだろう」

「どうしてそんな目をして私を見るの？」

「この二、三日、僕は来なかったからな。その間に何をしていたか分るもんか」

「本当に疑り深いのね。浅井さんがそんなひとだったとは知らなかったわ。これ、返すわよ」

マチ子は本気で怒り出したらしかった。それまで浅井が出したままで、マチ子もはっきり受取りかねていた三万円を、マチ子は突返した。

「返さなくてもいいだろう。いらないのか」

「いらないわよ。疑っているひとから受取るんじゃ、淫売みたいなものだわ」

「じゃ、ざるそばぐらいのことで、何をぐずぐず云(い)うのよ」

「何も云ってないよ。冗談だよ」

「冗談なら、随分ひどい冗談ね」

マチ子の両眼に、みるみる涙が盛りあがったのを見て、浅井は狼狽(ろうばい)し、同時に感動した。女の涙ほど、男を無条件で降伏させてしまう強力な武器はなかった。

結果として三万円は、不足であろうが浅井の誠意の一端としてお納め頂くという形になってしまった。

「お金をもらうのは、お妾(めかけ)さんになることでしょう？ だから受取りたくないのよ」

「しかし僕が来ては、飲んだり喰ったりしているじゃないか。それが君の奢(おご)りというわけにはいかんじゃないか」

「そうねえ。じゃあ、お酒とお肴(さかな)の実費として頂きましょうか」

「そうしてくれ。料理屋でこれだけ飲み喰いして、月に三万円ではあがらないよ」

「明細書を書いときましょうか」

「馬鹿(ばか)。そんなことするな」

「でも私、家計簿はきちっとつけてるのよ。浪費癖もない方だしね」

「そんなことは考えていないよ」

「うん、銀座の女には珍しい堅実型だね、君は」

「気がつくのが遅すぎたんだけど」

「え？」

「十年前から計画たててれば、今頃はもうちょっとどうにかなれてたんだと思うけど。この頃の若いひとは、本当にその点は立派なものよ。最初から目標額をきめて貯金して、三年か四年でたちまちママに出世したり、結婚してしまったり。考えてみると私の若い頃は、今のひとたちより夢を持っていて、だから愚かだったわね。男のひとにからかわれると、まるきり本気になってのぼせ上ってたんだから。その間には随分無駄をしたわ」

マチ子の感慨には、一人の少女が夜の銀座裏で、次第に心も躰も侵蝕されてきた過程を振返るしみじみとしたものがあったのだが、浅井は酔っているせいもあって、自分のことばかり考えながらマチ子の述懐を聴いていた。本気になってのぼせ上って、その間には随分無駄をしたというところなどは、浅井の過去を省みても実感というものであった。女に本気で惚れたばかりに家の中は忽ち地獄と化し、妻の道子は悪鬼羅刹となって浅井は責め苛まれた。その思い出は、思い出すとしばらく総毛立つほどであった。しかし彼は今や、遂に悟りの境地に達して、マチ子との関係を一度も妻から疑われることなく、浅井自身も二人の女の中で苦しむこともなく、しかも昨夜は僥倖に恵まれて道子を夜の巷に社会見学させることができ、韜晦術は成功裡に終っていたと信じている。男として、この生活を満足と思わずして、何を満足というべきだろう。三万円を浅井の飲み喰いの実費だといわれたのは癪だったが、実際そんなものなのだから仕方がなかった。

日本酒から、食後はウイスキーに切り換えて、ついでに浅井はテレビをつけた。どてら姿でこうしていると、ここも我が家だという気がする。その寛いだ気分も捨てがたい。三万円は惜しくない、と浅井は自分に云いきかせた。

浅井がテレビでボクシングを眺め出したので安心したのか、マチ子は冷蔵庫から用意していたひやむぎを取出してきて、一人で食べ始めた。びっくりするほど大きなガラス鉢にたたえられた水の中に、二人前ぐらいの分量がおさまっていた。マチ子は小鉢に、割箸を使って白いひやむぎをすくい上げると、そばつゆに浸したとみる間に唇に吸い込み、つるつると可愛い音をたてながら、しかしまるで呼吸代りに食べているように、いつまでも箸を止めなかった。

「うまそうだね」

浅井はテレビから振返って云った。マチ子の食欲に、なかば呆れたのである。

「おいしいのよ。あなたも召上らない？」

「いや、僕は飲む方がいい」

浅井に限らず、男というものは本質的に吝なのかもしれない。ともかく定額の金を、毎月渡すことにきめたについて、浅井自身は先刻からひどくこだわっていた。それは毎月会社から渡される月給袋を、封も切らずに妻に渡す夫の心理と、一脈似通うところがあった。理屈ぬきに、惜しいという気がするのである。一瞬、これが全部自分のものにすることができたら、と思うときの、あの微妙な心理の振幅であった。

ひやむぎがどれほど美味に見えようとも、浅井は、自分の金を払っているのなら、そんなものよりウイスキーを飲んだ方がトクだと思っていた。この計算はいかにもみみっちく、いかにも浅ましかったが、しかしあの三万円が、浅井の飲食費の実費であるというのなら、三万円分飲んだ方がいいと、酒飲みなら咄嗟にそう思うのは仕方がない。酒を飲めば本性が出るのだし、酒が好きな男なら、何はさておいても酒の方に手が出るし、まして酒を飲めば酔うのだ。酔った人間は、自分に対しておそろしく忠実になる。彼は今や、マチ子の肉体よりも、自分が渡した三万円にまったく執着し、それが酒代だと吹きこまれた記憶に対して、おそろしく忠実に飲まねばならぬと思いこんでいた。

たっぷり二人前はあった筈のひやむぎを、一息に喉を通してしまったマチ子は、ようやく人心地がついたのか、少しけげんな面持ちで浅井に云った。

「随分飲んでるわね、浅井さん」

「悪いか」

「そんなことないわよ。でも、大分酔いがまわっちゃってるみたいだから」

「飲んでるんだからあたり前だ。飲んで酔わなきゃ酒じゃない」

「女が惚れなきゃ男じゃない」

「うまいッ」

二人は朗らかに声を合わせて笑い、浅井はそろそろ帰ることを思い出し、マチ子はつと手を伸ばして薬の瓶をとると、中から錠剤を掌にあけて口に投げ入れ、ポリポリと嚙んだ。

「なんだい、その薬」

酔っていた浅井は、ちょっと気になったので、ふらふらと立上りながら訊いた。

「エビオス」

「へえ、古いものを飲んでるねえ」

「でも、これ、副作用がなくて胃には一番いいんですよ。私は新薬ってものは、あんまり信用してないの。どこまでも古風にできてるのかしらね」

「どれ、僕にもくれ」

浅井が差出した掌に、マチ子は気軽く、また四、五錠あけてみせた。浅井が口に含むと、記憶に残っている匂いがあった。

浅井が立上ったので、マチ子はもう察しをつけたのか、彼の帰りの身支度を手伝い出した。それはまるで妻の道子が、浅井を朝の出勤に送り出すときと同じようにまめまめしく、妻のある男が、妻の住む家へ帰るのを送り出す女の仕種としては考えられないほど甲斐甲斐しかった。

「君は妙な女だ。まったく妙な女だ」

浅井はネクタイを自分で締めながら云った。マチ子は浅井の背広を今すぐ着せかけられる体勢で待っていたが、小首をかしげて、

「どうして？」

と訊いた。

「君は僕を愛していると云ったが、本当なのかなあ」

「変なことを云い出すわね。どうして？」

「うん、君が僕を好きだということは僕も分ってるんだがね、しかし、それにしても

妙だな」

「何が妙なの？」

「君は僕が帰ることに、なんの抵抗も感じないのかい？」

背広をひろげて持っていたマチ子の手が一瞬硬直した。が、すぐにマチ子は唇の端に微笑を浮べていた。

「残酷なことを訊くのね、浅井さん」

「どうして」

「あなたに奥さんがあるってことを、何もあなたの口から云い出さなくたって、いいじゃありませんか。あなたを送り出したあとで、私が一人になってから、どんな気持でいるのか、あなたは考えたこともないっていうの？」

このマチ子の口調には、先刻の三万円を返そうとしたときと同じような、底にぶきみな強さと怖ろしさがあることを、酔っている浅井にも感じさせずにはおかなかった。

「すまん、すまん。いや、悪かった」

「私は諦めから出発してるんです、浅井さんに対しては。だって私は遅れてきた女なんですものね、いろんな意味で。それに、男という生きものを一人じめにしようなんて、私なんかには大それた考えなのよ。私はこの十年間に、それを何度思い知らされてきたか分らないわ」

　再びマチ子の眼から大粒の涙があふれた。

　東中野から高円寺はタクシーでは目と鼻の距離なので、浅井は酔ったまま自分の家に帰りつき、道子が玄関の戸を開けるまで、ずっとブザーを鳴らし続けた。

「お帰りなさい。どうしたの」

　道子がのっけに訊いたのは、浅井が門柱に抱きつくようにしてまだブザーを鳴らし続けていたからである。

「お前こそどうしたんだ。泣いていたのか」

　酔いすぎて少し舌がもつれていたが、道子の瞼が腫れていて、眼の細いのに気がついて浅井もすぐに訊いた。帰りがけにマチ子が泣いたので、連想が働いたのであった。

「眠ってたのよ」

「眠った？」

　そういわれてみれば、道子はひどくだらしのない姿をしていた。赤いネグリジェの上に例の半纏を着ている。珍しいことなので浅井は思わず問い返したのだが、道子は苦笑しながら肯いて、

「あなたが宿酔には胃薬か肝臓の薬がいいっておっしゃってたでしょ。だから薬局へ買いに行ったのに、つい精神安定剤を買っちゃったのよ。なんだか、いらいらするもんだから。それを飲んだらね、十五分もしたら眠くなって眠くなって、今日はお稽古があったでしょう？　そりゃ困ったのよ。だから、お弟子さんたちが帰ったら、もう無我夢中でベッドに入ってしまったの。それからずうっと、あなたがブザー鳴らすまで一度も眼があかなかったわ」

「馬鹿だなあ。新薬をうのみにする奴があるか。エビオスでも飲んでおけばいいんだ」

「でも、なんだかいい気持よ。まだとろっとしているわ。とても効くわよ。あなたも飲んでみない？　本当に精神が安定するわ」

「馬鹿野郎、俺は酒さえ飲んでりゃあ安定するんだ」

「そうね、あなたみたいにお酒が飲めたら幸せだわね」

酔った夫は扱いなれているから、道子は浅井に調子を合わせながら着替えを手伝っていた。浅井の方は、ネクタイを外しながら、マチ子を思い出し、あっちの方こそエビオスより精神安定剤の方がよかったのではないかと思ったりしていた。二度も泣いたりして、あの女はどうも今日は感情が昂ぶっていたように思う。

「部長さんとのお話、どうでした」

背広とズボンを一つのハンガーに吊して、洋服ダンスにしまってから、道子が訊いた。

「部長？」

「ええ。今夜は部長さんと御一緒だって云ってらしたじゃないの」

「部長なんて奴は、くそを喰らえだ」

「あら」

「何が部長だ、あんな奴」

生酔い本性たがわず、浅井は上司を罵倒することによって、その夜のアリバイ工作をなしとげていた。

道子は別段夫の現在の素行に対して何の疑いも持っているわけではなかった。いや、疑いは抱いていたが、その疑いはこの十年間に経験した疑いとは質的に異なるものであったから、夫の品行を今更問題にするつもりもなかったのである。夫が今夜一緒に飲んだという相手の部長がいろいろ面白くないことが多いので、押えていた酒が家に帰ってほとばしり出たのかと思うと、さっき門柱にしがみついてブザーを押していた姿とも思いあわせて、まるで子供が外で覚えた不満を母親に告げ口しているのを見守っているときのような甘美な恍惚さえ覚えていた。ああ、あの薬は、本当にいい。副作用がないと薬局の主人が云っていたのだから、安心していいだろう。

「エビオスだなんて、あなた」

道子は、くすくす笑いながら云った。

「あなたらしくないわ、随分古風なことを云うわねえ」

ぐいと浅井の腕が伸びて、道子の大きくふくれたネグリジェの衿の下に手を入れていた。子供を産んだことのない道子の乳房は堅く、豊かであった。

「ああ」

眠り足りていた妻の躰は、夫の意志をくみとるのに充分な柔軟さを持っていた。十五年間、馴れきった者同士、肌をあわせるのに何一つ不自然なものはなかった。しかし浅井はマチ子のアパートから帰ってきたところであり、妻の道子はある決意を固めたばかりの出来事であった。二人とも、それぞれにある感動を持っていて、営みは常より長く続いた。

ようやく躰を離した夫に、

「あなた」

妻が優しく囁きかけた。

「うん？」

「今日、本で読んだんだけど、おまじないがあるんですって」

「なんだ、それは」

「絶対受胎するおまじないよ」

ぎょっとしている浅井の耳許に道子は、事のあと尾骶骨を叩くといいのだそうよと云った。

そして更に、叩けと云い出したのだ。

「子供がほしいのか」

「だって私、今年中にできなかったら、四十過ぎてしまうのよ。あなただって、ほしいでしょ」

「どうだっていいよ」

「よくないわ」

きっぱりと道子は云い、浅井は云われるままに、彼が秘かに石女と断定している妻の躰を持ちあげて腰の下の骨を叩いた。もし神というものが実在するならば、この夫婦の行為——それは正確には人間の演技というべきものだが——には目をそむけられたに違いない。

しかし、浅井は無邪気に、すぐ睡魔の方に身をゆだねながら、かすかに梯子酒（はしござけ）のような気分を味わっていたのであった。

命毛（いのちげ）

浅井がマチ子の生理に、ある疑いをかけるようになったのは、「ジョルダン」にいるときも、マチ子の様子に精彩が欠けてきたからである。目に立つような身なり振舞いというものは、もともとない女であった。たとえば流行のミニスカートなどはいて現われるような型の女ではない。真冬でも春になっても、いつも青または青磁色の着物を着ていて、髪はひっつめて巻き上げるという、いつでもどこでも同じ感じの女だった。しかし、客の放言に相槌（あいづち）を打たせたら、「ジョルダン」ではマダムに次いで彼女がうまい。酔っているように見せながら、客が煙草（たばこ）を喰（く）わえればマッチをするし、客が手洗いに立つと、頃合を見はからっておしぼりを手にして待っている。行届いた女なのである。

それが、昨今は何をするのもいかにもものうげで、客が何か話しかけても、頓珍漢（とんちんかん）

な返事をしてしまうし、アルコールは一切飲まなくなって、客の振舞いにはレモン・スカッシュを注文するようになった。当人も自分で多少の意識があるのか口紅は濃くひいているのだが、肌が蒼(あお)ざめているのはそれだけでは紛らせることができない。

「元気がないねえ」

浅井が云うと、マダムが大きく肯(うなず)いて、

「悪阻(つわり)じゃないのって云ってるんですよ」

と云い、浅井をぎょっとさせた。

「あら、浅井さん、覚えがあるんですか、やっぱりそうなのね。私の目に狂いがなかったわ」

マダムが陽気に調子にのって云い続け、浅井は困惑してマチ子の横顔を見るともなく見ると、

「いやだわ、浅井さん。そこで黙っていたら疑われるばっかりですよ。ママが悪阻と云ったのは木の芽つわりのことですよ」

マチ子が静かにたしなめるように云う。

「木の芽つわり？」

「御存知ないんですか、浅井さん」

マダムが驚いたように浅井の顔を見てから、木の芽どきには、女の生理が狂いやすいのだと云った。

「木の芽つわりとも木の芽狂いともいってね、この季節には女の殺人とか発狂とかとても多いんですって」

「本当かい？」

「ええ、これは本当よ。私は警察のひとから教えてもらったわ。今時分が一番、女の犯罪の多いときなんですって。浅井さんも用心した方がいいわよ」

「どう用心したらいいんだ」

「出刃で刺されたり、殺されたりしないように用心するんですよ」

「だから、どう用心するんだ」

「そうねえ」

マダムは考えこんだ。

「私も覚えがあるけど、女というのはカッとなると何をするか分んないんですよ。私なんかも、あとになって考えてみて、どうしてあのときあんなことをしてしまったんだろうって、考えこんじゃうことがあるわ。女って、謎（なぞ）よ、浅井さん」

「当人が謎というなら底は知れてるな」

「浅井さんは幸せな人なのね」

「どうしてだ」

「女の怖いところを、まだ見たことがないのよ、きっと」

「ああ、それなら」

云いかけて、浅井は黙った。マチ子が黙ってレモン・スカッシュを飲んでいる前で、会話は店のマダムと浅井の二人で行われていたのであった。妻を女と呼べるかどうか分らなかったが、浅井はともかく妻の道子の怖(おそ)るべき形相と狂い猛(たけ)ったときの記憶は、何年たっても少しも薄れることなく鮮やかに残していた。しかしその話を、浮気を売物にしている店の中で喋(しゃべ)り出すほど、浅井は不粋な男ではなかった。

「それなら、どうなんです？」

マダムは酔っていたようである。その夜は客が少なかった。そろそろ看板に近くなっている。浅井はもちろんマチ子と一緒に帰るつもりでいるのであった。

「それなら、嫌だね。怖い女なんて、俺は大嫌いだよ。理屈の通らないことを云い募ったり、平気で無茶苦茶を押し通したり、それが女の売りものだと思っている女なんぞは、避けて通りたいと思ってるさ」

「はっきり云われちゃったわね」

マダムは笑い出した。

「浅井さんのような男が、私たちには一番手ごわいのよ、ねえ、マチ子。女は馬鹿で、それが可愛いって云う男が、こういう商売ではカモなんですよ。無茶苦茶なところで手を焼いて、それでホイホイと眉を下げて喜んでる男が、一番御しやすいんだけどね、浅井さんみたいな男ばっかりだったら、私たちの商売はあがったりだわ。正直云って、そういう男が殖えてきてねえ、銀座も随分下火になってきましたよ。男が利口になってきたってことなのかしら」

このところバーの水揚げが減っているのは事実だったのだろう。「ジョルダン」のマダムは本音を吐いていたのに違いない。

黙って二人の会話を聴いていたマチ子が、このとき静かに口をひらいた。

「でも私、そういう男のひとの方が好きだわ。利口っていうのか、賢いっていうのか、ともかく頭のいいひとでなきゃ、男は値打ちがないと思うのよ。バーなんて、男が安心して本性を暴露するところでしょう？　そこで女に手ごわそうに見える男って、よくよく本当の男なんだわ」

「何を云ってるのよ、馬鹿ねえ。そんなに純情だから、ひどい目にばっかりあってきたんじゃないの。いい加減でめざめなさいよ、マチ子さん。銀座で働くのはビジネスなのよ。あんたみたいにしていたら、いつまでたっても万年ホステスで、高級マンションにも住めなけりゃ、お店を持たずに一生終るわよ」

マダムは真剣に忠告しているらしかった。

「仕方がないわ、性格だから」

「性格だっていったって、そろそろ齢(とし)のことも考えなさいよ。昨日今日お店にきた子とは違うのよ」

「知ってるわ。来年は三十よ」

「自棄(やけ)にならないでよ。お客の前で本当の齢のことを云うことはないでしょ、馬鹿ねえ。浅井さんの興がさめるわ」

「いいんです。かまいません」

他のホステスたちは一斉に帰り支度を始めていた。バーテンたちも音をたててグラスを洗ってる。マダムは時計を見て腰を浮かした。心配そうに浅井の顔をちらりと見ている。

「帰るよ」

「すみませんね、楽屋話をしてしまって」

「楽屋のことぐらい知ってるよ。こっちだって銀座で十何年飲んでるんだ」

「だから浅井さんには、か、な、わ、な、い」

マダムの笑顔に送り出されて、浅井は振返りもせずに「ジョルダン」を出た。バーの終る時間は、タクシーを拾うのが最も困難なときであった。だから、タクシーを摑まえやすいところまで歩かなければならない。その方角は、ずっと前からきまっていて、浅井がゆっくり歩いていれば、いずれ背後からマチ子が追いつくことになっている。

「本当に木の芽つわりなのかい？」

肩を並べて空のタクシーの来るのを待ちながら、浅井が訊いた。

「いいえ」

マチ子がきっぱりと答えた。浅井が咄嗟に何か云おうとしたとき、目の前に空車が来て止り、自動式のドアが開いた。

乗ってから、

「東中野」

と、行先を告げたのはマチ子である。

アパートへ着くまで、車の中で二人は黙っていた。窓の外のネオンが飛んで行くのを見ながら、浅井は酔いがどんどんさめていくのが分る。先刻の、マダムとマチ子の対話が思い出された。「馬鹿ねえ、浅井さんの興がさめるわ」「いいんです。かまいません」それは、おそろしく物静かで、しかしまたおそろしく毅然(きぜん)とした口調であった。たった今、木の芽つわりかという問いに「いいえ」と答えたのもまた同じ口調だった。マチ子が妊娠している。

浅井の子供を産みたいのだと、はっきり宣言したのは、四カ月前の出来事であった。アパートの前に着いても、マチ子は黙って車を降り、振返りもせずに自分の部屋の扉の前に行って鍵(かぎ)を当てた。浅井は、このまま自分の家に帰ろうかと一瞬迷ったのだが、

「四百六十円です」

と運転手が云ったので、反射的にポケットから小銭入れを出して払った。タクシーは自動式ドアを音高く閉めて、すぐ走り去った。

それを、浅井も見送っていたが、扉を開けたマチ子も振返って見ていた。浅井が入ってくるまで、マチ子はそのままそこに佇(たたず)んでいた。

部屋の中は、もう暖房を必要としない季節であった。が、寝床は敷いたままになっていて、他にはどこも乱れてはいないが、平素のマチ子の部屋と少し違っている。

「あのまま行ってしまうのかと思っていたわ」

乾いた声で、マチ子が云った。

「帰るわけにもいかないじゃないか」

浅井の返事は不機嫌だった。彼は事態に当惑していた。あなたの子供を産みたいと云い、厳粛な床入りをすませ、そして浅井はひょいとしたはずみに産めと叫んでしまったのである。彼はそれを忘れてはいなかったし、だから、ひどく後悔しているのであった。

マチ子は、卓袱台の前に坐って、落着きはらって魔法瓶の湯を土びんに注ぎ、茶を淹れて、浅井にすすめた。浅井は片手で摑んで、がぶりと一口に飲んだ。湯は適温になっていて、玉露の味が舌に甘く残った。

「私、産みますよ」

マチ子が切りつけるように云い出した。

「それは君、よく考えた方がいいのじゃないか」

浅井としては慎重に云い出さないわけにはいかない。

「よく考えた上でのことですもの、心の準備はとっくに出来ていたわ」

「医者に診せたのか」

「ええ」

「いつだ」

「四日前です」

「なぜ今まで黙っていたんだ」

「だって今日、はっきりしたんですもの」

浅井は家に子供がいないから妊娠出産についての知識は、あまりなかった。子宮口を探る内診でも分ることは分るが、本当に確定したかどうかは妊婦の尿の検査――というより、尿を兎(うさぎ)に注射して三日後に解剖した結果はっきりするという知識は、このときマチ子に聞かされるまで知らなかったのである。

「病院で、おめでとうございますって云われたわ」

「もう三月(みつき)ですって」

浅井には返事ができない。

「どうして？」

「月経の周期で一カ月を勘定するらしいわ」

「それにしても早すぎるじゃないか」

「いいえ。ちっとも不思議はないわ」

母となったという自覚が、こんなに早く顕(あら)われて、マチ子に毅然たる態度をとらせているのだろうか。浅井はなかば呆然としながら、マチ子の形のいい唇が、風にそよぐ花びらのように動くのを見詰めていた。

「だって私、浅井さんがお店に来るようになってから、そうね、あなたがこのアパートに来た日から逆算すれば半年くらい前に、いつでも妊娠できるようにしていたの」

「それはどういう意味だ」

「分らないの？」

「うん、分らない」

「どうして分らないの？　私は処女だったわけじゃないわよ。男には泣かされてきたって云ったでしょ」

「うん」

「私はもともと妊娠しやすい躰なの。だから、子供ができかかったのは、これが初めてじゃないわ。妊娠したっていうと、たいがいの男は逃げてしまったものよ。自分の子供じゃない筈だなんて云ってね。バーの女は、よくよく貞操がないと思われているのよね。一生子供の面倒は見たくないということもあるんでしょ。奥さんにばれるのが怖いってこともあるんでしょ。その度に捨てられて、そうなると私なんかは泣き寝入りよね。一人で産科の病院へ行って、一人で掻爬してもらって、お金を払って一人で帰ってくるの。いつも、それから泣き続けたわ。若い頃から私は子供が欲しかったのよ。産めるものなら産みたかったの。だけど、男に入れあげちゃった揚句のことでしょう？　お店に出なければ食べて行かれないし、大きなおなかでバーでは働けないし、結局この齢になるまで産めなかったのよ」

マチ子の口調は、次第にしみじみとしてきていて、浅井を説き伏せるつもりはないらしかった。

「君は何度もおろしてるのかい？」

「ええ、三回。なにしろ、私の躰ときたら一度でも妊娠しちゃうくらい簡単にできてるらしいのよ。子供がほしくて人工授精をするひとがいるっていうのに、神さまは不公平だと思ったわ、妊娠しても産めないなんて。神さまがあるんだとしたら、随分ひどいひとだと思うわ。産めない女なら、産めない躰にしといてくれればいいんだもの。そうすれば諦めてしまうのに」

「君は、そんなに産みたかったのか」

こう訊いたとき浅井の念頭に、いつだったか妻の道子が本で読んだという知識に基づいて、奇妙なまじないを彼にさせたことを思い出していた。不妊症の道子でさえ、ああいう気休めをときにはしてみたくなるのだから、搔爬手術の経験を持つ女が、子を産むことを諦めきれなかったというのも分るような気がする。

マチ子は、静かに肯いて、云った。

「浅井さんを好きになってるって気がついてから、私はリングを外していたの」

「ええ？　何を外していたって？」

浅井は思わず訊き返し、黙って見返しているマチ子の白い顔から事の次第を読みとるまでにかなりの時間をとった。

受胎調節というものについて、戦後日本のジャーナリズムは微に入り細を穿つまでその知識を集め、拡げ撒らした。未婚の女性向けの雑誌でさえ、そういう記事の特集が掲載されている時代なのである。だから、浅井もその方面の知識は無意識のうちに持っている。しかし十五年の結婚生活で遂に妊娠しなかった妻を持っている浅井は、例の人妻との一件まで、恋愛にも浮気にも意識して女の妊娠を防ぐようなことはしてこなかった。日常の家庭生活で、その必要のなかった男が、ほんの浮気でも、ましてのぼせ上っている恋愛の最中に、カレンダーを繰ったり、何かを使ったりすることに迂闊になるのは無理ではない。近頃の若い世代はともかく、すくなくとも浅井の年代の男なら、そんなものであった。

だから、当然マチ子の側に、防禦態勢が整えられていたとしても、不思議はない。

まして妊娠しやすい躰で、掻爬の経験も悲しみも味わい尽してきた女なら、独り暮しの味気なさに、ある夜は荒れて、感情や感覚だけの世界に溺れてしまうこともあるだろう。そんな誘惑にはことかかない職場なのだ。

マチ子が器具を使って不妊の躰にしておいた経緯は、彼女が今更語る必要はなかった。浅井にとって、この場合やはり寝耳に水の驚きは、浅井がマチ子の店に常連となり出してから、彼女が準備態勢を整えていたという、その言葉である。殆ど同時に、このアパートでの最初の夜のできごとと、その翌々日の厳粛な床入りを、彼は思い出していた。

「つまり僕は狙われていたというわけか」

「狙う？」

マチ子は眉をひそめた。

「浅井さんの何を狙うの？　私は最初から云っていたでしょう。あなたの奥さんになれるとも思わないし、あなたからお金をもらうつもりもないのよ。何も欲しいと云わないわ。ただ、あなたの子供を産みたいと思ったし、そうすることにきめたのよ」

「どうして僕がよかったんだ」

「ママが云ってたように、浅井さんはけっしてお人好しではないわ。だけど、悪いひとではないと思ったの。女をいためつけるひととは思わなかった。それに、あなたが怒ってこれきり会わないと云ってもかまわないと思うほど好きだったんだわ」

釈然とはしないけれども、決して悪い気持ではない。かといって手ばなしで悦に入っていられる場合でもなかった。こういうことになることは、確かに最初から宣言されていたのだが、浅井としては考えこまないわけにはいかない。

「それは君、よく考えてからにした方がいいよ」

浅井は同じ言葉を繰返した。

「産みますよ、私。浅井さんには迷惑一切かけません」

「しかし、生れてくる子供のことを考えてみろよ。僕は君には気の毒だが、君と結婚する気は最初からないし、君も云ってくれていたが僕の家庭を破壊するつもりはないんだ、したがって君が子供を産んでも認知はしない」

「はっきり云うわね」

マチ子が苦笑しながら呟（つぶや）いた。

「ママの云った通りよ、私たちのような女には一番手ごわい男ね、浅井さん」

「そんなことじゃないよ。僕はごく常識的なことを云ってるんだ」

「常識ね」

「子供は両親の揃った健全な家庭に生れるのが一番幸せなんだよ。そう思わないかい？」

「そりゃそうだわ、それが常識ね」

「産むのなら責任を持って、責任の持てる情況のもとに産まなければならない」

「そうだとは思うわ、常識的には。でも、そんなことを云っていたら、私にはその責任の持てる情況というのがいつのことになるか分らないわ。私のような、常識ってものから、はみ出したところで生きている女には、一生チャンスは与えられないのよ、浅井さん」

「生れる子供の幸不幸を考えなくっちゃいけないよ」

「両親が揃っていなきゃいけないのね。でも、この両親が仲が悪くって年中いがみあっていたら、そこへ生れた子供は幸福かしら？」

「女はすぐ極端な例を持出すからな、いやだよ」

「じゃ、私の場合、父親はありませんでした。母親だけで弟が一人。父親は弟の生れる頃はもう家にはいなかったわ。捨てられたのかもしれないし、もともと二号だったのかもしれない。私も弟も、そのことでお母さんを詰ったことはなかったわね。私たちは私たちを養うために一所懸命働いていたお母さんを傷つけたくなかったんですよ。

それで、私たちは幸せでしたよ。母親ほどいいものはないって、弟も今でも云っているわ」

「………」

「私が父なし児だったから、浅井さんが理屈で考えているより、私の方が父親のない不幸は知っているんですよ。でもね、私は男で苦労してきて、その揚句、へんな父親ならない方が却っていいと思うようになったの」

「僕がへんな父親か」

「そんなこと云ってるんじゃありませんよ。女たらしや、酒乱や、ひもだとか、そんな男とは夫婦になったところで幸福な家庭なんてつくれっこないじゃありませんか。だから私は自分と子供だけで、ひっそりした幸せをつくりたいと思っているの」

「それじゃあ、僕は何なんだ」

「え？」

「まるで種馬のように云うじゃないか」

「とんでもないわ。私は浅井さんが好きで、それでこうなったんだから、ここで浅井さんに嫌われても仕方がないと云っているのよ」

「君は自分と子供のことばかり云うがね、生れてくるのは僕の子供なんだろう」

「ええ、そうよ」

「それで、嫌われても仕方がない、と云うのはどういうことなんだ」

浅井がいま云い出していることは、彼の最前の主張とはまったく矛盾していた。喋り出した浅井自身が、何を結論として云いたいのか、実はよく分っていないのである。ともかく彼は、マチ子の考えで、自分の存在が無視されているのが面白くないのであった。責任はとりたくない。道子に知れたら大事件だと思っている。家庭という、あの安穏なねぐらを失う気持は少しもなかった。マチ子が産んでも、認知はしない、そうはっきり云ったのを訂正するつもりはない。しかし、自分の子供には少々の未練があったし、まだ二回目を渡したばかりだけれども、月々の金を払っている女を、これを契機に捨ててしまうのは惜しいのであった。

「だって私は産むつもりでいるんですもの」

「それは僕の子供じゃないか」

「その通りだわ」

「しかし僕には女房があって、その子供に対して責任はとれないんだ。そう云っているのが分らないのか」

「分っていますよ、よく。そんなことは初めから分っていましたよ。だから責任なんかとって下さらなくてもいいんです。私が勝手に産むんですから」

「君は、何かい？」

浅井は、こんなところで気色ばんだ。

「子供が出来たから目的は達した。だから僕とは別れたいと思っているのか？」

この質問に、マチ子はびっくりしたらしかった。しばらく息を呑んで、まじまじと浅井の顔を眺めていた。

「え？　どうなんだ？」

「どうって、私は浅井さんが怒って出て行って、それっきりになるという覚悟をしていたんですもの」

「僕が出て行く？」

「ええ。私があなたの云うことをきかなければ、子供の親は僕じゃないぐらいのことを云って、それで捨てられてしまうんだろうと思っていたの。今までに何度も同じ経験をしたものだから」

浅井は大きな声を出した。

「僕を、そういう男たちと同じ人間だと思っていたのか！」

マチ子は、しばらく浅井を見詰めていたが、そっと傍に寄ってくると、彼の胸に顔を押し当てて呟いた。

「ごめんなさい。でも、嬉しいわ」

浅井の心境は複雑であった。

いつであったか六本木の小料理屋で小柳老人と交わした会話などを思い出していた。「子供はいいもんです。理屈じゃないですよ、浅井さん」そう云った小柳の声が耳の奥で谺している。女に子供を産ませるということは、男が生殖能力を確かめることなのだとも彼はそのとき云っていた。マチ子が浅井の子供を妊娠している。浅井の正直な気持で云えば、興味半分でも産ませてみたかった。千鶴子という人妻との火遊びで相手が妊娠したときは動転して逃げてしまったけれども、今になってみると馬鹿にそのときの子供のことが気にかかる。四十過ぎという年齢のせいかとも思う。

子供の顔は見てみたい。自分の子供というものに出会うときのスリルを経験してみたい。人間として男として生れてきた浅井義雄にしてみれば、自分の子孫を持ちたいという欲望も潜在している筈であった。

そこへマチ子の囁きが入る。あなたに責任をとってもらうつもりはないのよ。子供は認知してくれなくていいわ。お金も欲しくないの。今は、どうにか産めるだけの貯金もあるのですもの。

「子供をどうやって育てるのだ」

「清水に弟夫婦がいるんです。もう子供がいますから、養育費を送れば育ててくれるわ。学校へ上るくらいになったら手許へ引取れるし、清水なら土曜から日曜にかけて顔を見に帰れるし」

「君の弟は何をしているんだ」

「何って、別に。苦労して育ちましたから、学歴なんてないし、分相応の仕事をして働いているわ」

「君が父親のない子を産むことに賛成するのか」

「賛成も反対もないわ。肉親ですもの。いざとなったら助けてくれるにきまってるわ」

「そんなものかな」

「ええ、大丈夫です。弟が結婚するまで、私が面倒みましたからね。とても姉想いの、いい弟なの」

「そうか」

「浅井さん、いいと云ってほしいわ。あなたに産んでもいいと云われてから産むのだったら、私も子供も幸福なんですもの」

「しかしなあ、気の毒だという気がするんだよ、君も、子供も。僕は何も出来ないからね。二軒の家が維持できるだけの甲斐性(かいしょう)もないし。サラリーマンだからね」

ずるい、と浅井も自分を反省しないわけではなかった。しかし相手のマチ子は、なんといっても商売女だ。滅多なことを云って言質をとられてはかなわない。浅井は慎重に考えながら口をきき、しかし心の中では、ともかく自分の力の範囲内でなら、面倒はみてやりたいと傾いてきていた。

浅井は遂にマチ子に対して、全面的賛成もしなかったし、無条件で出産を許すとも云わずじまいで、あいまいな形のままでアパートを出た。

マチ子にとっては予定通りに事が運んでいて、彼女の確固たる信念は動かすことができないのを浅井も認めないわけにいかないのだが、するといったい自分の立場は何なのかと矛盾した考えが同時に突上げてくる。

マチ子が浅井の子供を産む。それは浅井にとって明らかに困った事態であった。マチ子は一切面倒を見てくれなくてもいいと云うが、そんなわけにもいかないではないか。浅井は種馬に借りられたような結果になるのを屈辱と感じる一方で、マチ子になら自分の子供を産ませてみたいと本心で思ってもいたのである。それは愛と呼ぶべきものなのかどうか。浅井にはよく分らない。ただ、彼は今夜ほど金力あるいは権力者でない自分の実力を侘しいものに思ったことはなかった。回教国の男たちのように、堂々と何人もの妻を持てるのであったなら、第一夫人に子供がなく、第二夫人が受胎したのを一族こぞって祝うことができる筈であった。いや、日本でだって、富豪や政治家には、妻も公認している妾を持ち、大っぴらに家も構えさせ、一人の妻ではさばききれない家の子郎党を面倒みさせている。中には要領のいい男もいて、関係を持った女たちに一軒ずつ店を持たせ、チェーン経営をしているのもあるという話だ。浅井は今、それらの男たち悉くが羨ましかった。マチ子を公認してやれないのが、なんとも腑甲斐ないように思えて、やりきれないのである。サラリーマンの浅井は、自分の持つ特殊技術で多少のアルバイト収入を持ってはいたものの、しかしその金額は決して妻の道子に夫の横暴を認めさせるほど大きなものではなかった。第一、近頃は道子のアルバイトの方がまったく馬鹿にならなくて、うかうかすると浅井の全収入を上まわるかもしれないのである。丸ノ内の書道教室は大当りをしているらしかった。

考えこんでいたものだから、マチ子のアパートを出てタクシーに乗ったのも、家に着いて百四十円払ったのも浅井はうわの空で、玄関の戸に手をかけてガラリと開けたとき、彼はようやく我に返った。ブザーを押すのをうっかりしたのである。

戸締りがしてない。

浅井は、はっとした。いつもは浅井のブザーにすぐ夫の帰宅と気のついた道子が、飛び出してきて錠をあけるのがこの夫婦の習慣であったのに、今夜は浅井もブザーを押すのを忘れたように、道子の方も鍵(かぎ)をかけ忘れている。

「おい、帰ったぞ」

声をかけたが返事がない。しかし玄関の電気も、その向うの茶の間の電気もつけっぱなしで、家の中は明るかった。

このあたりは大邸宅が少ないが、ともかく住宅街なので、一軒建ちの日本家屋である浅井の家などはかなり前から盗難予防の注意をするようになっていた。半年ばかり前に同じ高円寺で強盗事件があったのを新聞で知ってから、浅井の家は向う三軒両隣と組んで、非常ベルをつけたくらいである。道子は近頃は週に何回か家を空けることが多くなっていたし、それでなくても夫婦二人きりの暮しであるから、浅井の帰りの遅い家で一人で待つ夜の心配もあって、神経質なくらい戸締りには気を使っていた。夜は雨戸にも窓にも、内側から特別の金具をあてて外から戸が外せないようにしている。便所の小さな窓で、どうやっても人間の頭も突込めまいと思われるようなところまで、文化式錠というものを取付けてある。

その道子が、今夜は戸締りをしていない。

浅井は首を傾げた。もう一度声をかけたが返事がないので、靴を脱いで上り、茶の間から座敷の方をうかがうと、その部屋も煌々と明りがついているらしい。

「あら」

襖を開けて立っている夫を見上げて、道子は吃驚したらしかった。彼女は八畳の座敷の中央に毛氈を敷き、紙をひろげ、一人で文字を書いていたところであった。

「表の戸締りがしてなかったぞ」

「まあ、本当？　うっかりしたんだわ」

「玄関で二度も声をかけたのに、聞えなかったのか」

「ご免なさい。夢中になっていたものだから」

そう云いながら道子は筆洗の水で筆を洗い、机の上を片付けはじめた。

「勉強中だったんだね」

浅井は、その前に坐りこんだ。なんだか妻に語りかけたい夜なのであった。心の中の屈託を本当は打ち明けたいのだが、まさか女に子供ができたがどうしようなどという相談をしかけるわけにはいかない。

「ええ、日展に出す出すって云い出した頃は気楽だったけど、いざ本気でかかってみたら嶮しい道ねえ、書道というのは。ちっとも思うように書けないの」

「いい字じゃないか、なかなか」

唐詩のように思われたが、白楽天かなどと云って夫の威厳を損うのはまずいから浅井はそれ以上は云わない。しかし心中、こんな難かしい漢詩を道子は読めて意味も分るのだろうかと、いささか怖れをなした。

「日展の審査員はかなり保守的な傾向が強いのでね、智永の草書体でやってみようと思ってるんだけど、難かしいわ。父が智永を好きだったし、だから私も楷書も草書も智永の関中本真草千字文をお手本に子供のときから習ってきたんだけど」

浅井は結婚して十五年になるけれども、これまでに一度でも道子の口から書道に関して専門的な話をきいたことがなかった。それは道子の方が結婚したときはむろん書家ではなかったし、将来それで身を立てることなど考えていなかったせいもある。道子が弟子をとったり教室を持ったりするようになってからは、浅井もどうせ主婦の余技でやっていることだと思っていたし、道子の方もただの小遣い稼ぎぐらいに思っていて、はっきり書道家きどりになったのは小柳老人におだてられる前後からであった。しかし、道子は却ってそうなってからは、浅井に気をつかうようになって、浅井が家にいる間は、弟子が来ても勝手に習字をさせておき、浅井を送り出してから、改まって書道の先生になるように心掛けていた。

しかし今夜は様子が違う。戸締りも忘れ、浅井の帰ったのにも気がつかずに、書くことに熱中していた道子は、浅井がその前に坐ってしまうと、今まで考えていたことを全部喋る気になっていた。

「弟子をとるのもよしあしねえ。どうしても近頃は仮名文字を習いたいという方が多いでしょう？　だから細筆で、手紙用の仮名まじり文ばかり書いているものだから、こういう大きい字は私まで不慣れになってしまって。ほら、命毛が、この辺で勢いをなくすでしょう？　書が弱くなってしまうのよ、悲観だわ」

「命毛？」

「毛筆の中で中芯に植えてある一番長い毛のこと。一本だけあるのよ、どの筆にも。露鋒では命毛が端に来て、蔵鋒では中心に来るわけなのね。露鋒の方が書体は派手なのよ。だから、私は蔵鋒で、昔風の廻腕法を使って書こうときめたんだけど、いざとなると本当に難かしいわ」

道子は吐息をついて、自分の書き上げた書を眺めている。見れば見るほど欠点が多くて情けなくなるのらしい。

「いいじゃないか、なかなか品がいいよ」

浅井は煙草を一服吸ってから云った。心にもないことを云ったわけではない。グラフィック・デザイナーとして、道子の書をカリグラフィとして眺めるとき、それは率直な感想だった。

「あら、本当？」

道子が救われたように嬉しそうな顔をあげた。

「君にお世辞を云うような弱身はないよ」

「お世辞とは思わないから嬉しいのよ。だって品がいいとかないとかいうのは、努力ではどうにもならない生得のものなんですもの。私の書に品があるのなら、あとは技術の研鑽があるばかりでしょう？」

道子はそういいながら、自分の書をじっと眺めおろしていた。

「この書体にきめるまでも随分苦労をしたのよ。仮名書きで筆が慣れすぎてね、命毛を出したりしまったりする混成の書がお稽古には評判がいいものだから。習うことと教えることは、本当に別なのね。考えてしまうわ。眼高手低が逆になるのですもの」

「眼高手低？」

「ええ、眼では自分のものより勝れた書を見て、それに馴染んで、お手習いでそれに及ぶように努力するのが正しい書の学び方なのに、お弟子をとると自分より下手な書ばかり見て暮すことになるんですものね。だから、そういう生活に慣れてしまうと、いざ自分で日展なら日展をめざすのに、自分の筆がちっとも云うことをきかなくなってしまうの」

浅井は次第に自分がこれまで知っている妻の道子とはまったく別の女と向きあっているような気がしてきた。戸締りも忘れて書に打込んでいる道子。いま夫の前で、自分の書に専ら(もっぱ)して喋り続けている道子。その横顔は化粧も薄く、紅も薄く、これまでの濃厚に白粉(おしろい)を刷(は)いていた道子とは明らかに違っていて、浅井が自分の眼を疑いたくなるほど毅然(きぜん)としてみえた。

彼は急いで煙草を吸い、煙を吐き出してから、訊(き)いた。

「これは誰の詩だい」

「道真(みちざね)よ。心臓でしょ」

「ふうん、菅原道真(すがわらのみちざね)か」

「ええ」

不是秋江練白紗
黄金化出菊叢花
微臣把得籯中満

豈若一経遺在家

「これ秋江白紗を練るならず、黄金化し出す菊叢花と読むのかな」

「ええ、そうよ。微臣とり得て籯中に満つるも、あに若かんや一経のこして家にあるに、ね」

「君にこんな漢学の素養があるとは知らなかったね」

「いいえ、勉強が足りなくて泣き出したいほどなのよ。これなんか私が小学生の頃に父から習わせられたので覚えているものなんですもの」

「子供の頃の記憶かい？」

「意味も分らずに鵜呑みにしていたものよ」

三十年昔に棒暗記していたものが、道子はこの齢になって意味を理解し、この一カ月この七言絶句にかかりきって、いよいよ深く会得していた。白菊は、まるで秋の河に白紗が晒されているようである。黄菊はまた黄金のように咲き乱れている。その菊の宴にあって、よし黄金を籠一杯にとり入れることができても、自分の子孫に一経を与える方がいい、と菅公は詠んだのであった。自分の子孫に——。

浅井の方は道真の七言絶句の深い意味には考えを及ぼさず、こういう道子が自分の妻だと思うと、ついマチ子と較べてみないわけにはいかない。品というものは生れつきで、努力や技術ではどうしようもないのだと道子が云ったが、本当にそうだと思う。書家の娘に生れた道子は、どんなに心ばえ優しいマチ子も遂には敵ではない上品の性であった。二人の女が同時に出現したとして、やはり自分は道子の方を妻に選ぶのになんの躊躇もしなかったろうと思う。

「私、少し反省しているのよ、あなた」

「何をだい」

「この程度の腕前で、弟子をとって教えていたのかと思うと恥ずかしいわ」

「君より下手な連中に教えているんだからいいじゃないか」

「ええ、でも」

「お茶とか花道と違って、書の方には家元ってものがないんだろ」

「ええ、誰でも弟子さえあれば先生になれるのよね」

「評判がよければ弟子が殖えるというわけなんだろう?」

「ええ、まあね」

「結構じゃないか、御繁昌で」

浅井は揶揄ったのだが、道子の眼の中の鋭い光は消えてなかった。

「私ね、どうも自分で思っていたより真剣になっているらしいのよ」

第三者のような口をききながら、その口調は緊張していた。

「そりゃまあ一つの道を窮めるというのは容易なことじゃないからな」

「本当に嶮しい道なのね。気楽に、お小遣い稼ぎだけのつもりでいたけれど、毎日筆を持って紙に向うと、だんだん気楽なものじゃないことが分ってきたのだわ。子供の頃は親から強制的にやらされてきたから、それがいやでたまらなかったんだけど。父もこんな辛い思いをしながら書を書いていたのかしら」

道子の父親は金沢でかなり名高い書道塾を開いていたのだが、もう随分前に亡くなっていた。道子の弟は東京に出て、商社勤めをしていて、いわば道子の実家では父祖の業とした書道を継ぐ者はいないのであった。

「母に云って、親類に預けたままにしてある法帖や拓本を全部送ってもらうようにしたんですよ。今から勉強のやり直しだわ。金沢は戦災にあわなかったから、父が大切にしていた法帖は全部残ってるんです。母もね、私が父のあとを継ぐ志があると知って喜んでるみたいなのよ」

浅井は道子が実家の誰彼の話をするのを昔から好まなかった。道子の血縁は母ひとり弟ひとりなのだが、彼はそのどちらにもあまり好意を持っていない。それで、つい話題を変えようとして、道子の胸許にちょっと見えていた茶色い封筒を曳き出した。

「なんだい、これ？」

「あ、いやッ」

書道の深奥をうかがうような雰囲気に身を浸していた道子は、このとき愕然として浅井にむしゃぶりつき、封筒を取返そうとしたが、浅井は早くも差出人の裏を見て、そこにこういう大きな印刷文字を読んでいた。

金沢市役所

中には謄写器で写した戸籍抄本が二通入っていた。金沢市は浅井夫婦の本籍地であり、二人の戸籍は金沢市役所に登録されてある。

「何に使うんだい、これ」

「日展に出品するとき作品に添付するのよ」

「二通もかい？」

「いいえ、一通でいいんだけど、何かでいるかもしれないと思って、二通とったの」

道子は落着きを取戻してから、妙なことを云い添えた。

「あなたがよそに子供でもこしらえていて、入籍なんかしていたら大変だと思って」

「おかしなことを云うじゃないか」

「でも世の中にはよくあることらしいのよ。妻が気がついたときには後の祭なんですって」

「そうかしら」

「小説や週刊誌の読み過ぎだよ」

「本当にそうかもしれないわ。あなたがそんなことをなさる筈はありませんものね」

道子は屈託なく笑って、浅井をほっとさせた。

「おい、夜食、なにか喰わしてくれよ」

「まあ珍しい」

「腹ペコだ。海苔茶漬でいい、さっぱりしたものにしろよ」

「はい。私も考えたら晩御飯食べてなかったわ」

「ええ？　こんな夜中までかい？」

「そうなの、夢中だったのね。お稽古が終ったのが六時だったから、それからずっとかかりきっていたのよ」

「そんなことをしていたら、躰をこわすぜ」

「はい。今すぐこしらえますから」

道子が台所に入っている間に、浅井は座敷の雨戸を閉め、電気を消して茶の間に入り、夕刊をひろげた。

しかしどうも落着かなかった。まさか道子がマチ子の存在に気付いたとは思わないけれども、よそに子供をこしらえて入籍していたら、などというのは決して簡単な皮肉ではない。あなたがそんなことをなさる筈はないと云ったのも、いかにも一本、釘(くぎ)をさしておきますよといった響があった。知っているのだろうか、まさか。マチ子の存在を知った道子が書道に熱中している筈は、それこそあり得ないことであった。

まったく小説や週刊誌は困ったものだ、と浅井は妻に云ったと同じ結論を自分にも云ってきかせた。ああいうものは、平穏な家庭生活に疑念や不信という亀裂(きれつ)を入れて憚(はばか)らないのだから。

プラモデル

腹部が目に立つようになるころ、マチ子は「ジョルダン」をやめた。もっともマチ子の躰つきは細いのに、五月(いつつき)になるまで誰にも気がつかれなかった。悪阻(つわり)も軽く、勢いのなかったのは一カ月ほどで、それからはまず驚くほどの食欲を示し始めていた。

浅井は週に三、四回は必ずマチ子のアパートへ出かけて行き、そこで酒を飲んだ。が、近頃はマチ子の好みが分ってきたので、会社の昼休みにデパートの地下の食品売場を歩きまわり、めぼしいものを買い集める習慣もできていた。

そろそろ夏が来ていた。それというのも近頃の都心にあるデパートの地下売場にはワイシャツ姿の男客が殖えているからであった。女の服装は年々に色彩ゆたかに華やかになってゆくのに、サラリーマンのホワイトカラーは十年一日のごとく変らない。合繊のワイシャツは家で簡単に洗えてアイロンの必要もないところから、色もののシャツは一向にサラリーマンの生活には受け入れられないのであった。殆どの男たちが白いシャツにネクタイをしめ、そして紺か灰色のズボン姿で、食品売場のガラスのケースの中を覗いて、特売の一口カツ用のひれ肉だとか、甘塩のタラコだとか、ホタルイカの佃煮などを熱心に吟味しているのは、おそらく若い者には共稼ぎが多く、若い奥さん連中はあまり台所に関心がないものだから、その分を若い夫たちが埋め合せる必要ができているのだろう。

浅井はマチ子のために、うるめ鰯の干物を二串と、たたみ鰯を五枚ずつ束にしたものを三束買った。妊婦はカルシューム分をとる必要があるという知識を、いつか彼も常識として持つようになっていたからである。乳製品もせっせと食べなければいけないというので、棒状になっているチーズを一鑵（かん）買った。

自分のためには小田原から直送というかまぼこや、ピーナッツで作った豆腐など、あっさりしたもので東中野のマーケットあたりでは買えないようなものを買う。結構たのしい買物だった。

デパートはもう冷房を入れていた。生鮮食品を扱っている売場では、特にその必要があるのだろうが、ウイークデーでも客が多いので、それほど冷房がきいているようにも思えない。

デパートの派手なプリント模様の袋をかかえてエスカレーターで一階に上り、ぶらぶらと海水着などの売場を歩き廻ってから外へ出ようとしたところで、

「浅井さん」

声をかけられて顔を上げると、彼のすぐ前に中年の女が、三歳ほどの男の子の手をひいて立っていた。

「やあ」

「やっぱり浅井さんね、ちっともお変りにならないわ」

絹のスーツを着て、首に艶（つや）のいい真珠のチョーカーをしている。それは紛れもなく、

四年ばかり前に喧嘩(けんか)別(わか)れをした千鶴子という女だった。

「久しぶりだね」

「ほんとうよ。どうしていらして？」

それは浅井の方こそ訊(き)きたい質問だった。夫が手を触れていない期間に妊娠した妻が、それからの歳月をどうして過してきたのだろう。浅井は別れてからもよく折にふれて、それを思っていた。

「君こそ、どうしてたんだい？」

「私？」

千鶴子は大輪の花のように、声もたてずあでやかに笑ってから、云(い)った。

「ご覧の通りですわ。子供ができて、とても幸福な日を送ってますのよ。坊や、おじちゃまにこんにちはをおっしゃい」

子供は、人みしりをする子らしく、浅井を疑わしげな眼で見上げて、あとは母親のスカートのかげに顔をかくした。大事に育てられている金持の子に特有の、我儘(わがまま)の強そうな性格に見えた。

これが、自分の子だろうか、と浅井は茫然(ぼうぜん)として立ちつくした。この煩(わずら)わしい女に再びつかまったら大変だと思う一方で、子供が気がかりで別れかねているところへ、千鶴子が囁きかけた。

「浅井さん、おひる御一緒にいかが？　おなつかしくって、このままお別れするのは嫌だわ。ね？」

随分美しい女だと思っていたのに、中年で子供を産んだためか千鶴子の念入りに化粧した顔を見ても、かなりふけこんでいるのが分る。浅井より三つ齢下だったから、たしか三十九歳になっている筈だった。それがどう見ても四十過ぎの若づくりとしか見えない。昔の女のふけたところを見るのはあまり気持のいいものでもなかったが、子供のことがどうにも気にかかる。まさかこれだけ大きくなっている子供の前で、昔の浅井の責任回避をなじることもないだろうと、浅井は少しぶきみな思いをしながらも肯いて、千鶴子母子の昼食につきあうことにした。

七階の特別食堂の前で、

「浅井さんは何がよろしい？　鰻は、いかが？」

と、千鶴子が訊いた。

「なんでもいいですよ」

「それじゃ鰻のお重にしますわ。坊やは？」

ケースの中のプラスティック製の料理見本を真剣な顔つきで見詰めていた男の子が、

「僕は、これ」

と指さしたのは、卵やきで炒めた御飯をくるんだオムライスだった。テーブルをはさんで料理を待つ間、千鶴子は浅井に半分と子供に半分ずつ、忙しく喋り続けていた。

「月日のたつのは早いものねえ、浅井さん。この子がもう幼稚園に行っていますのよ、三年保育ですけれど。そりゃ大変な思いをして、三十人に一人の激戦地をパスしたんですのよ。この頃は幼稚園から予備校があるの、御存知？」

「いや」

「ねえ、坊や。偉かったわねえ、お試験に通ったのは頭がいいからだって、パパがとっても褒めて下さったのよ、ね」

「うん。ゴーカクした日だね」

「大変だったのよ、浅井さん。試験の日には鼠小僧次郎吉のお墓にお詣りして、おへそのところに万古焼の蓋を当てて、それから籤を抽いたの」

「なんだろう、それは」

「合格するおまじないよ。志望者が多いから最初は抽籤であらよりしてしまうの。運がよくないと通らないの。子供の実力は、そのあとのことなのよ。だから、ねえ坊や、ママは一所懸命だったわよね？」

「ネズミコゾージロキチって、泥棒だよ、ねえ、ママ。そうだね」

「だって、いいと云われたことは、なんでもしようっていう気になるのよ。でも浅井さん、近頃の教育ママっていうの、本当に凄いものよ。そりゃもう自分の子供のことしか考えないひとたちの寄り集まりなんですもの」

そう云っている本人が、いわゆる教育ママの権化みたいなものではないのかと、浅井は憮然とした思いで眼の前の女を眺めていた。あの頃は、浅井に熱中して離すまいとしていたのに、今は息子の教育に熱中している。こんな女に四六時中見守られている子供が、可哀想な気がしてきた。

しかし男の子は、満三歳八カ月という躰に健康が充満していた。オムライスが運ばれてくると、目の色を変えて食べはじめた。その食欲は本当に素晴らしく、口をきかせるとかなりこましゃくれているのに、食べている顔は無邪気で可愛かった。

千鶴子の饒舌を聞き流して、浅井は鰻の蒲焼を突っつきながら、ちらちらと千鶴子の子供を観察していた。妙な気持であった。まったく妙な気分だった。これが自分の子供なのだろうか。そう思うと耳の形が似ているような気がする。眼許は千鶴子にそっくりだった。大きくなれば、美男で通る顔だちだと思われた。その辺にいるウエイトレスに、どうだい、似てるかいと訊いてみたい気持がしきりとする。

「ごちそうさまァ」

子供は一息にオムライスを平らげてしまうと、食堂の向うにある熱帯魚の水槽を見に行ってもいいかと母親に訊いた。

「いいわ、行ってらっしゃい。よく観察して、あとで御絵描きするのよ」

浅井の耳には、なんとも嫌味で押しつけがましい教育ママの言葉に聞えたが、それはひょっとするとその子供を他人とは思えないところから生れてくる批判なのかもしれない。

向うへ行った子供を目で追っている浅井に、千鶴子が二人だけの口調になって話しかけてきた。

「いい子でしょ、どうお?」

「うむ」

浅井は、どうしようかと迷いながら、遂に訊かずにはいられなかった。

「結局、誰の子だったんだい?」

「いやだわ、変な云い方しないでよ。浅井さんの子にきまってるわ。逃げたくせに、とぼけないでよ」

千鶴子の言葉は、掌を返したように蓮っ葉になり、子供に向けて使っていた叮嚀すぎる言葉遣いとはまるで人が変ったようになった。

「本当に僕の子か」

「そうよ」

「それで、君は、いまどうしてるんだい？」

「同じことばかり訊くのね。私は相変らず望月の家内ですわ」

千鶴子は離婚していなかったのだ。昔の通り贅沢な雰囲気が漂っていて、子供の教育に専らしているというのも、経済的に恵まれていた環境が少しも変っていないからなのだろう。

「御主人はどう思ってるんだい？」

「もちろん自分の子だと思っているわ」

「すると君は嘘をついていたことになるな」

「どうして」

「僕以外の男とは交渉がないと云ってたじゃないか」

「ええ、殆どね。望月にはあの頃、女がいたから」

「殆ど、か。それじゃ、まあ僕の子かどうか分らないと云った僕が、やっぱり正しかった」

「いいえ、あなたの子よ。だって、その前にも後にも子供はできてないのだから、間違いないわ。それに母親には分るものなんです」

落着きはらって答える千鶴子を見ていると、浅井はだんだんぶきみになってきて、鰻の蒲焼などは喉(のど)に通らなくなる。この女も妻の道子と同じように、しつこい味が好きだったと思い出した。

「それで疑われたこともないのかい」

「ええ、望月は私を信用してますからね」

「ひどいものだ」

「女の躰は受身なんですもの。愛するひとができたって夫を拒むわけにはいかないわ。あたり前じゃないの。私の云ってたのを信用してたとしたら、あなたの方がおかしいわ」

いったい何を意図して、千鶴子がこんなことを云い出すのか、浅井は半ば呆(あき)れていた。

千鶴子はときどき自分の子供のありかを目で追いながら、しかし返す視線でキラリと浅井を見据えるようにして、話し続けた。

「あのとき離婚しなくて本当によかったわ。私のいまの幸せは、あなたが卑怯だったお蔭で摑めたのだと思ってるのよ、浅井さん」

「妙な云い方だな、僕ひとりに貞節だったわけでもないのに」

「それはお互いさまでしょう」

浅井は口先では強く出ていたが、平然とした態度をとっているのは千鶴子の方だった。

「でも、私が本当に離婚して、あなたと結婚するつもりになっていたのだけは嘘じゃなかったわ。私は妊娠して裏切られたのよ、ね」

「云いがかりだな、それは」

「云いがかり？」

千鶴子は笑い出した。

「私が浅井さんに云いがかりをつけて、何になるのかしら。あなたにお金があるわけじゃなし。私は、あなたに裏切られて傷ついたけれど、今ではちゃんと立直っているってことを云いたかったのよ。子供だって、見て頂だい。あなたと結婚していたら、とてもああいう伸びやかな子には育ってないわ。望月は、それは子煩悩なんです」

「結構だな」

浅井は立上った。こんな嫌味をききながら、いつまでも坐っている筋合はなかった。

「浅井さんが気の毒でたまらないわ」

千鶴子が、椅子にかけたまま、ゆっくりと顔を上げた。

「なぜだ」

「だって自分の子供に会っても話もできないのよ。悲しくない？　相変らず奥さんは石女なんでしょ。子供を持つ夫婦の生甲斐を知らずじまいで人生を終るのね、あなたは。可哀そうなひと」

「手前の子でもないのを、騙されて可愛がるよりはずっとましだよ」

「あら、あの子は望月の子よ」

「え？」

千鶴子は、笑いながら云う。

「こうやって見ると、さすがにあの子はあなたに似てると思うけど、望月の親類は、みんなあの子を父親似だと云うわ。世の中って面白いと思わない？　いま、もしあなたが望月に会って、あれは自分の子だと仰言っても、主人は笑って取りあいませんよ。うるさいと思ったら警察に突出すでしょうね。気違いが来たといって」

浅井は自分でも顔の色が変り、全身が怒りで小刻みに震えてくるのを感じていた。

だが、そのとき子供が駈け戻ってきて、

「ママ、帰ろうよ」

と云ったのである。

「ええ、出ましょうね。パパのネクタイを一緒に買いに行かない？」

「僕はプラモデルだよ」

「はいはい。プラモデル」

白昼、妖怪を見た、と浅井は思った。

千鶴子は要するに仇討ちがしたかったのだ。四年前の怨みを晴らすのが目的で、浅井を昼食に誘ったのだ。

はじめからなんとなく感じが悪かったのに、うかうかとその誘いに乗ったのは、浅井が千鶴子の連れていた子供に、つい心惹かれたからである。ひょっとすると自分の子供かもしれないという気懸りが、不快な別れをした女のあとに従って、その結果の後味の悪さはどうだったろう。

浅井さんは、気の毒ね。自分の子供に会っても話もできないのよ。相変らず奥さんは石女なの？　あなたは子供を持つ夫婦の生甲斐を知らずじまいで人生を終るのね。

可哀そうなひと。

世の中って面白いと思わない？　望月の親類は、みんなあの子を父親似と云うわ。もしあなたが乗込んできても、主人は笑うだけで、気違いが来たといって警察に突出すでしょうよ。

これだけの罵詈雑言(ばりぞうごん)を、なんと云い返す術(すべ)もなくただ浴びせかけられていた自分が、浅井は腹立たしかった。千鶴子の云った通り、彼には報復の手段はないような気がするし、今更もう一太刀(たち)あびせることはないではないか。要するに浅井は四年前に逃げた罪を、女の言葉によって罰せられていたのであった。

あの子供は、どうだ。と浅井は思った。千鶴子は子供に浅井を紹介したが、子供の名前も浅井には云わずじまいであった。そして子供は、母親と二人の楽しいデートを邪魔した男に対して、あまり好意を持たなかったようである。浅井もまた、子供の父親だという実感はなかった。

あれだけ眼を吊上(つりあ)げて、浅井に結婚を迫った千鶴子が、浅井と愛を交わしている間も夫を拒否していなかったという告白もまた浅井にかなりの衝撃を与えていた。浅井が逃げて当り前という話なのである。にも拘(かかわ)らず、千鶴子は自分の態度にはなんの反省も悔恨の色も見せずに、浅井を責め、なじり、罵倒し、嫌味の百万遍を唱えた揚句、子供と共に「パパのネクタイ」と「プラモデル」を買いに行ってしまった。

「ジョルダン」のマダムが云っていた「女の怖ろしさ」というのは、これであったろうかと浅井は思い、あらためてぞくっと身震いをしていた。

外には、もう夏が来ていた。

しかし浅井は、不快感と、自分の子供という深刻な主題に考え沈んでいて、街の暑さも、若い女性たちの短いスカートも、見えも感じもせずに歩き続けてオフィスへ戻った。

昼休みの時間は、とっくに終っていたが、会社の中で宣伝部に限ってそういうことは厳しくないので、デパートの大きな袋を抱えて入ってきた浅井を見咎める者は誰もなかった。しかし、待っていたひとはあった。小柳老人だった。

「しばらくですな、浅井さん」

「やあ」

浅井はしばらく呆気にとられて、小柳老人の着ているものに眼を奪われていた。

冬の間は、もっさりとした外套を戸外でも室内でも脱がないような、およそ洒落着とは縁の遠かった小柳老人が、まっ赤な半袖のスポーツシャツを着ているではないか。

「これはこれは。よく似合いますよ」

「そうですか、似合いますか」

小柳老人はいかにも嬉しそうに喜んでいたが、浅井の云ったのは必ずしもお世辞ではなかった。ついこの間まで、どこか爺むさい感じのあった小柳幾造が、現代青年の間で流行しているポロシャツを着ていて、ひどく小ざっぱりして見え、しかも赤い色が肌に反射しているのか、顔の色もいきいきと艶めいて見える。

「若いですねえ、小柳さんは」

「そりゃ、まだまだ大丈夫ですよ、私は」

小柳はもう一つ胸を張って見せてから、浅井のすぐ傍に椅子を寄せて腰をおろし、胸のポケットからペルメルの箱を出して、浅井にすすめた。

「いかがです」

「今日は赤ずくめですね」

「赤の時代ですよ。女房の奴は呆れましてね、そう云えば本卦還りだった、と云いましたよ」

小柳老人は、まったく若い声をたてて笑い、金製のライターで自分の煙草にも火をつけると、勢いよく白い煙を噴いた。まったく溌剌としている。

「久しぶりに今晩、どうですか」

まったく久しぶりの誘いであった。

「結構ですね」

うなずきながら、ふと浅井は半年前の夜、この老人と、子供についての問答を交わしたことを思い出した。子供というものは、いいものです。理屈ではありませんよ、浅井さん。そう云った小柳の声が耳の奥で甦（よみがえ）るように聞えてくる。冷房のきいた小料理屋で、しみじみと酒を味わいながら、浅井は今考えていることを、ぼつりぼつりと小柳老人に話して、聞いてもらいたいものだと思った。マチ子を知っている老人に、彼女が妊娠したことを告げ、彼女が断固として産むつもりでいること、それに対して当惑と喜びの交錯する中にいる自分に、何か適切な示唆（しさ）を与えてもらえないものかと、話してみたかった。

小柳老人は、さぞ驚くだろう。いや、少しも驚かずに、知っていましたよ、と云うかもしれない。そして、きっと、産ませなさい、男の生命力を示すものじゃないですか、と云うに違いないと浅井は思った。千鶴子の話も、してみたかった。いまの浅井は千鶴子の罵声に対抗しても、自分の子を自分の女に産ませてやりたいという考えになっている。

小柳老人と二人連れで飲み歩くには、ちょっと荷物が大きすぎると思ったが、近頃はずっとアパートの一室にこもりきりで、ひたすら浅井の訪いを待っているマチ子なのだと思うと、面倒でも今日のうちに買ったものは届けて喜ばしてやりたいと思ったので、退社時刻がくると浅井は再びデパートの大きな袋を抱えて外へ出た。千鶴子に面罵された不快は仕事の後も拭いきれていなかったから、どこかで気晴らしでもしなければやりきれないという気がしていた。小柳老人の誘いは、そういう折柄、まったく有りがたかった。

小柳老人と打ちあわせておいた場所は、西銀座に新しくできたビルの七階のレストランである。そんなところも洋食も浅井の趣味ではなかったから行ったことはなかったが、天井のデザインや、室内装飾が話題になっているところだったので、覗いてみるのは悪くない、いい機会だと思った。しかし、それにしても小柳老人と、イタリア料理というのは、ちょっと浅井には結びつけにくかった。

ビルの中の冷房はよくきいていた。エレベーターボーイの制服もなかなか粋なデザインだった。客あしらいもよくて、叮嚀な言葉づかいで階数をきく。

約束の時間きっちりに浅井は着いたのだが、レストランの中に一歩入ると、天井からは鮮烈な七色の光彩が降りかかってくるようで、しばらく浅井はめくるめく思いをした。賑やかな色彩が、店の中に溢れているようだった。南イタリアの陽気な雰囲気を考えているのだな、と、浅井は職業柄そんな感心の仕方をしていた。大きなスポットライトが、天井一杯にモザイクのように詰めこんであって、その一つ一つが中に強烈な色紙を折りこんだような深い襞を持っている。赤、緑、黄、青などの強い光線が、一斉に真下のテーブルや椅子や、人々を照射している様子は壮観だった。

「浅井さん」

気がつくと、赤シャツを着た小柳老人が目の前に立っていた。

「やあ」

「こちらですよ」

小柳老人は先に来ていたのであった。彼の背後について、奥のテーブルに行くと、そこに一人の少女が坐っていた。原色の黄色いワンピースの胸に、オレンジ色の大きな切換えをつけた大胆なデザインである。浅井の顔を見ると、ニヤッと笑って、頤を突出すようなお辞儀をした。

見覚えのあるような気がしたが、思い出せなくて、浅井はあいまいな挨拶をしたが、

「お忘れですか」

小柳老人が、ニコニコと笑いながら訊き、浅井が答えかねていると、

「マユミですよ。ほら、新宿二丁目で、モデルをしていた子です」

と云った。

「ああ」

浅井はようやく思い出し、それと同時にびっくりして、まじまじと向い側に坐っている少女を見詰めてしまった。

あの寒い冬の夜、小柳老人に連れられて初めて出かけて行った新宿二丁目のヌードスタジオで、新入りだといっておずおずと着ているものを脱いだあの少女が、まるで見違えるように大胆な恰好をして、目の前に腰かけているのだ。

長い髪にパーマネントを当てず、だらしのない分け目で、乞食のように下げている。流行のヘアスタイルの一種であった。長い前髪が落ちて片目がかくれてしまうのを、ときどき右手で搔き上げている。あのときと違って、化粧がかなり濃くなっていた。眼のまわりに、青いシャドーを入れ、まっ黒なアイラインをまるで油絵具のように塗りたくっている。

いったいどういうことになっているのだろう、と、浅井は小柳老人とマユミの二人を並べ見て途方に暮れた。

浅井が今夜、小柳の誘いに応じたのは、男同士しみじみとして酒を飲みたかったからであった。まさかそこに、こんな小娘が介在しようとは思ってもいなかったのである。しかも、禿頭に七色の光彩を反射させ、まっ赤なシャツを着ている小柳幾造と、このマユミとの仲は、いわば一目瞭然といってよかった。しかし、まさか、こんな孫のような女と小柳さんが……、浅井は迷い、困った。いくら初対面ではないといっても、半年前にその全裸を眺めた娘と、こういう形で出会うとは思わなかった。だがあの夜の、小柳老人の異常な興奮ぶりをあらためて思い出すと、そうかなるほどと思わないわけにはいかない。

浅井としては、まことに複雑な心境で、どういう具合に話しかけたらいいのか分らない。

小柳老人は浅井の当惑には一向に気がつかないのか、大きなメニューをひろげると、しきりとマユミと注文する料理の相談を始めていた。

「肉はどうですかな、浅井さん」

「そうですねえ」

「ここのサロイヤン・ステーキは実にうまいですよ」

「はあ」

浅井は耳も疑わなければならなかった。これまで小柳老人の食通は知っていたが、それは主として小粋な日本料理ばかりであった。道子の「スタミナ料理」に食傷していた浅井にとって、小柳の誘いがオアシスの感があったというのも、家では食べられないものをすすめてくれるのが楽しかったからである。

サロイヤン・ステーキなどという言葉が、小柳の口から出るなどということは、かつて浅井は想像したこともない。

しかし、まあ悪くない、と咄嗟に浅井は考えた。書道に熱中しはじめた道子は、料理の方が前ほどしつこい味つけでなくなっていたし、マチ子は相変らずあっさりした料理を整えてくれている。たまには分厚い牛肉もいいだろう。

運ばれてきた肉料理は、大層もなくヴォリュームのあるものであった。皿から溢れるほど大きなステーキの上に、玉葱などの炒めものが盛上げてあり、人参もじゃがいもも、バターの味濃くして付けあわせてあった。

更に浅井が驚いたのは、小柳老人の大変な健啖ぶりであった。マユミがいかにも若い子らしい勢いのいい食べ方をしている横で、小柳は老人などという年齢を返上した形で、同じピッチで切った肉を口に運んでいた。それは禿頭と赤いシャツにいかにも似合っていたと云っていい。浅井はふと精力絶倫と噂されていた東南アジア民族独立運動の英雄を連想したほどである。

見詰められているのに気がついたのか小柳は顔を上げると、あぶらでぎらぎら光る唇をひらいて浅井に云った。

「いかがです。うまいでしょう?」

「はあ。うまいですね、なかなか。しかし、小柳さんに、こういうところでごちそうになるとは思いませんでしたよ」

小柳は、ようやくてれたように笑った。

「いやあ、人間やはり食べものですな。これだけの牛肉は一日一度は食べんといかんですよ、浅井さん。日本料理は、みんな見掛け倒しで、栄養という点では、洋食に及びませんな。こういうところの料理は、食べる端から人間の血となり肉となるですよ」

「小柳さんの若さの源泉ですか」

「その通りです」

ここでマユミが口を挟(はさ)んだ。

「本当に、おじいちゃんは、食べるわねえ」

それは感嘆とも聞えたし、揶揄(やゆ)とも軽蔑(けいべつ)とも聞えた。浅井は一瞬にして二人の力関係を悟ったほどである。小柳老人の赤シャツの若造りも、牛肉をせっせと食べる理由も、何を目的としていたものか浅井には手にとるように理解できた。思わず浅井は顔を伏せた。小娘のそうしたあしらいに耐えている小柳老人を見るにしのびなかったからである。

しかし小柳は動じなかった。浅井の様子にも気がつかないらしく、平然として答えた。

「ああ。人間は食べた分だけ長生きするんだ。それと眠った分だけ長生きできる」

「じゃあ大変だわ」

「どうして」

「おじいちゃんが百まで生きたらどうしよう。あたいは五十九歳だわ。うわあ、ぞっとしちゃうなあ。あら、いやだ、それじゃおじいちゃんと同じくらいの齢(とし)になっちゃう」

「いいじゃないか。お前百まで、わしゃ九十九まで、共に白髪のはえるまで、というじゃないか」

「しらが？　禿よりいいかもね」

「禿げてる方が元気なんだぞ」

こんな会話は、浅井には聞いていられない。

小柳さんの女の趣味は、まったくひどいものだな、と浅井は思った。こんな小便くさい女のどこがいいのか。ヌードスタジオから拾ってくるなんて、まったく気がしれない。行儀作法はおろか口のきき方もまるでなっていない女ではないか。まあどんな粗末な女とどんな関係を持とうと、それは男の自由というものだが、しかし、よりによってこんな女を外へ連れ出して浅井にまで見せびらかすことはないじゃあないかという気がする。

しかし濃厚なポタージュからはじまって、分厚いサロイヤン・ステーキと、食後にはマユミと同じケーキを注文して黙々と食べている小柳を眺めているうちに、浅井は次第に、ぶきみな思いに閉ざされてきた。男というのは、なんといういじましいものなのだろう。小柳老人は、食べること、眠ることが長生きの秘訣だといったが、それはもはや余生の限られている人間の考え方としては、実に悲愴なものがあると云わなければならなかった。いつだったか、小柳が自分の女が子供を産むのだったら自分のこの腕で取上げたいと思うと云ったのを浅井は思い出した。その情熱はすべて、生きるためのものではなかったろうか。食べること、眠ることがそのまま生きる目的につながるのならば、マユミという小娘は、小柳の長生きに使う道具のようなものになるというわけだ。

ここで浅井は、ようやくほっとした。

浅井は古い男で、男性の優位を常に信じていたい戦前派だったから、目の前で小柳老人がやっつけられているのは見ていてつらかったのである。

つまり小柳さんは、マユミを食べているわけだ、と思いつくと、浅井は小柳の女の趣味の良し悪しも、赤いシャツも牛肉も、たちまちにして気にならなくなった。しかし、同時に、ぶきみな思いは一層強まっていた。そこで昼間会った千鶴子を思い出した。女も凄いけれども、男も凄いものじゃあないか。女は子供を産んで老けこむが、男は子供を産ませて生命の証にしようと勢いこむ。

浅井はマチ子を思った。あの女はいま、浅井の子供を妊り、産もうとしている。出産予定は十一月初旬であった。

産ませてやろう、浅井は、あらためてそう思った。かすかに、千鶴子に対する復讐にもなるような気がした。

食事が終り、当然バーをまわり歩くことになって三人は席を立った。そこで小さな事件が起った。

出口のところで、若い夫婦連れに出会したのである。先方も思いがけないという顔になったが、小柳老人はひどく狼狽した。

「御紹介します。浅井さん。私の長男です。私の会社の副社長をしています。これが嫁です。良子といいます。ヨシは優良の良ですよ」

こんなところで長男の嫁の名を説明する必要は、まったくなかった。

「小柳です。いつもお世話になっております」

三十歳は過ぎていると思われたが、小柳老人には似もつかない美丈夫で、背も高く、態度がキビキビしていた。

「浅井です。こちらこそ」

「いつでしたか、お電話でお話させて頂いたことがありましたね」

「ああ、そうでした。小柳さんがお留守のときでした」

「父は会社には滅多に落着いていてくれませんものですからね」

小柳が嫁といって紹介した良子は、見るからに育ちのいい上品な女だったが、しかしかなりの利口者らしく、会話には入ろうとせずに、ちらっちらっと視線を投げて、小柳の背後に立っているマユミを観察していた。小柳老人とは不似合な小娘だし、浅井の連れとしてもそぐわないから、どういう種類の女なのかと興味を持ったのに違いない。しかし、もちろん口に出して訊こうともしない。

「お前たちは今から食事かい？」

「うん」

「あとでジョルダンへでも来ないか。久しぶりだから、ごちそうするよ」

「いや、僕らはこれから大急ぎで音楽会へ行きますから」

「いつも仲の良いことだな」

「今日は婚約記念日なんですよ、お父さん」

別れて、小さなエレベーターで下に降りる間、三人とも無言だった。

「どうも、近頃の若いものはなってないですな」

小柳が云った。

「そんなことはないでしょう。なかなかしっかりした息子さんじゃないですか」

「いやいや、だらしがないです。婚約記念日、結婚記念日、それから女房の誕生日に子供の誕生日、その度に食事に出かけたり、音楽会に行ったり、見てはいられんですよ。あれが三十過ぎた男のすることですかなあ」

「円満なら結構なことですよ」

「なに、女房に鼻面（はなづら）ひきまわされているだけです」

「おとなしそうな奥さんじゃないですか」

「あれで強いんです。云い出したら後へひかんのですな。私の家内の方が云いまかされてますよ」

「ほう、そんなことがありますかねえ」

「まあ亭主には一所懸命になってサービスしています。私の口からはなんですが、仕事はできる男でしてね」

「そう思いましたよ、僕も。小柳さんも御安心ですね」

「まあ後の心配はないですな」

こんなことを云いながら歩いていたら、黙りこくっていたマユミが突然口をひらいて、云った。

「おじいちゃんの息子って、いい男だったねえ。あたい、あっちの方がいいなあ」

さすがの小柳も、これには参ったらしい。

「とんでもないことを云うもんじゃない。お前は儂(わし)のものだ」

「だってェ、あれ本当におじいちゃんの子なの？　全然似てないじゃん」

「そんなことはない。儂があの齢の頃には、もっと男前だったぞ」

「そんなこと云ったって信じられないよォ。ねえ浅井さん」

浅井にここで誰の相槌(あいづち)を打てと云われても当惑するばかりだ。

「ジョルダン」に行こうかと小柳が云い出したとき、

「あの店は、ちょっとまずいんです」

と、浅井は頭を掻いてみせた。

「そうですか。それでは私も見限ることにしましょう」

小柳は、おそろしくものわかりのいい態度を示した。

それから小柳の案内したバーは、浅井には初めての店であった。地下の小さなバーで、紫色の絹ばりの壁、天井の大きなシャンデリアとマユミあたりが感激しそうな見かけだけは豪華なチャチな店である。女はいたが、かねてマユミには辟易していたのか誰も寄って来ない。

「おじいちゃん、浅井さんは、まだびっくりしてるみたいよ。私がどうなってんのか、分んないんだよ、きっと」

マユミはバーの女たちの軽蔑した視線は物ともせずに云い出した。

「いやあ浅井さん、この子を手に入れるまでは苦労をしましたよ」

小柳老人は、半ばてれ半ば自慢そうに話し始めた。

「何しろ、ああいう世界ですからねえ。まず囲りの人間どもを納得させなけりゃならなかったんですよ」

「ヌードスタジオは」

浅井は云いさして、言葉を変えた。

「あの店は、やめたんですか」

「それが大変だったんですよ、御承知のように、怖いところですから、金より他に通行手形がないし、関所がいくらでもあるんですからな」

「でも、とにかくおじいちゃんは熱心だったよ。しまいには、みんな呆れちゃったんだよね。あたいに、悪い、悪いって云うんだもん」

「肝心のこの子が、出るのを嫌だと云い出したときは、情けなかったですなあ」

「どうしてあの店を出たくなかったんだろう」

「そりゃあ」

マユミは、こともなげに云った。

「面白いことが多いんだもん、おじいちゃん一人の相手してるよりは退屈じゃないよ。でもさ」

マユミは笑って言葉を足した。

「結局あたいも、おじいちゃんの情熱に負けちゃったんだね」

いわくいいがたい苦々しさを持って、浅井は小柳とマユミを残してバーを出る気になった。別れぎわに小柳老人は、

「あ、これをお渡ししなくては」

と云って、茶色い大きな封筒を浅井に手渡した。浅井のアルバイトに対する報酬の他に、大判のパンフレットが二枚と、道子あての謝礼も入っていた。

「はあ、どうも、いつも」

今夜は荷物が多い。浅井は昼間買いものをした袋の中に、パンフレットを無雑作に突っこみ、金の入った封筒は二つともズボンのポケットに入れた。上着も脱いで、デパートの袋と共に抱えていた。

マチ子のアパートに着くと、足音でもう浅井と分ったのだろう、ベルを押すと同時ぐらいに、ドアが内側にひかれて、

「お帰りなさい。おそいからどうなるのかと思っていたのよ」

出迎えたマチ子の姿は、水色のマタニティドレスに包まれていた。

「へええ」

浅井は、ちょっと靴を脱ぐのを忘れて眺めていた。和服ではもうどうにも恰好(かっこう)がつかなくなってはいたのだが、袖(そで)なしで衿(えり)ぐりも思いきってひろい上着には、ジュニアスタイルのようにレースの縁どりがしてあって、そんなものがマチ子に似合うのが思いがけなかった。

「暑くて、我慢がならなくなってきたの。おかしいかしら」

「いや、意外にいいね」

「よく考えてあるのよ、マタニティって、おなかがもっと大きくなると、ほら、ここがちゃんとゆるむような仕掛けになっているの」

「なるほど」

浅井には初めての経験だから、そういうものも珍しい。袋をおろし、シャツもズボンも脱いで、一風呂浴びると、マチ子が浴衣をひろげている。すっかり寛いでから、

「待ったかい？」

「ええ、そりゃあ。今は浅井さんを待つだけの生活なんですもの」

「すまなかったな。実は小柳さんに誘われてね、妙なところへ行って、妙なものを食べて、妙な女に会ったんだ」

「なあに、それ」

「小柳さんはヌードスタジオの女の子を救い出して自分のものにしたらしいよ」

「ヌードスタジオ？」

浅井が手短かに話してきかせると、マチ子は興味深そうに聞いていて、

「小柳さんの少女趣味も、とうとうそこまで来てしまったのね」

と云い、たいして驚かなかった。

「小柳さんは、もともとそういうケのあるひとだったのかい？」

「小柳さんに限らないわ。年をとったひとって、孫みたいな子に異常に情熱的になることが多いみたいよ」

マチ子はそんな話より、浅井がデパートの袋から次々と取出してみせる食品の方に強い関心を見せた。

「まあ、嬉しいわ。あなたって、本当に優しいひとなのね。有りがたいわ。乳製品はどんどん食べるようにって云われていたけど自分で買うには高くって」

「そんな情けないことを云うなよ。丈夫な子供を産むのに、金を惜しむことはない」

「ええ、本当ね。でも先行きのことを考えると、パーパーお金は使えなくて」

「僕がついているじゃないか」

マチ子が、はっと浅井の顔を見た。感動しているらしかった。眼は伏せて、云った。

「しあわせね、私って」

「しあわせにしてやりたいと思ってるよ」

云いながら、どうもテレビドラマみたいだな、と浅井は恥ずかしくなって、云い直した。

「それが思うにまかせないんでね」

「いいの、これで充分だわ。たった一人で産むつもりだったんですもの」

「また随分思いつめたもんだな」

「ええ、ずっと思いつめていたわ。私はもう習い性となって、最悪の場合しか考えることのできない女になっているのね」

浅井はマチ子の感慨の横にいて、またしても昼間あった望月千鶴子のことを思い出していた。だらしのない告白になるとは思ったが、どうしても誰かに云(い)わなければ心がおさまらない、そういう気がした。

「しかし、いろいろな女がいるなあ、世の中には」

「誰のことですの」

「小柳さんのマユミとかいう子も、変ってるよ、少し」

「でもねえ、ヌードスタジオから、お金だけで完全に縁の切れるものかしらね」

「どうして？」

「やくざがついてたんじゃないの？　そういうところなんでしょ」

「多分それで手がかかったとか、苦労したとか云ってたんだろうな」

「いろいろな女って、その子と私のことなんですか」

マチ子は聞くべきところは、きちんと聞き咎(とが)めてあった。

「いや、今日は、思いがけないことがあってね。デパートで、こういうのを買って出てくるところで、ばったり昔の女に会ったんだ」

「昔の女？」

「君にいつか話したよ、妊娠したというんで僕の逃げ出した……」

「ああ、さっさと結婚したひとね」

「あれが三つになる男の子の手をひいてたんだ」

「それ、浅井さんの子？」

「そう云うんだ」

浅井は、手短かに今日の昼間の事と次第を話し出した。

「御立派なものね」

マチ子が唇を歪めて、云った。

「立派かねえ」

「ええ、私たちにはかなわないわ」

「どういう意味だい」

「水商売の女は貞操がないと云われているけれど、近頃の素人の女のひとたちは凄いのよ、本当に。殊に奥さんと云われてる人たちが御亭主にかくれて蔭でやっていることとって思わず息を呑むことが多いわ」

「全部が全部そうということはないだろうがね」

浅井がこう云ったのは妻の道子は千鶴子のような女ではないという確信を持っているからである。しかしマチ子は珍しく、自分の考えを云い張った。

「いいえ、全部が全部といってもいいんじゃないかしら」

「まさか」

「そりゃ今のような話は珍しいし、奥さんが誰でも間男してるというわけではないわよ。でも愛というものではなくって、やむを得ず結ばれている夫婦って多いのよね。子供がいるから我慢したり、食べていけなくなるから我慢していたり、憎んでいるから別れないっていう奥さんもいるんですものね」

道子はその何れでもないな、と浅井は考えていた。浅井と道子の間には子供がない。道子には経済力がある。マチ子の存在に気がついているわけではない。それでも浅井たちは別れないのだから、それを支えているものはマチ子の説に従えば「愛」だということになる。しかし、まさかこんなことをマチ子に云うわけにはいかない。

「夫婦仲のうまくいっている組合せっていうのは滅多にないわね。みんなどこかに地獄をかかえていて、世間態だけとりつくろって生きているみたいよ。私はだから愛なんていうものを信じない」

「君は男女の悪い側面ばっかり見過ぎたんだよ」

「そうかしら」

マチ子は考えて、

「そうかもしれないわね。今頃あなたに出会えたんですものね」

と明るい顔を上げた。

「お酒にする？　ウイスキーがいい」

「いや、番茶を入れてくれ」

「まあ珍しい」

「今夜はもう飲む気にならないんだ」

「刺戟が強すぎたのね、きっと」

マチ子は朗らかに笑いながら茶をいれ始めたが、やはり自分の考えは曲げていなかった。その証拠に、こんなことを云い出したのである。

「浅井さんは私には悪いひとじゃないけど、でも浮気したときは、やっぱり逃げたんだから悪いひとよね。私だって結婚してほしいと云ったり、子供の面倒をみてほしいと云い出したら、あなたはやっぱり逃げるんでしょうよ。悪いひと……」

マチ子のアパートを出るとき、何か忘れものがあるような気がして、浅井はしばらく上着やズボンのポケットを探りながら考えていた。

「どうかなさったの？」

「うん、ここへ来るとき他に何か持っていなかったかなあ」

小柳老人から受取った金の中からマチ子に月ぎめの分は渡した、とアパートに来てからのことを順に思い出していくうちに、

「そうだ、デパートの袋のなかだ」

と、浅井は思い出した。

「ああ、これ」

「うん、それだ」

小売店の宣伝用パンフレットの刷り見本なのであった。マチ子は取出すと、さっと展(ひろ)げてみて、

「綺麗(きれい)な色ねえ」

と云った。

「あなたのデザイン？」

「うん、まあ、そうだ」

道子の作品だから、ちょっとマチ子の前では気兼ねがあった。急いで靴をはいていると、

「ねえ、私、来月になったら清水へ帰ろうかと思うんだけど、どうかしら」

マチ子が相談を始めた。

「あんまり先では乗物が危ないのかい？」

「そんなことはないけど、清水の方が物価が安いでしょう？　それにお産をする病院をきめて、お医者さまとも馴染(なじ)みになっておいた方が安心だと思うのよ」

「そうだろうな、うん」

「このアパートは、二、三カ月あけることになるけど、その間の家賃もったいないかしら」

「僕が払っといてやるよ」

「一度出て、また探すのも大変だし、権利金をまた払うのも損だわねえ」

「損だよ、つまらないよ。それにここの家賃は高い方じゃないよ」

「新しく入るひとには高くしているらしいのよ」

「それじゃなおのこと、ここはこのままにしといた方がいい」

「子供を連れて帰ってきたら、あなたはもう寄りつかなくなるんじゃないかしら」

「そんなことあるもんか」

「でも、さっきの話きいてから、不安だわ」

「馬鹿(ばか)だな。そんなことより丈夫ないい子を産むことだけ考えてろ」

「はい、そうします」

「清水には一人で帰れるのかい？」

「弟に迎えに来てもらおうかと思ってるんだけど、でも新幹線で一時間で静岡でしょ、それから乗換えて三十分で清水なんですもの、一人で帰れるわ」

「よし、二人で帰るときは僕が迎えに行ってやろう」

「本当？　嬉しいわ」

腹部の露骨に突出た女には、浅井がそれまで思いもよらなかったエロティシズムがあった。しかしマチ子が東京にいなくなっても、浅井がそれで困るというわけではない。だからマチ子が清水に帰るということに賛成したのだが、一人で郷里へ子供を産みに帰る女かと思うと浅井の心には不憫(ふびん)さがいやました。それにしても同じ女で妊(みごも)って分娩(ぶんべん)するといっても、千鶴子とはなんという違いかと思う。女もいろいろだと、浅井の感慨は深かった。

家の前でタクシーを乗り捨て、ブザーを押すと、大分手間どってから道子が玄関をあけた。案の定、きちんと着物を着ている。

「お帰りなさい」

一晩に二度、違う女からお帰りなさいという出迎えの言葉を受けても、近頃の浅井には格別の感懐もない。それほどこの生活に慣れてきている。

「小柳さんからだよ」

「おそれ入ります」

道子の分のデザイン料を封も切らずに渡したあとで、

「小柳さん、お元気ですの」

「うん？　ああ、元気すぎるくらいだなあ」

「どうしてですの」

「まっ赤なシャツなんて着ちゃってさ、だんだんついて行けなくなる感じなんだ」

「あまり飲んでいらっしゃらないわね」

「もう齢だよ、僕も」

「いやだわ」

ようやく道子が笑い出した。

「しっかりして頂だいよ、あなた。私たちの人生はこれからじゃありませんか」

「君はまた馬鹿にハッスルしているねえ」

「そう見えて？　本当はそうでもないんですよ。がっかりしているところなの」

「どうして？」

「書というのは本当に難かしいわ。書けば書くほど日展の入口が遠のいて行くようなの。自分の限界が痛いほど分るんですよ。だってブランクが長いんですものね。戦前からもう二十年近く筆をとっていない時間があったんですものね。俄かに上達するのは、そう思う方が無理なんだわ」

「今夜も書いてたのか」

「ええ。一日でも怠れないわ。もう」

「どれどれ、見てやろう」

座敷には、やはり煌々と電燈がついていて、道子がたった今まで坐っていたと思われる辺りに、硯、墨、筆、水注、毛氈、雅仙紙が作法通り畳の上に置かれてあった。雅仙紙の上の文字は、例の菅原道真による七言絶句である。

「長足の進歩じゃないか」

「そうかしら」

「僕は書に関しては素人だがね、しかし分るんだから君の書というのは大したものだぜ」

浅井は妻に向って世辞追従を云っているのではなかった。実感だった。

道子の方でも浅井の言葉を煽てのようにはとっていないらしくて、自分の書の前で茫然として坐っている。前なら帰ってきた浅井の着替えを手伝ったり、その日あったことを話したり、早く寝室へ入ろうとせかしたり色々するところだったが、日展をめざす頃から道子はかなり変化してきていた。頭の中には書道しかないようである。それで一杯になっているらしい。大げさに云えば、浅井の存在が前ほど大きなものではなくなっている。

しかし浅井は、その変化にはあまりはっきりと気がついていなかった。多少気がついていても、今の浅井には考えることが多すぎて、道子にかまう気はかなり失せていた。彼は今日、昼間会った千鶴子と、妊娠して故郷へ帰るマチ子と、小柳老人の恋愛とをめぐるめく思いで反芻していたのであった。まして道子がたった今書き上げて墨痕もなまなましい一行、

　豈若一経遺在家

について、どんな感慨に耽っているのか思いまわす余裕もなかった。

それは金銀財宝を得るよりも子孫に一経を遺した方がいいという詞章である。子孫に——。

大きな雅仙紙に、墨色は微妙な表情を見せて四行の漢字を並べていた。それは書道塾指南者の書としては、まあまあの出来ばえといってよかった。道子もちょっとした席上で揮毫を頼まれでもした場合、このくらい書けたなら満足して、いや得意げに筆を措いた筈である。

しかし実用に源を発した書も、用と美をかねる東洋的な芸術として発展し、長い伝統と共に今日まで伝えられてくると、重い歴史の前に道子ぐらいの力倆では押しひしがれてしまいそうになる。それを撥ね返すだけの筆力か強烈な個性でもなければ、現代の芸術書は成り立たないのである。

「筆というのは、ねえ、あなた」

道子は呟いた。

「動物の毛を集めただけの素朴な道具なのに、なんて怖ろしいものなのかしら。書いている人間の神経も実力も全部紙の上に伝えてしまうんですものね」

「少し考え過ぎだよ、道子」

「ええ、考え込んでいるんです、私」

「僕は寝るぜ」

ようやく浅井は面白くなくなってきた。夜晩く帰ってきてから妻に書道の講釈を聞かせられて喜ぶ亭主などいるものではない。彼は立上ってから、持って帰ったものを思い出して、

「ああ。これも小柳さんからだ。忘れるところだった」

「なんですの」

「刷り見本だ。いや、決定刷りかもしれない。聞かなかったな」

道子は渡されたものを膝の上で展げた。浅井も立ったまま眺めおろした。それはパンフレットというよりも面倒な折り方をした洒落れた広告だった。展げると殆ど四角の大きな一枚の紙になり、一面に仮名文字で謳い文句を綴ってあった。

「綺麗じゃないか、なかなか。色の取合せがいいね」

「そうかしら」

「うん、悪くない」

東京に三つも支店のある京都の呉服店から依頼されたものであった。仮名文字一つ一つの色を変えて、色見本を一通り使ったような贅沢な美術印刷であった。表の光る紙の上で文字はひらひらと胡蝶が踊るように見える。

「ねえ、あなた」

「うん？」

「こうやってみると、どんな色も墨にはかなわないわね。それに、印刷したものは、やっぱり印刷で肉筆とは違うわ。雅仙紙に筆で書くと、墨は濃くなったり薄くなったり、それは七色よりも多彩だわ。それに、にじむでしょ、墨は。印刷は、どんなに似せてもにじみの味までは写せないんですものね。昔のひとの智恵って凄いものだわ。紙と筆と墨と、全部人間の手で動かすものばかりで、書いた人間をそっくり出してしまうのだから。この印刷の文字を見て、書いたのはどんな人だろうって思う人はまずないでしょうからね」


道子の饒舌を途中から聞き流して、浅井はひとりで寝室に入った。疲れていた。眠くなっていた。マチ子のところでもその気が起らなかったように、妻の道子に対しても抱きたいという気が起らなかった。どちらも、それぞれ別の意味で、ちょっと味気ない。しかしこの日の浅井にとって何より大きな出来事は自分の子供の手をひいていた千鶴子との再会であった。千鶴子の態度も言葉も、浅井にとっては不愉快そのものだったが、子供のことがどうにも忘れられない。まったく情が湧かなかったことに、浅井はこだわっていた。その話は道子にこそ一言たりとも云えなかったが、マチ子にはした。そのときマチ子は云ったものだ。一緒に暮さなかったからでしょう、産みの親より育ての親と云いますからねえ。

マチ子の子供が生れたら、浅井は今よりもっと繁々（しげしげ）と訪れて子供と遊んでやろうかと思う。もともと浅井は子供が嫌いという方ではなかった。道子の弟夫婦が子供を連れて来たことがあったが、浅井は道子の身内には漠然とした不快感があるので構ってやらなかった。しかし自分の子となれば、と浅井は思う。マチ子がいい子を産んでくれるように、と彼は念じていた。少なくとも千鶴子の子のようなこましゃくれた子供は願い下げだ。

「暑いわねえ」

道子が着替えて浅井の隣に横たわったが浅井は答えなかったし、道子もそのまま身動きもしなかった。この夫婦には珍しく淡泊な夜が続いている。

祝盃（しゅくはい）

清水へ帰ったマチ子からは実にこまめに手紙が来るようになった。もちろん浅井の会社あてにである。腹部が大きくなって身動きが楽でないのと、出産準備はもう東京で整えてしまっているので、することは何もないからだろうと思われた。三日に一度は手紙がくる。水色の封筒に、水色の便箋を使っているのが心憎かった。マチ子は自分の色というものを万事に統一しているらしい。

字も綺麗だった。浅井は道子という妻を持っているから達筆には驚かないが、マチ子のペン字は女学生のようにロマンチックな風情があって、読みやすく、難かしい漢字は使わないし、誤字脱字も滅多にない。一口に云って、いい手紙なのである。たとえば、こんな具合だ。

浅井義雄さま。

昨日の富士と今朝の富士が、もう変っています。こちらへ着いたばかりの頃は頂きに雪はありませんでしたのに、それがうっすらとお化粧を始めてからは、毎日のように白いところが山裾にひろがってきて、朝、めがさめたとき窓をあけてそれを見るのが私には何よりの楽しみになりました。

美しい富士を目の前に眺めて深呼吸をするのは、赤ちゃんのためにもいい胎教になると思っています。元気のいい赤ちゃんで、足を蹴り上げたり、手を振りまわしたりしているのがよく分ります。胎動が始まったとき、生れる前からこんなに可愛(かわい)く思えるものかと驚きましたけれども、この頃は一層いとしいものに思えます。そういうとき、あなたが傍にいて下さったら、赤ちゃんもきっと喜ぶのにと、東京から離れたことを悔んだりしています。

男の子はおなかの中で大層あばれるといいますけれども、私はどうも女の子が生れてくるような予感がします。白雪を冠(かむ)った富士を見るたびにそう思います。色の白い美しいお姫さまが生れてくるような気がします。あなたはどうお思いになりますか？　あなたが男の子の方がいいとおっしゃったら、どうしましょう……。お返事お待ちしております。

路子(みちこ)

マチ子の本名は米倉(よねくら)路子というのであった。偶然にも浅井の妻と同じ意味と同じ音を持つ名前なのである。浅井はだから新聞を読んでも、道路という文字にはひどく敏感になっていて、自分でもおかしくなることがある。道路工事。道路公団。改修道路。高速道路。道路標識。どの文字群も順序よく道の下が路であるのも偶然とはいいながらうまくいっているものだと浅井は感心したりしている。

マチ子の手紙には、いつもさりげなく浅井の返事をうながしているので、彼の方でも週に一度は手紙を書いた。こちらは面倒なので社用の封筒と便箋という風情のないものを使った。

義雄さま。

お便り有りがとうございました。何度も何度も繰返して読みましたから、赤ちゃんにも分ったでしょうと思います。赤ちゃんもきっと喜んでいると思います。

あなたも女の子を望んでいて下さることが分って大安心をいたしました。でも、そうなると今度は、もし男の子が生れてしまったらどうしようと、そればかり心配になってきます。あなたの、女というのはしょうのない奴(やつ)だと苦笑いなさっている様子が目に浮びます。ご免なさいね。

清水は空気がよく、空がひろびろとしていて、海もすぐ傍ですし、本当にいいところです。あなたに一度お遊びにいらして頂きたいけれど、御無理でしょうね。

こんな美しい古里を持ちながら、東京の夜に働きに出かけた自分の生い立ちを思って、つい涙ぐむことがあります。でも、せめて自分の子供を、この美しいところで産めるのを幸せと思いましょう。

風が涼しくなって、随分しのぎやすくなりました。妊娠中は、暑さも寒さも正常な頃の倍も強く感じるものだそうですけれども、それは私も実感ですわ。東京は、まだまだ暑いのでしょうね。あなたが汗で汚れたシャツなど着ていらっしゃるのではないかと、ふっと心配したりしています。東京にいても、私の手でどうすることもできないことでしたのに、遠く離れていると、東京では一所懸命になって遠慮していたことが、あれもすればよかった、これもしておけばよかったと悔まれてなりません。田舎のものでお気に召さないかもしれませんけれども、別便でネクタイをお送りしました。お使いになって下されば、嬉しゅうございます。

路子より

マチ子の手紙を読む度に、浅井は心をくすぐられた。妊娠したといっても、浅井はマチ子の臨月間近い姿を見たわけではないので、おなかの赤ん坊についてどんなに書いてあっても醜い姿のマチ子を連想することはない。
それどころか浅井はマチ子の手紙を、まるで最初に出会った頃のマチ子から届く恋文のように心楽しく読み、心楽しく待つようになっていた。マチ子は行届いた女だったが、手紙のマチ子はその行届き方が可憐このうえなくて、浅井はマチ子を一層いとしく思い、自分もなんとかして清水へ行ってやろう、そうしてマチ子を喜ばしてやろうと考えるようになっていた。しかし渉外関係の仕事とは違って、宣伝部では出張というものがない。一時間半で着くといっても清水に行って日帰りということはなかろうと、浅井は考えこんだ。道子の手前、口実が必要なのである。

「ラブレターですか」

背後で、声がした。驚いて振返ると、小柳老人だった。

「いや、まあ、ラブレターと思ってもらいますか」

浅井はてれて、こんな云い方をしたが、小柳の方は例によってニコニコ笑いながら、

「お安くないですねえ。どうです、今夜は」

「小柳さんだけなら、いつでもおつきあいさせて欲しいと思ってますよ」

誘われても近頃は浅井から警戒してこういう返事をしている。あのマユミなんかと一緒では、酒はまずくなるし、浅井は辟易しているのだった。小柳も日頃の趣味とは違って肉だレストランだと妙な店ばかり選ぶから、

「分ってます、分ってます。ことぶきなら如何です」

「ああ、六本木の」

「そうです。お待ちしています。実は浅井さん、私はひそかに祝盃をあげたいことが

あるんですよ」

約束をすると、小柳はいかにも嬉しいことがあるらしく、いそいそとして出て行ってしまった。

浅井はマチ子の手紙をラブレターかと云われたので、こちらもちょっと嬉しく、会社の便箋を取出すと、返事を書いた。

元気なようで安心しています。

東京のオフィス街で暮していると、空も水も青いという君の古里に僕も出かけて行きたい衝動しきりです。

随分長く会わない。君の顔も見たいし、なんとかして清水へ行きたいと思っている。行くのは僕の義務なのだからね。

出産予定日は十一月三日だったね。女の子が生れたら文子、男なら文雄はどうだろう。文化の日だからね。生れたら電報くれるね。そのときは、どんなことがあっても必ず行く。

清水は魚が旨(うま)いという君の手紙は、いかにも旨そうで、まいったよ。沢山食べて、丈夫な子を産んでくれ。

路子へ　　　　　　　　　　　　義雄

ちょっと考えてから、路子の上に、「いとしい」と書き加えた。中学生みたいだな、と思ったが、いとしく思っているのは事実だったし、書いたものを消すのは変だから そのまま封筒に入れて、封をし、表書きをして、まとめて買ってある切手を貼った。

「君、これ出してきてくれ」

若い女事務員に云いつけると、

「また？　お安くないのね、浅井さん」

と、この頃の娘は従順に黙って行動するという徳を忘れている。

「誤解だよ、お安くないのを会社の封筒で出すかい。相手は友だちのお母さんだよ」

「浅井さんの子供のお母さんじゃないの？」

「妙なことを云うなよ、テキは婆さんだぜ」

「お婆さん相手に毎週毎週手紙を書くものかしら、男って」

これは警戒しないといけない、と浅井は思った。マチ子の存在はあくまでも密事だ。用心にも用心をしなければいけない。これからは自分で手紙を出そう。

「ことぶき」には浅井の方が先についた。

初めてこの店に来たときは、あとから妻の道子が来て、小柳と彼女の初対面の挨拶があり、それから銀座のバーめぐりをしたが、そのあと三、四回小柳と二人だけで来ているので、浅井は店の者と顔なじみになっていたし、もう今更この店での最初の出来事など思い出さなかった。

小柳とは奥の小座敷で畳に坐って箸をとるのが例だったが、浅井は一人でいる間はカウンターの椅子に腰をおろした。

「一本つけてくれよ」

「はい、浅井さんは辛口でしたね」

「他に何があるんだい？」

「白雪です」

「うん、今夜はそれにしてくれ」

「お珍しいですね」

「うん、ちょっと謂くがあってね、富士の白雪と、こういきたいんだ」

浅井はひとりでにやにや笑った。燗のついた徳利がくると、自分でぐいのみに注いで、一息に飲んだ。

「うまい」

「たまには銘柄かえてみるのもいいものでしょう？」

主人が目の前で秋の肴（さかな）を小鉢に盛りながら相手をしている。この店は、主人が板場をしているのであった。

「なんだい、それ」

「臭いですか。新島のクサヤです。なま干しで、油が強いんですがね、好き嫌いのあるものだから滅多に出さないようにしていますが。うまいんですよ」

「くれよ、僕の大好物だ」

クサヤと云えば思い出すのもマチ子であった。臭いといって、臭気止めを部屋の中においたときの、マチ子の眉根（まゆね）を寄せた表情が思い出される。あれは今から思えば妊娠の最初の兆候だった。

主人が自慢しただけあって、確かにうまいクサヤだった。酒が一層うまい。

「小柳さん、おそいですね」

「いいよ。白珠（しらたま）の歯にしみ通る秋の夜だ」

「酒はひとりで飲むべかりける、ですか」

「その通り」

本当に、こういう小綺麗な店で、しみじみと酒を飲みたい夜なのであった。マチ子の手料理がなつかしく思い出された。手紙に書いたが、本当に長く会わないな、と思う。

会いたかった。

しかし、水色の手紙はロマンチックだが、現実のマチ子はいま会った男の胸をときめかせる姿でないことまで浅井は分らなくなっているわけではない。子供が生れると同時ぐらいに清水へ到着できるといいのだが、そういう具合にはいかないものだろうか、と浅井は考えた。それはきっと親子の対面としても最も劇的な場面になるだろう。

小柳老人は約束の時間から一時間も遅れて来た。彼には珍しいことであった。たいがい約束よりずっと早く着いてるような性急なところがあって、そこだけが老人らしく見える人なのである。

「やあ、失礼しましたな。すっかり遅くなってしまって」

息を切らしているのは、よほど急いだからだろう。

二人は用意してある小部屋の方に移った。浅井は一人でいる間にかなり飲んでいたので、小柳老人が恐縮するほどには待ったという実感がなかった。

「本当に失礼しました」

「いやいや」

小柳は、しきりと浅井に酌をする一方で、自分も手酌で忙しく盃を口に運んでいたが料理の方には一向に箸が進まない。何か心配がありそうで落着きがなく、昼間会ったときとは様子が違う。

酔ってはいたが、浅井もだんだん怪訝な顔になって、

「小柳さん、どうかされましたか」

と訊かずにはいられなかった。

「はあ、いやあ」

あいまいな返事で小柳は飲んでいる。酒の味も分っていないらしい。店では心得ていて浅井と小柳では銘柄の違う酒を持って来ているのだが、浅井の徳利で注いだ酒も、小柳の方で注いだ酒も、明らかに味が違うのに何も云わないのである。日頃は人一倍やかましい舌を持っているのが、まったくどうかしているな、と浅井は思った。

「小柳さん、祝盃というのはどうなりましたか。もっとも僕が先に頂いてしまっていたから、失礼したのは僕の方でしたね」

「いやいや」

「何かおめでたいことがあったらしいじゃないですか」

「浅井さん！」

小柳は、盃を卓におろすと、歓喜とも悲痛とも両方にとれるような声で云い出した。

「出来たんですよ！」

「はあ？」

浅井の返事が間の抜けたものであっても、この場合は仕方がなかった。出来たといっても何のことやら、いきなり分るわけがない。

「浅井さんがマユミを嫌われるので、私は云い出しにくいんですが」

「いや、別に嫌ったわけではありませんよ。ただ男二人で飲みたいと思っただけです」

「そうですか。いや、私も男二人で話したいことがあったんです。浅井さんに共に祝盃をあげて頂きたかったんです」

「マユミさんが、どうかしたんですね」

小柳老人は大きく一つ肯く(うなず)と、はっきりと答えた。

「はい、みごもりました」

浅井はしばらく茫然(ぼうぜん)としていた。

出来たと聞いて反射的にそれを思い、ほとんど同時にまさかと打消していたからである。

半年も前に、たしかこの店で、自分の女に子供ができたら自分の手で取上げるのだと云っていた小柳を、浅井はすぐに思い出した。

「念願達したわけですね、小柳さん」

浅井は続けて、では祝盃という言葉を口の中で呑みこんだ。小柳の様子がそんな具合のものではなかったからである。

「いざとなると、しかし困るんじゃないですか、小柳さん」

「はあ」

「あんな立派な息子さんもいられるのですから、後継ぎの心配はいらないのだし、小柳さんの主張しておられる男の生命力の証しは立ったわけだから、それでもういいんじゃないですか」

云いながら浅井はマチ子のことを思い、我ながら妙なことを云い出したものだと呆れていた。これでは話が逆になってしまう。小柳にマチ子のことをうち明けるどころでない。

「いや、私は、なんとしても産ませます」

小柳老人は悲愴な声で云った。浅井には、彼がどうしてここで力んでいるのか、またどういうわけで宿願果した今、昼間とはうって変って困惑した面持ちでいるのか理解に苦しむ。女が妊娠した。それは待っていたことだ。産ませると心決めている。その上に何の問題があるのだろう。

「子供の入籍の問題ですか」

「いや、そんなことは簡単です。長く私が面倒みてきた夫婦が二、三ありますから、戸籍ぐらい簡単にどうとでもなりますよ」

マチ子が生れた子は弟夫婦の戸籍に入れると云っていたことを思い出した。世の中は、なるほどどうにでもなるものなんだなあと浅井は妙なところで嘆声をあげたくなったが、目の前の小柳老人の深刻な表情を見ていると、当面は彼の相手だけしていなければならない。

「奥さんが気付かれたんですか」

「とんでもない。あれはもうずっと前から私には能力がなくなっていると思いこんでいますよ。そこのところは時間をかけて、うまくやっています。四、五日帰らなくたって心配もしやしませんよ」

「それは羨(うらや)ましい」

浅井の、この相槌(あいづち)は本心だった。浅井の場合は道子をどうやって納得させて一晩家をあけ、清水に出かけるかという重大問題があるのである。

「しかし小柳さん」

浅井はとうとう痺れを切らして訊いた。

「それで何を悩んでおられるんですか」

小柳老人は肩を大きく動かして全身から溜息を吐いた。

「マユミが、産みたくないと云うんですよ」

「それはまた何故ですか」

浅井が問い返したのは実に野暮な質問と云わなければならなかったが、それというのも浅井はこのところずっとマチ子の口から子供が欲しい、長い間産みたいと思っていた、その願いがようやくかなうのだという喜びの言葉を聞きなれていたからである。その結果、女というものは子供を産みたがるものなのだと思いこんでいた。だからマユミが何故、産みたがらないのか、その理由の方が分らなかった。

しかし小柳は浅井の質問には直接答えようとせず、

「階段から飛び降りてやるとか、私に内緒で産科医のところでおろしてしまうとか、物騒なことばかり云い出して、目が放せんのです。今夜も遅れたのは、それを云いなだめるのに往生していたからですよ。マンションの管理人に金をやって、廊下で見張っているんですがね。どうも、落着きませんな」

と、まったく困じ果てている。

浅井もこういう落着かない小柳とは飲んでいても飲んだ気がしないから、これは今夜は別れた方がいいと咄嗟に判断した。

「それじゃ戻られたらいかがですか。僕の方も相談にのっていただきたいことがあったんですが、またこの次でも」

「待って下さい、浅井さん」

いつもの小柳老人ならば、相談ごとがあるというのを聞き逃すような男ではないのだが、この夜はもう自分一人のことで頭が一杯になっていて、思案もつきたところで藁一筋にもすがりつきたかった。

「浅井さん、私を助けると思って一緒に来て下さいませんか」

「どこへですか」

「マユミのいるマンションです」

「ええ？」

「マユミに云いきかしてやって下さい。私の頼みを聞き入れるように頼んでくれませんか。浅井さん、お願いです」

「僕が口出しするようなことじゃないでしょう」

「いや、マユミは手がつけられない状態なんです。妊娠すると、女は気が立ちますからね。私の云うことはもう何一つ耳に入らないんですよ。ときには、おじいちゃんの子じゃないんだから、なんて口走る始末でしてねえ」

「それはショックでしょうな」

「絶対に私の子なんです。しかし云われたときはショックでした。お恥ずかしい話ですが、マユミとのあとで、アレを持って医者に行きましたよ」

「検査ですか」

「ええ、精子がピンピンしていると聞きましてねえ、あのときは嬉しかったですな」

ようやく晴れやかに笑顔をみせた小柳老人に、浅井は男の煩悩即菩提を見るような気がした。

浅井にとっては迷惑千万なことであったが、小柳老人が一生の願いだといって頼むものだから、とうとう寄り切られた形で二人は「ことぶき」を出た。小柳は膳の上の料理には遂に一度も箸をつけないままであった。

タクシーを拾い、小柳は麻布にあるマンションに着くまで、運転手に方向を指図し続け、浅井に一言も口をきかなかった。留守の間にマユミが何かしでかしていないかと、そればかり気になっているのであった。

昔は閑静な邸町（やしきまち）であったその辺りには、最近まるでニョキニョキと生えたように、いわゆる高級マンション風の建造物が立ち並んでいた。どれも真新しくて、モダンな建築である。小柳はタクシーを降りると、その中の一つに性急に飛び込んでいった。

小さな自動式エレベーターがある。ボタンを押すと音もなく開き、二人が入ると音もなく閉った。小柳老人は⑤というボタンを押してから、

「これはまったく妙なものですな」

と云って浅井の顔を振り仰いだ。

本当に妙なものだった。エレベーターは小さく狭く、無理に詰めこんでも五人もはいれまいと思われるほどのものだったから、浅井と小柳はまるでピッタリ寄りそうように立っていたのである。

「はあ」

浅井は、あいまいに返事し、すでに来たことについて後悔のかたまりになっていた。

小柳老人の禿頭（はげあたま）に、じっとりとあぶら汗がにじみ出ているのが見える。時候はすでに二人とも冬物の背広になっているのに。

小柳が、浅井の前で恥じているのが分る。てれているのが分る。しかもどんな醜態

をさらしても、いまや仕方のないことだと観念している様子が、浅井からすれば気の毒という他はないのだった。

五階につき、エレベーターのドアが開いた。小柳はせかせかと廊下へ出て、隅で椅子に腰をかけ、まずそうに煙草を吸っていた男の方へ歩いて行くと、

「すみませんでしたな。本当に、すみませんでした」

そう云いながら千円札を一枚渡した。

「結構ですよ、さっき沢山もらいましたから」

「いやまあ、そう云わずに」

そんな会釈を交わして、管理人がエレベーターの中に消えると、小柳は浅井にも一言あいさつをした。

「苦労しますよ、まったく。察して下さい」

浅井はズボンのポケットに両手を突っこんで、返事に窮していた。

小柳老人は、廊下の途中のドアの前に立つと、コン、コン、コンと三度叩いた。室内からは返事がなかった。小柳はもう一度ノックを繰返すと、すぐ諦めて、ポケットから鍵を取出した。

ドアに隙間をあけてから、

「マユミちゃん、帰りましたよ」

と、小柳老人は浅井を更にびっくりさせるような猫撫で声で呼びかけた。しかし、依然として返事がない。

小柳は浅井を振返って、ふだんの太い声で、

「どうぞ」

と云い、ドアを大きく開けた。

二十畳ほどの広さがある部屋の中は百花撩乱だった。少なくとも浅井の受けた第一印象はそうなのである。天井の低い洋間であった。暖房がきいている。赤い絨毯が敷きつめてある。豪華なソファが置いてある。窓はレースと布のカーテンが二重になっている。肘掛椅子がある。縫いぐるみの犬が転がっている。テーブルには格子縞のテーブルクロスがだらしなく曲っていた。室内の家具の一つ一つが、みんな色が違う。それも強烈な原色を、不揃いに置いてあるのだから、まず極彩色といってよかった。よくみれば、それほど高価なものではなく、何もかもちぐはぐであった。マユミの趣味で手当り次第に買ったのであろう。小柳老人も、マユミのしたい放題にさせてあるのに違いない。

マユミはといえば、これは奥の寝乱れたダブルベッドの傍らで三面鏡に向って髪を

梳かしているところだった。ピカピカ光る金ラメの部屋着だかムームーだか分らないようなものを着ている。鏡の中で小柳老人を認めても、ぶすっとして不機嫌のままである。

「お客さまだよ、マユミちゃん。浅井さんですよ」

「うるさいな。見えてるよ」

「そんな云い方をするもんじゃないよ、マユミちゃん。浅井さんがびっくりなさるじゃないか」

「どうせ前からびっくりしてるよ。ねえ、おじさん、そうだろう？」

「ああ、びっくりしたね」

浅井は遠慮なく応じた。もともと愉快でないところへ、マユミの態度は彼の怒りを呼びさました。こんな低劣な女のどこがよくて小柳老人が頭を下げているのか分らない。したでに出るから、こんな馬鹿はつけあがるのだ、一番喝を入れてやろうと浅井は思ったのであった。小柳がはらはらしているのは分ったが、浅井は立ちはだかったまま言葉を続けた。

「こんな高級なマンションに住まわせてもらってだ、何が不足で小柳さんにそんな失敬な態度をとるんだ」

マユミは呆気にとられたらしく、唇にひいていた棒紅を持ったまま、しばらく鏡の中で浅井の顔を黙ってみていた。舞台女優のメーキャップのように濃い化粧の中で、眼がまるで閉じることを忘れたように瞠いている。

「おじさんは、何しに来たのさ」

口紅を鏡の前において、マユミはくるりと振返った。

「何しに来たんでもない。小柳さんに頼まれて一緒に来ただけだ」

「おじいちゃんに何を頼まれたのよ」

「別に何を頼まれたわけじゃない。一緒に来ただけだ。ただあんまりお前の態度がひどいから、注意してるんだ」

「そんならおじさん、あたいの話も聞いてよ。片方だけの云い分をきけば、あたいが悪いことになるかしれないけどさ、あたいの方だって云うことがあるんだ」

「何を生意気なことを云ってるんだ」

「あたいが生意気だってのは、あたいが子供だと思うからだろ？　え、そうだろ？　ねえ、おじさん」

「おじさんは、よせ」

「よさないよ。あたいから見れば、おじいちゃんは爺で、おじさんは大人だよ。あたいは未成年なんだからね。子供だよ、その通りなんだよ」

「だったらおとなしくしていろよ。あんなヌードスタジオで働いてたことを思えば、こんなところに住めるのは、それだけでも小柳さんは恩人じゃないか」

「とんでもないよ、おじさん、あたいはね、新宿二丁目から出たいなんて一度も思っちゃいなかったんだよ。いわば刑務所じゃん。高級マンションだってさ、友だちもいなけりゃ、話相手もないところで、そんなところへぶちこまれてさ、なんでおじいちゃんが恩人なのさあ」

「これだけの贅沢(ぜいたく)をさせてもらっていて、不足を云うと罰が当るぞ」

「古臭いことを云うなよ、おじさん。あたいは法律のことを云ってるのにさあ」

「なに？」

「法律だよ、分んないのかなあ。あたいは未成年だから、子供だよ。子供が子供を産めないことぐらい、大人なら分りそうなものじゃないかよォ。やんなっちゃうなあ」

「………」

「あたいだってねェ、おじいちゃんが金使ってるんだから我慢しなきゃなんないことがあるくらいは分ってるよ。それが人生だもんね。だけどさァ、妊娠するなんて思わなかったしさァ、それでもまさか産まなきゃなんないとは思わなかったんだよォ。だっておじさん、あたいはおじさんの娘だったっておかしかない齢(とし)だろう？」

こんな愚かな小娘の口から未成年とか法律などという言葉が飛び出すとは思わなかった。虚を突かれた形で、浅井はしばらく口がきけなかったが、ようやく一人の女として子供を産みたがらないでいる相手に、浅井は個人的な興味を持った。

小柳老人は一隅の小さなキチネットで、一人で何か洗いものをしている。

浅井は、マユミに訊(き)いた。

「別に法律で子供を産んではいけないという年齢はきめられていないよ。しかし、どうして子供を産みたくないんだい？」

「あたり前じゃないかよォ。あたいは若いんだよ、今から腹ボテなんかになったらかなわないよォ」

「子供が欲しいとは思わないのか」

「思わないよォ、いらないよ、そんなもん」

「自分の子供だよ」

「冗談じゃないよ。おじいちゃんの子だよ。あたいはさ、まさか妊娠するとは思わなかったから何も使わなかったんだよォ」

小柳老人はマユミをまるで処女のようだと感激していたことがあったが、これはかなりのあばずれだったのではないかと浅井は思った。

「小柳さん、失礼しますよ」

浅井はドアのノブに手をかけて云った。きっと引止めると思ったから、かなりの決断をもって云ったのだが、

「そうですか、いや、こちらこそ失礼しました」

と、小柳老人はにこにこしながら小腰をかがめて浅井を送り出した。彼は要するに帰ってからしばらくの緩衝地帯の役を浅井に勤めてもらいたかったのである。

浅井が帰ると、マユミはヘアブラシを床に投げつけて怒った。

「なんだ偉そうに。刑事みたいな顔しやがってさ」

「すまなかったよ。浅井さんがあんなことを云い出すとは思わなかったんだ。ご免ね、マユミちゃん」

「大きなお世話だよねえ。あたいとおじいちゃんの間のことなのにさ。いい齢して、おせっかいだよ、まったく」

「焼餅を焼いてたんだよ、あれは」

「やきもち？」

「ああ、浅井さんには子供がないからね。それで口惜しかったんだろう」

「へえ、あのおじさん子無しかあ。どうしてさァ」

「浅井さんが駄目なのかもしれないよ」

「種なしかァ。あっはっはあ」

マユミが大きな口をあけて笑い出した。

「それであんな凄い眼つきであたいを睨んだんだね。あたいは本当にびっくりした。馬鹿だね、あいつは」

マユミは、すっかり機嫌を直して、なおも笑い転げながら、ベッドの上へ寝そべり、小柳はようやく彼女の傍に寄ることができて、上から抱きしめると接吻を浴びせかけた。マユミは猫のように喉を鳴らしながら、小柳の腕の下でもだえ、やがて男を躰の中に誘いこんだ。それは未成年を自称する女の技とは思われなかった。

大きく息を吐き、呼吸をととのえながら、小柳老人はなおもマユミを腕から放さずに、やがて云った。

「マユミ、産んでおくれ。頼む」

「いやだなあ。産んでやってもいいけどさ。あとは知らないよ」

マンションを出た浅井の方は、小柳とマユミの仲直りの道具に使われたことを漠然とではあるが感じていた。当然、愉快ではない。とてもそのまま家に帰るという気にはなれなかった。

こういうときにもマチ子が東京にいないことが痛切に感じられる。浅井は彼がマンションを出たあとで小柳までが彼を笑いものにしているとは思いもよらなかったけれども、マチ子が東中野のアパートにいるものなら、飛び込むようにしてそこへ帰って、憤懣をぶちまけ、小柳とマユミを罵倒したのにと思う。

妻の道子には、この話をするわけにはいかない。なぜならば小柳と浅井は一晩をかけて彼女から男たちの夜の生態を韜晦し了せたと信じているからである。

タクシーをつかまえると、浅井はともかく銀座に出た。どこへ行こうかと迷ったが、今夜の気分としては、女を見るのはもう嫌であった。「ことぶき」の主人と交わした会話を思い出す。秋の夜の酒は、ひとりで飲むべきであった。「スタッグ」へ入っていくと、客は三人いたが、三人とも別々の客らしく、隣と話してる者がいない。バーテンたちも、そういうときの心得があって、賑やかなもてなしが必ずしも客の喜ぶところとはならない場合と知っている。店は静かで、クラシックのレコードがひそやかに奥で廻っていた。

浅井が高い椅子に腰をおろすとバーテンがもったいぶったお辞儀をした。

「いらっしゃいまし」

「水割り」

「かしこまりました」

浅井は、それきり一言も口をきかずに、四杯の水割りをあけた。

考えたいことが多い。

子供を産みたがらない女、マユミ。

子供をどんなことがあっても産む気でいたマチ子。

子供を産んで、父でない男を父と呼ばせている女、千鶴子。

子供が欲しいとも云わず、子供を産まずにただ書道に熱中している妻の道子——。

女というのは、子供を産むこと一つ取り上げても実にさまざまなものではないか。

浅井には、マチ子がどうしてそんなに子供を欲しがっていたのか、いまだによく分らなかったし、マユミが荒れまわって子供なんかほしくない、真っ平だと云っていたのも理解できなかった。千鶴子から、浅井さんは可哀(かわい)そうね、子供のある夫婦の暮しを知らずに一生を終るのね、と云われた言葉が、甦(よみがえ)る。それはまるで耳朶(じだ)に突きささった毒矢のように、いつまでもぶきみな疼(うず)きを浅井に覚えさせているのであった。

そしてまた浅井は、マチ子の水色の手紙を思い出した。それは浅井の今の生活で最も甘美なものであったから。

浅井義雄さま。

あなたに一度、朝やけのまっ赤な富士を見て頂きたいと思っています。白雪で掩われた山が、日の出の光を受けて、赤く火のように輝く時間があるのです。この美しさだけは、多分、土地のものしか知ることのできないものでしょうね。

お手紙、嬉しく嬉しく拝見しました。子供が産れたら、すぐ電報を打ちます。いいえ、弟に電話をかけさせますわ。あなたが、いらして下さる！　なんて感激でしょう！

男の子か、女の子か。それが分るのに、あともう一カ月もありません。今月に入って胸苦しかったのが、急に昨日から楽になり、食事も進んでいます。赤ちゃんの位置が下ったのだそうです。赤ちゃんの方も準備態勢に入ったのですって。

十カ月というのは長かった——これが正直なところですけれどももう一息ですわ。あなたが来て下さるのですもの、私も元気が出てきました。

ところでこの前のお手紙にあった、生れた子供にパパと呼ばせたくない、というのは、どういうお考えなのですか。私は分らなくなって、苦しみました。お兄さんと呼ばせましょうか。

浅井さんのおじさんなんて可哀そうなことは云わせないで下さいね。

ちょっと悩んだ路子（みちこ）より

浅井が生れた子供にパパと呼ばれたくないと書いてやったのは、例の千鶴子とその子供との会話の不快感からどうにも解放されていなかったからである。パパにネクタイを買い、子供にプラモデルを買うと云って、浅井に挨拶（あいさつ）もせずに行ってしまった千鶴子。あの最後の言葉はまったく耳障（みみざわ）りであった。

自分はパパとは呼ばれたくないと思い、そう書いただけだったのだが、マチ子がそれで悩んだかと思うと不憫（ふびん）になって、このときは浅井はすぐに返事を書いた。

手紙読んだ。

おじさんなんて、それこそとんでもないよ。僕の子じゃないか。お父さんと呼ばせる。そう思っていなさい。

君を妻にできないのだから、せめて子供には充分なことをしてやれるように、僕も頑張るつもりだ。躰を大事にしてくれ。

路子へ　　　　　　　　　　　　　　　　義雄

封筒へ入れ、宛名を書き、それからそれを背広の内ポケットに入れた。昼食をとりに外へ出るときポストに入れるつもりだった。しかし浅井は迂闊にも、そのときは投函するのを忘れてしまった。それというのもその日の昼飯は、宣伝部長から誘われて、しかも重大な用件を話し合ったからであった。

その日、浅井は退社時刻がくると、寄り道せずにまっすぐ家に帰った。

自分の家の玄関で、ふと浅井はまた門柱のブザーを押し忘れたのに気がついた。部長との話をきいてから喜びのあまり道子に早く云いたくて、そればっかりで帰ってきたのであった。が、咄嗟に浅井はほんのちょっと門の方へ戻る手間を惜しんで、玄関の戸に手をかけた。

また鍵がかかってなくて、戸はガラリとあいてしまった。

「ただいま」

返事がない。浅井は大声で怒鳴った。

「おい、帰ったぞ」

座敷の方から、はいと返事が聞えて、道子が小走りで出てきた。

「お帰りなさいませ」

「不要心じゃないか」

「ご免なさい。いま、みんな帰ったところだったのよ。でも、お早いんですね、今日は」

「ちょっと、わけがあってね」

「あら」

道子が明るい顔で訊いた。

「何か、いいお話のようね」

「分るかい？」

「そりゃあ、夫婦ですもの、分りますよ、そのくらい」

「当ててみるか」

「会社でいいことがあったのよ、きっと。なんでしたの？」

「どうも僕は部長に昇格しそうなんだ」

「まあ」

「正式に決るのは先の話だよ。しかし大方の重役の意向がそうらしいんだな。宣伝部長の後任には現場の経験者がいいと社長が云い出したっていうしね」

「まあ、あなた」

道子は感激して、声が出ない。

「おめでとうございます。なんだか私まで日展を通れそうな気がしてきたわ」

「そう云えば、もうじき締切りだね」

「ええ、今日表装が出来てきたの」

「ほう」

「お弟子さんが帰ったあと、床の間にかけて一人で眺めてたんですよ。あなた、見て下さらない？」

弟子の帰ったあと、道子は手早く掃除をしたらしい。座敷は、人気も残さず片付いていて、入っていくと馥郁(ふくいく)とした芳香に満ちていた。

「香をたいていたのか」

「ええ」

床の間には、地味だがしっかりした表装の掛軸がかかっていた。その下に青九谷(あおくたに)の香炉が置かれ、かすかな白煙が糸のようにたちのぼっている。

「いいねえ」

「そうかしら」

それは紙に書いたままのものより、遥かに見事な書に見えた。これは立派なものじゃないか、と浅井は本心でそう思った。

「あなた、御飯は？」

「まだだよ。まっ直ぐに帰って来たんだからね」

「すみません、すぐ用意しますから。お赤飯炊きたいところだけど時間が足りないわね」

夫婦は浮き浮きした会話を交わしながら台所と寝室に別れた。

浅井は背広を脱ごうとして、マチ子宛の手紙を内ポケットに入れてあるのに気がつき、はっと息が止った。危ないところだった、と冷汗が出た。女名宛ての手紙を発見されて、しかも内容を読まれでもしようものなら、この平和と歓喜に充ち満ちた現状はたちまち地獄の修羅場と化してしまう。

浅井はしばらく茫然として、ようやく胸を撫でおろしてから、その手紙をどこへ隠したものかと迷った。

男にとって、家庭は憩いの城郭であるべきであるのに、さてそうやって考えてみると、道子の目が届かないところで、明日の朝ひそかに浅井が持って出られるような隠し場所は容易にみつからなかった。何より危険なのは明日の朝、浅井が持って出るのを忘れ、その留守に道子に見つけられることであった。手紙の内容がまた内容である。発覚すれば一悶着おこるどころか、今までの総ての努力が水の泡になる。本気で惚れた相手でなく、折角ここまで道子に気兼ねしてきたものが、一挙に自爆に等しい結果を招いてしまうではないか。

浅井は考えに考えた揚句、脱ぎかけていた背広を着なおし、大声で台所へ怒鳴った。

「おーい、道子。飯の支度はやめておけよ。外に喰いに出よう」

道子は信じられないという顔をして、手を拭きながら出てきた。

「どこへ行くんですの」

「新宿ぐらいにしておこう。君の前祝いだ」

「あら、あなたこそお祝いしなくちゃ」

「すぐ出るぞ」

「無理よ、あなた、こんななりじゃ」

「着物はそれで充分だよ、新宿じゃないか」

「でも、お化粧ぐらい直したいわ」

「急げよ」

「はい」

「僕は先に出てるよ」

「あなた、せっかちねえ」

「腹が減ってるんだ」

「はいはい、急ぎますから、待っててね」

道子が着替えや化粧で手間どることは分っていた。そこが付けめで浅井は靴をはいて外に出ると、表通りまで急ぎ足で歩いて、ポストに例の手紙を投函した。ポトリと手紙が落ちる音をきいて、浅井はほっとし、それからはぷらりぷらりと家に戻って、玄関に立ったまま、今度は天下晴れて威勢よく大声を出した。

「おい、道子、まだかい？」

「そんなにせかせないでよ。折角あなたとデートするっていうのに、少しぐらいお洒落がしたいわ」

道子はぶつぶつ云いながらも、彼女にしては超スピードで支度して出てきた。着物は替えず、髪と化粧を手直ししただけである。

秋の夕風の中を、二人は肩を寄せあって歩いた。浅井の内心は、マチ子宛の手紙をうまく始末できて、よかった、よかったと思っているのだが、久しぶりに妻と二人で出かけるのも悪くなかった。部長昇進がほぼ確定していると聞かされた日の宵なのである。

宮園通りまで歩いて、そこでタクシーをつかまえ、

「新宿へ行って下さい」

と云ってから、どの店にいくかまだきめていないのに気がついた。

「君は何が食べたい？」

「そうね、栄養のあるものがいいわ」

「日本料理はどうだ」

「あれは低カロリーよ。私は、お肉食べたいわ」

「珍しいことを云い出したな。君の美容食理論では、太ることになるんじゃないのか」

「ヒレ肉ならいいのよ。動物蛋白だけだから」

と云いかけて、道子は笑い出した。

「味けないわね、こんな云い方したんでは。雰囲気が出ないわね、ご免なさい」

「うん。祝盃をあげるんだからね。寿司屋でもまずいし、まあ着いてから歩いてきめよう」

角筈で、二人はタクシーを乗り捨てることにしたが、降りてから道子がふらふらと

浅井に倒れかかった。

「どうかしたのかい？」

「なんだか車に酔ったみたいなのよ」

「たったこれっぽっち乗っただけでか？」

「ええ。変ね、おなかが空きすぎてるのかしら」

「それじゃ急ごう」

しかし恰好の店がなかなか見つからなかった。小さければ中がきたなく、どう考えても食通の入る店と思われない。小柳老人などと飲みまわっているので、浅井の好みもいつかやかましいものになっていた。

「君の云ってた肉にするか」

とうとう浅井は小料理屋をあきらめて妻を振返った。スキヤキ、オイル焼きの専門店の前であった。

「大きなお店らしいわね」

「腰掛け式だがね、わざわざ座敷に上らなくてもいいだろう」

「あなたはいらしたことがあるの？」

「うん、ずっと前に一度だけきたことがあったな。その頃からみると、随分拡張したもんだ」

千鶴子の前の恋愛など、今から思えば遠い昔で、妻と共に同じ店にきても、浅井は別になんの感慨もなかった。

紺絣（こんがすり）の制服を着た女が注文をとりにきた。浅井と道子は相談して、オードブルと、オイル焼きを頼んだ。

「お飲みものは」

「日本酒。二人ともだ」

道子がテーブルの向う側で、黙って嬉（うれ）しそうに微笑している。

「気持の悪いのは、どうだい？」

「もう直りました。どうしたのかしら、さっきは」

ケロリとしているから、浅井の方も別に気に止めなかった。

酒がきて、二人の盃（さかずき）をみたすと道子は目のところまで持ち上げたが、

「あなた、おめでとう」

と云ったきりで、飲むまねだけで下へおいた。

「飲まないのか」

「ええ。だってアルコールにはこりてますもの」

「うん、あのときは小柳さんも慌(あわ)てていたよ。本当に酔っぱらったからな」

「よしてよ、あなた。思い出すの、つらいわ」

道子は本当につらそうにしていたが、浅井はかまわずに手酌で飲みながら、

「あの夜からだよ、君が日展だ、日展だと云い出したのは」

「恥ずかしいわ」

「しかし、これで当選したら、あの晩、小柳さんが云っていた通りになるな」

「どんなこと仰言(おつしや)ってましたっけ」

「宣伝パンフレットの書き文字など、簡単には頼めなくなりますなってさ」

「そんなことないわ。名前を出さないでいいんですもの、いろいろなことができて、勉強にもなるのよ。それに収入が、ばかにならないわねえ」

こんな会話はともかくとして、その夜の道子の食欲はすばらしかった。オードブルは、あっというまに平らげてしまい、オイル焼きが始まると、

「よろしいわ。私が致します」

と、女中の手助けを断わって、どんどん焼き、どんどん食べた。二人前とった肉が、道子一人でたちまちなくなってしまった。

「よく喰うなあ」

浅井は飲めばあまり食べない方だから、ただ眺めていただけで、呆(あき)れていた。

「だって、おいしんですもの。松阪牛(まつさかぎゅう)でしょうね、きっと。お勘定は高いんでしょうけど、いいわね、部長さんにごちそうになるんだから。あら、あなたの分がなくなってきたわ」

「いいよ、僕はもう」

「いけないわ、栄養をつけなきゃ。何をやるにも大切なのは体力よ、あなた」

書道にも体力が必要だというのだろうか。道子は飽くことを知らないもののように食べ続けた。しかし浅井も空き腹に手酌で飲んでいたので、妻の異常に気がつく前に早く酔い、栄進というサラリーマンにとっての夢間近いのをひとり祝い喜んでいた。

稔(みの)りの秋

十月十五日が日展の締切日であった。

書道部門は翌十六日に審査を終了し、十七日に結果が発表される。

入選したらすぐ浅井の会社へ電話を入れるという約束になっていたから、浅井は午

後になると今か今かと待ち、待ちくたびれて、やっぱり駄目だったかと思っている頃、

「浅井さん、お宅からです」

と、電話をとった女子社員が云った。

「僕だ。どうだったい？」

——落選しちゃったわ。落ちてたら電話はかけないって約束だったけど、あなたが待ってらしたら悪いと思って。ご免なさいね。

「まあ、初めて出して、いきなりは無理なんだろう。しかし大丈夫だと思ったがなあ」

——御期待に添うことができませんで、すみませんでした。

道子はほがらかに笑っている。

「意外に元気じゃないか」

——多分駄目だろうと思っていたのよ。それに、いいことがそんなに重なる筈はないと思っていたの。

「なぜだい？」

——あなたが部長になるのに、私まで入選なんて、ちょっと冥利（みょうり）が怖（おそ）ろしいじゃない？

「古風なことを云うね」

――ふ、ふ。いいんです。私はそれほどがっかりしてないから安心して下さい。あのね、私は無欲の境地なんですよ。

「へええ、御立派ですね」

――でも、今夜は悪いけどあまり遅くならないでほしいわ。

「うん、よし、分った」

どう気楽そうに云ってみたところで、あれだけ没頭して書いたものが落選したのだから、道子が淋しい気持に陥っていることは浅井には手に取るように分るのだった。いっぱしの書家のように、智永の楷書がどうの、永字八法と個性について胸を張って語る道子よりも、浅井という夫からすれば書が落選して凋れている妻の方がずっと好ましい。今日は道子の頼みをきいて、早く帰って慰めてやろうと浅井は本気でそう思った。

しかし夫の決心というのは、もろく崩れやすい。このときも例外ではなかった。退社時刻間近に、小柳老人が現われて、

「やあ浅井さん、先日はまったく失礼しました」

と、恐縮の至りという顔で深く頭を下げたのである。

「いやあ、驚きましたよ。小柳さんも弱いところでは徹底して弱いんですねえ」

「面目ないです。しかし浅井さん、この齢でああいうことになると人間は溺れるものですな。この間は、おかげで助かりましたよ。今日これからお詫びとお礼をかねて、一杯、いかがです？」

小柳の誘いに、浅井がすぐ応じたわけではなかった。もうマユミとかかわりを持たされるのは、こりごりだったし、今日は誘いを断わるのに絶好の口実がある。

「折角ですが、今日は」

「お急ぎですか」

「実は女房のやつ、日展を落選しましてね」

「本当ですか。それは残念ですなあ。あれほどの腕前を、審査員も目がないですなあ」

「小柳さんがそう仰言っていたと伝えて慰めてやりますよ」

「どちらかで待ち合せですか」

「いや、せめて今日ぐらいは早く帰ってやろうかと思いましてね」

「それじゃ、ちょっとだけ。長くはおひきとめしませんから。奥さんにはおみやげを作らせますよ」

小柳は、先夜むりやりに嫌がる浅井を麻布のマンションまでひっぱって行って、その上マユミとわたりあわせてしまったのを、衷心から申訳ないと思っていた。何がなんでも詫びねばならぬと思いきめると、そこから先は老人特有の性急さに押えがきかなくなっていて、誘い方も、しつこくなった。

浅井が、

「それでは、ちょっとだけ」

と遂にその気になったのは、小柳の強引さと酒の魅力に抗し難かったからであったが、他にもちょっと今夜こそマチ子との一件を話して、将来の助力を仰ぐことを頼んでおこうかとも思ったからである。その上、小柳の方も、今夜こそマユミは連れて来ないで二人きりで飲むと確約したからである。まったく、浅井はあのあばずれ娘の顔は、もう二度と見たいとは思わなかった。

小柳は前の晩の分をそっくり始めから詫び直すつもりでか、六本木の「ことぶき」に直行した。帰りは麻布のマンションが近いという利点があるのかもしれない。

「こないだは失礼したね。今日は、たっぷり頂きますよ」

小柳老人は腰の低い男で、店の主人にまでこんな挨拶をしてから、小座敷で浅井と向い合うと、恭しく盃をあげた。

「お詫びです。お礼です」

「とんでもない。僕は何もしやしませんよ」

「いやあ、おかげであのあと、やっと産むことを納得させることができましてねえ。一安心ですよ」

「しかし不思議ですねえ、小柳さんがどうしてそんなに子供に執着するのか」

「そりゃ浅井さん、子供というのは、男にとって勝ちどきみたいなもんなんですよ。いや、子供のない方にこういう話は申訳ありませんが……」

「それが小柳さん、僕にもできたんですよ」

「え？　そうでしたか。奥さん、おめでたですか？」

小柳老人の早呑み（はやの）こみに浅井は苦笑しながら思わず両手を振っていた。

「いやいや、女房じゃないんです」

「というと？」

「マチ子ですよ、ジョルダンの」

「ははあ、いやこれは気がつきませんでしたな。そうですか、浅井さんは、まったく隅におけない」

小柳は気がついていた筈（はず）なのに、白（しら）っぱくれている。

「来月出産なんですよ」

「ええ？　もうそんなに切迫してる話でしたか？」

「僕も初めての経験だから、妙な気分なんです」

小柳が、ちょっと疑わしげな顔をしたので浅井は急いで言葉を足した。

「いや、他にも一人産ませてるんですが。三、四年前の話です」

「いよいよ隅におけませんな、浅井さんは」

「実はそのときは逃げたんですがねえ」

浅井は千鶴子との経緯も、マチ子との経緯も、こと細かく話し出した。初めて他人に告白するので、話が長くなったが、小柳老人は浅井の一言一言に肯きながら、身を入れて聴いていた。

マチ子が金もいらない入籍も頼まない、ただ子供が産みたいだけだと云った件では、

「あのマチ子が？　いや、マチ子さんがそう云いましたか、ふうむ」

と唸っただけである。

「僕もまあこの世の中に、自分の子供と呼べる血縁を一人ぐらいは残しておきたいという気にもなってきたんですがねえ、どんなもんでしょう」

「男なら当然ですよ、浅井さん」

「しかしマチ子が可哀想(かわいそう)な気がして、それで賛成したのかもしれません」

「……これは、大変なことになるかもしれませんな」

「どうしてですか」

「いや、どうしてというのではありませんがねえ。女の方の話が、あんまりうまく出来すぎているような気がするんですよ」

「ええ、僕も最初は警戒しましたが、あれは本気で子供を産みたがってましたよ。だから僕には、この間の小柳さんの方の話が分りにくかったんです」

「マユミが産みたがらなかった話ですか」

「ええ。小柳さんには、いつかお会いしましたね、あんな立派な坊っちゃんもいるのに、今更どうして子供がほしいのか、僕にはそれも分りませんねえ、正直な話が」

「浅井さん、こういうことは理屈じゃありませんよ」

小柳が声をはり上げた。

「あの長男が生れたとき、私は二十三でした。若かったし、子供の生れた感激に浸るよりも仕事の方が面白かったし、家のことなどは放り出して夢中で働いていましたよ」

小柳は独酌で酒を飲み、浅井も独酌で飲んでいた。この前のとき以来、店では小柳には辛口、浅井には甘口の酒を持ってくるようになっている。

「浅井さん理屈じゃありませんよ、子供は。私はマユミを我がものにできたとき、この女に妊(みごも)らせたいと、ずっとその一念でしたね。こんなことは、四十年この方、考えたこともありませんでしたよ。我ながら不思議です。しかし、まったく嬉(うれ)しいですよ、この喜びは理屈じゃないですな、浅井さん」

「生れる子供の将来については考えないですか」

「それは浅井さん、私はマユミができたから、まだ二十年は生きられると思ってます。確信ですな、これは。癌(がん)にさえやられなけりゃ、今は薬が発達しましたから八十ぐらいまで生きるのは、あなた御茶の子ですよ」

「なるほど」

「子供が二十になるまで生きていてやれば、あとは自由にやるでしょう。それに私はまず三千万ぐらいの生命保険に入って、受取人は子供にしておくんです」

「三千万円ですか、ふうん」

「それと引換えで、生むのを納得させたんですがね」

「ははあ」

「しかし、そうですか、浅井さんのところも生れる、となれば今年は成り年ですなあ。

乾盃（かんぱい）しましょう。さあ」

二人の男は盃（さかずき）をあげ、酒を干したが、浅井の方は小柳老人のように凱歌（がいか）をあげる気分ではないので、酔う前に気懸りを解消しておきたかった。

「小柳さん、ついては相談にのって頂きたいのですがねえ」

「なんなりと」

「僕は、生れたときだけは飛んで行ってやりたいのですよ」

「それは当然の心理でしょうなあ」

「清水は近いといっても、一泊ぐらいはしたいので、そのときは小柳さん」

「はい。まかしといて下さい。私が箱根あたりへ御招待したことにしましょう」

まったく小柳老人はもの分りがよかった。

「お願いします」

と、頭を下げてから、小柳がマユミに手をやいたとき、浅井をマンションに連れていったのを思い、「武士はあいみたがい」というのはこれだな、と浅井は会得（えとく）していた。

店を出るとき、いつの間に用意させたのか小柳は折詰めを作らせてあって、

「浅井さん、これを奥さんにどうぞ」

「いや、そんなお心づかいは」

「残念賞ですよ。来年は一つ頑張って下さいと伝えて下さい」

脇(わき)の女に子供を産ませる相談から、女房の落選を慰めるまで、小柳老人は実に至れり尽せりだった。もっとも時間は、もう随分おそくなっていた。

「それじゃ頂いて帰ります。外に子供ができても、僕は家庭を破壊するつもりはありませんからね」

「当然ですよ。家があってこそ、軒端(のきば)の雨に濡(ぬ)れてみたいというわけですからな」

門のブザーを押すと、待ちかねていたように玄関の錠をあけて、道子が迎えに出た。

「お帰りなさい」

「すまん。その代り、これだ」

浅井は折詰めを道子の鼻先に突き出してみせた。

「なんですの」

「落選祝、いや、残念賞だよ、小柳さんからだ」

「あら、六本木のあのお店ね」

「どうして分る？」

「包み紙に、ちゃんと印刷してあるじゃありませんか」

浅井の方はすぐ帰るという約束に遅れた上、小柳と会って専(もっぱ)ら千鶴子とマチ子の話をしていたのだから、こうして道子の顔を見ると内心忸怩(じくじ)たるものがあるのだが、道子の方は一向にこだわっている様子もなくて、

「小柳さんとご一緒だったの？　それじゃ楽しかったでしょうね、あなた」

などと、浅井の良心にはチクチク痛みを覚えるようなことを云う。

「うん。あの爺(じい)さんも、近頃は昔話が多くなってね」

心にもないことを云っているのも、後ろめたいからである。

「なんでしょう、開けてみてもいい？」

「ああ、なまものが多いんじゃないかな。早く開けた方がいいだろう」

「まあ、綺麗(きれい)」

折の蓋(ふた)を払うと、まるで弁当のように中央に魚の姿焼があり、赤い車海老(くるまえび)が殻のまま踊っていたり、卵焼き、煮物、焼鳥の串(くし)など、色どりよく詰めあわせてあった。葉蘭(はらん)で囲った中にはいかの刺身の鱈子和(たらこあ)えまである。

「あなた、これ明日までおけないわねえ」

「うん、君、夜食にどうだい」

「あなたにお酒つけましょうか」

「だって、こんな豪華なおみやげがあるんですもの。サービスぐらい、しますよ」

道子は嬉々として台所に立ち、酒の燗をつけ、自分には電気釜のままで御飯を持ってきた。

家で晩酌などというものを道子の方から云い出したのは、何年ぶりだろうか。浅井は外でよく飲むので、アルコール類はときどき断つのが健康法よと云って、道子は家では断然禁酒させていた。それが、考えてみると、この頃は日曜の夜も、浅井が望めば道子はたいして抵抗なく食卓に出してくる。寛大になったものだな、と浅井は思った。これが結婚十五年の年輪が示す落着きなのだろう。外で何が起っても、浅井はこの家に帰らなくなるということはない。小柳さんは、うまいことを云ったものだ。家があってこそ、軒端の雨に濡れてみたい。まったくだ。

浅井がチビリチビリと飲んでいる前で、

「頂きます」

道子はいそいそと箸をとった。

「まあ、おいしい。あなたは？」

「僕は、さんざ喰ってきたから、寝る前にお茶漬でいいよ」

「そう？　じゃ、一人で全部頂いちゃいましょう」

冗談でなく、道子は茶碗に二膳も御飯のお代りをした上、折詰めはまったく食べられるものは何一つ残さずに、綺麗に平らげてしまった。浅井は驚いて、云った。

「君、よく喰うなあ」

「だって晩ご飯は、あなたを待っていたから、あまり頂いてなかったのよ」

「そうか、すまん、すまん。小柳さんは話が長くってね、どうにも切上げられなかったんだ」

「それでもあなた、近頃は前より成績がいいのよ、あなたの帰宅時間は」

マチ子が清水に行って以来、帰りに寄るところがないからであったが、浅井はドキッとした。これはマチ子が帰京するまでに、ときどき遅くなる必要があると思ったが、反射的にこう云っていた。

「僕も齢かな。前ほどには飲めなくなった」

「お酒の量は、たしかに減っているわね」

「うん、ゴルフでもやって躰を鍛えるか」

咄嗟に口に出たのだったが、

「すてきねえ、次は重役ですものねえ」

と、道子が調子をあわせた。

ゴルフをやるということになれば、と浅井は考えた。そうすれば、日曜祭日も家を出ることができる。マチ子はそういうこと一切を口に出さなかったが、過去における女たちは例外なく日曜というものを憎んだ。日曜は妻ある男たちの外出しにくい日なのである。毎日曜に外出する口実は作れるものではなかった。家にある男の平穏な日常を妄想して、女たちは嫉妬（しっと）に狂ったものであった。子供ができれば、朝からゴルフ道具を担（かつ）いで家を出て、終日マチ子のところで子供と遊べるではないか。そうだ、相棒には小柳老人を誘おう、と浅井は思いついた。

ベッドの中で、そんな不逞（ふてい）なたくらみに思い耽（ふけ）っている夫の耳に、道子が囁（ささや）いた。

「あなた、私ねえ、今月まだないのよ」

「え？」

浅井は、ちょっと驚いたが、まさか、と思った。そろそろ妻は更年期にさしかかる筈（はず）の年齢である。そのために生理が少しずつ狂うこともあるのだろう。

「お医者さまに行ってみようかしら」

「もっと様子をみてからにしろよ。昔から遅れることはよくあったじゃないか」

「そうねえ。でも今度は、ひょっとするとって思うのよ」

「よし、診てやろう」

妻を引寄せながら、浅井はまたしても、マチ子に長く会わないなと思っていた。

十一月三日、文化の日は浅井は一日家にいて、寝そべってテレビなどを見ながら、ひょっとすると今日、マチ子は予定通り出産しているのではないだろうか、その報せを、直接この家にかけてきたらどうしようかなどといろいろ心配していた。が、その日に限って、誰からも何の電話もかかってこない。

「落着かないわね、あなた」

「うん、飛石連休というのは家にいると却って落着かないな。もっとも外へ出ても大混雑だし」

「テレビでどこもかも人だらけのを見ていると、とても出かける気にはなれないわねえ」

「小柳さんが箱根へ行こう、箱根へ行こうって誘ってくれたけど、行けばよかったな」

「あら、どうしていらっしゃらなかったの」

「男ばかり招待されているのに、僕だけ夫婦連れで行くわけにいかないじゃないか」

「あら、私はお留守番してるわよ、平気よ」

「君は変ったね」

「あら、どうして？」

「焼餅（やきもち）をちっとも焼かない」

「だって焼く種がないじゃありませんか」

道子は朗らかに笑っている。安心しきっている平和な妻の表情と見えた。

「畜生、それなら一丁やってやるか」

「どうぞ、大いに奮起して下さい」

道子が、なんの疑いも抱いていないらしいので、浅井は安心した。この調子ならば、これから先も大丈夫だろう、と思った。

翌朝は、早く出勤した。

送り出すとき道子が、

「今日は早いわね」

「土曜日だからね。それに明日とかけて今日も休んでしまうのが多いんだよ、案外」

「間もなく部長さんになる方は、お心がけが違いますね」

とひやかされたが、思った通り会社の宣伝部には女の子一人だけ定刻出勤していただけで、他にはまるで人気がなかった。

「なんだ、誰も来ないのか」

たまに早く来て威張るのもおかしなものだが、浅井は間もなく自分がこの部屋の長になるときを思うと、こんな調子では困ると思った。

十時すぎに電話がかかった。

「浅井さん、お電話です。米倉（よねくら）さんという方です」

待ちかまえていた浅井は、女子社員の手から奪うように受話器をとった。

「浅井ですが」

——米倉です。路子（みちこ）の弟です。

「あ、始めまして」

——あの、昨夜の十時三十五分に生れました。女の子です。姉も元気ですから。

「そうですか。よかった。今日中に、そちらに行くと云（い）っといて下さい」

——そうですか、大喜びすると思います。お待ちしています。

マチ子の弟の声は、おとなしく、口調も叮嚀（ていねい）だった。お待ちしていますという言葉などはマチ子によく似ていて、長く浅井の耳の底に残りそうだった。

彼はその電話を切るとすぐ、小柳の美術印刷会社に電話をした。

——社長は出社しておりませんが。

「どちらへお出かけですか。連絡方法は？　こちらは浅井というものです」

——少々お待ち下さい。

電話に出た者が、しばらく何人かに訊いていた様子だったが、

——今日は朝から来てないんです。すみません。副社長と代りましょうか？

「そうですね、もし御存知なら」

——小柳ですが。

「浅井です。いつぞやレストランでお目にかかりました」

——ああ、そうでしたね。その節は失礼いたしました。

「社長は今日はどちらでしょうか。至急連絡したいことがあるんですがねえ。僕の方の野暮用なんですが」

——父はこのところ、ちっとも出て来ないんですよ、浅井さん。もっとも働いてくれなくても困るわけではないんですがね。ただあんまり勝手に動きまわられるのはこういうときに迷惑なんです。一度、浅井さんから忠告して下さいませんか。

「居場所が分らないんですか？」

――そうなんです。もっとも今日は家の方にいるかもしれません。そちらへ御連絡するように申します。

「いやいや、僕の方からかけましょう」

――どうも。失礼いたしました。いずれ又。

小柳老人の息子の口調には、親父（おやじ）にはほとほと手を焼いているという様子がうかがえて、浅井は苦笑していた。あのときレストランで出会った小娘に溺（おぼ）れこみ遂（つい）に妊娠させていることを知ったなら、あの息子はどんなに驚き呆（あき）れるだろう。

小柳の自宅に電話をすると、

――ああ、浅井さんでいらっしゃいますか。いつも主人がお世話になっておりまして。

と、小柳の妻と覚しい年取った女の声であった。声は枯れているが、声音（こわね）はしっかりしている。

「こちらこそ、いつもいろいろと御馳走（ごちそう）になっています」

――主人はもう、それだけが道楽なんでございますよ。でも、ときどき妙なものをおすすめするんじゃございません？　私は一度どじょう屋に連れていかれて以来、決してついて行きませんの。

よほど閑（ひま）をもてあましているのか、話し好きなのか、初めて浅井と話をするのに、こんなことを云う。それは小柳の方で始終、浅井をだしに使っているせいかもしれなかった。

「御主人は、お出かけですか」

「――はあ、一昨日から箱根へ行っております」

電話を切ってから浅井は茫然(ぼうぜん)としていた。

小柳老人が箱根に行っているという。

浅井がマチ子出産の折のアリバイ工作を頼んだとき、「それでは箱根へ御招待しましょう」と事もなげに云ったのを思い出す。小柳老人は、それを忘れてしまったのだろうか。それともその場の思いつきが発展して、マユミでも連れて箱根へ行ってしまったのか。

小柳が箱根のどこにいるか、小柳の妻は知らなかった。しかし心当りの宿の名は二、三教えてくれて、このうちのどこかに行っている筈だと云った。浅井は夢中でそれぞれの電話番号を調べてかけたが、小柳幾造という名前の宿泊人はどの宿にもいない。思いついて一、二のホテルにもかけてみたが、いない。浅井は当惑した。

最後の手段としては、家に電話をして、道子に小柳さんの招きで箱根に行く。電話番号は小柳さんの自宅で分るからと云っておく方法しか残っていない。しかし、何かの事情で道子が小柳の家に電話をして、小柳の妻から行先が明らかでないことを聞かされたら、どんな疑いを抱くか分らなかった。妻というものは、突然なんの理由もなく夫の行動を調査することがあるから、油断ができない。

浅井は進退きわまって、いらいらした。

マチ子が子供を産んだ。マチ子の弟は、女の子だという。浅井の来るのを待っている。浅井は飛んで行きたい。マチ子は、お待ちしています、姉が喜ぶでしょうと云った――。

仕方がない、運は天にまかせて、明日は箱根に招かれたという話をしておいたし、道子も行けばよかったのに、と云っていた。まず十中八九は大丈夫だろう。

思い切って受話器をとりあげて浅井が自宅の電話番号をダイヤルし始めたとき、途中で天啓のように思いつくことがあった。小柳は、麻布(あざぶ)のマンションにいるのかもしれない！　妊娠した女を、それも育ちの悪いマユミを、箱根の宿屋などへ連れて出かける筈がないではないか！

浅井は再び熱中して麻布のマンションの電話番号を探した。折角早く出勤したのに会社の仕事は何一つしないうちに土曜日の勤務時間は終ろうとしていた。

マンションの電話番号は分ってかけたところが出たのはマンションの営業事務所で、

――こちらのマンションは一室ごとに直通電話がございますのでこちらからはお繋ぎできません。

「それじゃ、小柳という人の部屋の番号を教えて下さいよ。五階の、ちょっと奥の部屋ですがね」

――お客さまの御迷惑がございますので、こちらではそういうお尋ねには一切お答えしないことに致しております。

飛石連休の土曜日は、部長も休みをとっているし、印刷屋は誰一人あらわれないし、仕事が何もなかったのが、もっけの幸いだった。浅井は急いで身支度を整えて外へ出ようとし、会社の出口で慌てて宣伝部へ引返すと、自分の机の抽出しの奥から水色の手紙を何通か取出し、急いで中をあらためた。

義雄さま。

念のために病院の住所と地図を書いておきます。弟の家から歩いて二十分ですし、ちょっと町外れにありますが、いいところです。今は稲穂が豊かに色づいて、大きな黄金の波がうねっているような中に、最近新築された病院なのです。ちょっと贅沢でも、あなたがいらして下さるときのためにと思って、入院には個室を予約しておきました。

お仕事も大事なときにかかっていらっしゃるのですし、私の方からどうしても来て下さいとは書けませんでしたが、来て下さると分って本当に嬉しく、私はこんなに幸せな女に生れついていたのだろうかと自分を夢のように思っています。生れてくる子供のためにも何より有りがたいことだと思っています。心から、お待ちしています。

地図には静鉄静岡本線の桜橋駅から病院までの道順を叮嚀に書きこんであった。住所は清水市である。産婦人科病院の電話番号も並べて、相変らず行届いている。

浅井はしかし今は水色の手紙の情緒に浸っている余裕がなかった。急いでそれをポケットに突っこむと、あとの手紙をもう一度抽出しの奥に押し込んで、まるで駈け出すようにして会社の外へ出ると、来たタクシーに飛び乗って、

「麻布。急いでくれないか」

と、目的地へ着くまでいらいらしていた。

もし小柳老人が留守だったらどうしよう。そのときは仕方がない、道子へ、箱根へ行くといって出よう。あとは野となれ山となれだが、しかし神仏に念じても小柳には

マンションの中にいてもらいたいというのが浅井の真剣な願いであった。彼はエレベーターの小さな箱の中で⑤のボタンを押すと、じっと堅く眼を閉じた。念力というものは、あるのかもしれない。でなかったら、神仏は妻ある男の味方なのであろうか。ノックをすると、

「はいよ」

応じた答は、たしかに小柳老人であった。

「どなた？」

ドアを開けた小柳は、廊下に浅井を認めると驚いたらしかったが、

「これはお珍しい。さあ、どうぞ。取りちらかってますが」

と、急いで中に招じ入れた。

小柳の姿はダブダブのズボンに、赤い派手な格子縞のシャツという相変らず派手なものであった。首に黄色いアスコット・タイを巻いている。しかしそんなダンディなものの似合うほど彼は粋な老人ではなかった。

マユミはといえば、ダブルベッドの上に、まっ赤なガウンを着たまま不自然な形で寝そべって何か食べていたが、浅井を見ると、これも不思議そうな顔をして起き上った。ベッドカバーも赤いのだが、くしゃくしゃになっていて、部屋の中の散らかりよ

うは、まったくひどいものだった。

「いや、骨を折りましたよ、小柳さん。お宅へ電話をしたら箱根だっていうんでしょう？　ここと気がついても電話が分らないし、往生しましたよ」

「連休ですからな。これが何処（どこ）かへ連れて行け、連れて行けと云うんですが、人混みでもしものことがあってはいけないし、今が一番用心しなきゃいけないときで車に乗るなんぞはもってのほかだというわけで、一緒にこもっているんですよ」

「あたいは退屈で死にそうだよォ、おじさんよォ」

浅井は小柳にものを頼みに来ているので、この場合マユミを黙殺するわけにもいかない。忌々（いまいま）しく思いながらも、この前のときとは人が変ったように穏やかに応対した。

「大事にしていなさいよ。もうじき、お母さんになるんだろう？」

「おっかしいや、あたいがママになってさ、ベビーが出来るなんて。そうなると、おじいちゃんはパパってわけだね。ヘッヘッヘッ」

浅井は断じて自分の場合にはパパと呼ばせまいという決意を新たにしながら、小柳にそっと囁（ささや）きかけた。

「小柳さん、生れたんですよ」

「そうでしたか、やっぱり。そりゃおめでたい。どちらでした」

「女の子です」

「そりゃよかった。いつです？」

「昨夜の十時過ぎだそうです」

「これからお出かけですかな？」

「そうなんですよ、それで」

「分ってます、分ってます」

小柳老人は浅井が小柳の自宅に電話したと知ったので、箱根の竜亭という旅館の名前と電話番号を教えた。

「小さなところですが、女将（おかみ）に云っておきますから、お宅から電話があったら飲みに出たとかなんとかいって、すぐここへ連絡するようにさせておきますよ。そして私から浅井さんへ電話かけるという寸法にしましょう」

「御迷惑ですみません」

「なに、どこも電話が直通になりましたから、われわれには便利この上ないですよ」

浅井は小柳老人の好意に更に甘えて借金の申込みまでしたのだが、彼はおそろしく気前よく一万円札を五枚渡してくれた。

「重ね重ねすみませんね、小柳さん」

「いやあ、お互いさまですよ。私の方も、いつまたこのことでお世話になるか分りませんや。私の方にも、箱根で一緒だったことにしておいて下さい。私もそういう話にしておきますから。口裏を合わせましょう」

「この拝借した分は」

「ああ、次のデザイン料から差引いておきましょうか？」

「そうお願いできると有りがたいです」

浅井は小柳の部屋の電話番号を手帖（てちょう）に控え、（小）という符牒（ふちょう）を入れておいた。清水の宿はまだきめてなかったが、きまり次第すぐ電話することにし、念のためにマチ子の入院している病院の電話番号を書いて小柳に渡した。

「名前は誰で呼び出しますかな」

「米倉のところにいる浅井と呼んで下さい」

「ヨネクラのアサイと」

小柳も手帖の中に書きこみ、二人は密談を終えた。マユミは、すっかりふくれっ面（つら）になっていて、浅井が帰るとき、また挨拶（あいさつ）もしない。

浅井はそのまま東京駅へ直行して、切符を買ってからマチ子に何か土産をと思い、子供にも何かと思ったが、こういうことは初めてなので、どういうものがいいのか分らない。とりあえず駅と建物を同じくしているデパートの中に入り、買物案内のところで出産祝の品はどこで買ったらいいかと尋ねた。案内係は叮嚀(ていねい)な言葉で、それには二階の乳児用品かマタニティコーナーがよろしいでしょうと答えた。

浅井はそこで、さんざん迷った揚句、下着やおむつカバーなどがピンクの籠(かご)にセットになって詰めてあるものを買った。女店員がのし紙をつけるかどうか訊(き)いたのに、御祝い、浅井と書くように注文した。

デパートを出てから、浅井はまだ道子に電話をかけていないのに気がつき、東京駅構内の赤電話を使って家の番号をダイヤルした。

――浅井でございます。

「僕だ。小柳さんが来いというから箱根へ行ってくるよ。いいだろう?」

――いいわねえ。箱根のどこですの?

「竜亭だ。小さなところらしいがね、小柳さんのよく使う宿屋らしいよ。電話番号は云(い)うから、ひかえといてくれ」

――はい、はい。ああ、朝でしたけど、米倉(よねくら)という人から電話ありました?

「ええ? どうして?」

――あなたがお出になってすぐぐらいに、電話がかかったのよ。会社へ出ましたといったらそうですかといったけど。

「どこからかかったんだい？」

——どこからって、別に、うかがわなかったけど、男のひとでしたよ。

浅井は、ちょっとドキッとしたが、清水から東京はもう直通電話になっているのだと思い直して、

「誰かなあ。会社にはかからなかったよ。この次からは、どんな用事か訊いといてくれ」

と、切りぬけた。

——はい、そうします。それより、あなた。

「なんだい」

——お小遣い足りるの？　あんまり小柳さんにごちそうになっていちゃ悪いでしょう？　今朝出るとき、もう少し渡してあげればよかったわ。

妻のこういう心遣いに痛みを覚えるほど夫の良心は弱々しいものではなかった。

「いや、大丈夫だよ。どうせ大勢で賑やかに飲む会らしいからね」

浅井は事もなげに云ってのけると、これでもうぬかりはないと心は一層落着きを取戻した。マチ子へのプレゼントを小脇に抱え直すと、浅井は悠々と東京駅の改札を通

った。

直通電話といい、新幹線といい、日本はまったく便利になったものである。新幹線は東京から大阪を、たった三時間十分で着けるようにしてしまった。静岡駅に停車するのは、そのうち六時三十五分から始まって三十分おきである。

浅井は午後二時三十五分のこだまに飛び乗ったのだが、車内は混雑していなかったし、たった一時間半は快適な旅であった。東京駅で買った二冊の週刊誌を読むともなく読んだ。セックスに関する大胆な特集にうんざりしながらも、彼がちょっと目を光らせるのは頁の中にさりげなく挿入されている広告のレイアウトやキャッチフレーズであった。もうじき宣伝部全体の責任者になるのだと思うと、見方がすっかり違っている。

ふと目をあげると、右の窓に大きな富士が見えた。思いがけなかった。秋晴れの午後なのである。

この山が、マチ子の手紙に必ず書かれている富士かと思うと、浅井はこれまでとはまったく違った感慨で眺めることができた。本当に白い。頂から裾野まですっかり雪で掩われている。それが列車の進行と時刻の推移につれて、山襞に微妙な陰影をみせ、淡くあえかな色を見せる。薄藤色にも、淡紅色にも山は柔らかな光彩を帯びることがあり、浅井はこれまでに富士を、これほど美しいと実感をもって見詰めたことはないのに気がついた。

富士山は、あまりにも日本随一の景観として日本人の観念の中で俗化しているきらいがある、とあらためて浅井は思った。清水に泊るところは、富士の見える部屋にしようと彼は思いきめた。

静岡駅到着は午後三時五十八分であった。マチ子の手紙通り静鉄静岡本線に乗換えると、今度は左側に富士が見えた。約三十分も来た道を戻る形で、清水駅の手前にある桜橋で、彼は降りた。

マチ子の地図は本当に行届いていた。清水市は清水港にそって住宅街が密集していて、どんどん新しい建造物が殖えているのだが、タクシーで地図を運転手に示すと、車は堂林の方に向って勢いよく走り出し、間もなく稲の穂が見事に波打っている田園の中を通った。秋だ、稔(みの)りの秋だと思うと、マチ子の手紙の文章がまたも思い出され、豊かな気分になっている。稲子、という名前も悪くないなと思った。父親らしいことは何もしてやれないという条件でマチ子が納得して産む子供に、せめて名前は自分でつけてやりたいと浅井は感傷的な考えを抱いていた。虫のいい考えというべきであるかもしれない。

病院の中に入り、受付で米倉という名をきくと、

「二階の突当りです。三号室」

と教えてくれた。

浅井はデパートの包みを持ち直して、こういう場合は花束の方がよかったのかもしれないと思い思いしながら、ゆっくりと階段を上った。ずっと前にマチ子が浅井の来るのを待ちながら香港(ホンコン)フラワーの花弁をちぎっていたというのを思い出した。

三号室の前には「米倉路子(みちこ)」という小さな表札がかかっていた。浅井は、もの珍しくしばらくそれを眺めていた。東中野のアパートに、マチ子の表札が出ているのを思い出した。

ノックをすると、

「どうぞ」

男の声だったので、浅井はちょっと戸惑ったのだが、中からドアを開けたのは年配の付添婦だった。

「はい、どなたですか」

「浅井ですが」

飛び出すようにして若い男が後ろから付添婦を押しのけ、浅井の目の前に立った。

「いらっしゃい。僕、米倉です」

「やあ、電話をどうも」

「さあ、はいって下さい。ずっと待ってましたから」

マチ子の声が少しもしないので変だなと思いながら入って行くと、彼女はベッドに静かに横たわって、待っていた。白い顔をしている。やすらかな表情であった。浅井と目があうと、静かに微笑した。

「やあ、おめでとう」

云ってしまってから、どうも他人行儀な挨拶だな、と思った。

「山川さん、文子のお父さんなのよ」

マチ子がこう云って付添婦に浅井を紹介した。

「おめでとうございます」

「はあ」

「難産だったんです。山川さんに叱咤激励されながらやっと産んだんですよ、あなた」

「それは、どうも」

浅井も挨拶を返してから、怪訝な面持ちで訊いた。

「赤ん坊は、どこにいるんだい？」

「赤ちゃんは乳児室でございます。ご案内いたしましょう。どうぞ」

山川という付添婦が、さっさと先に立った。浅井は、あわただしく土産をマチ子の弟に手渡してから彼女に従った。親と子供が別々になっている状態は、経験のない浅井には異常なことと思われた。

「難産だったそうですが、どんな具合ですか？」

「いいえ、正常分娩ですよ。陣痛が起ってから八時間で生れたんですから、ごく正常なんです」

「当人が難産と云ってたようですが」

「初産のひとは、みんなそう思うんですよ。どんなに痛いときかされていても、本当に始まったときは、聞きしにまさる痛みですからねえ。腰の骨が割れるかと思いますよ」

そんなことを、この付添婦は格別の表情もなく喋るのである。

「子供はどうですか」

この質問に付添婦は、この醜女にこんな表情があるのかと驚くほど美しい笑顔で、にっこりと答えた。

「いい赤ちゃんですよ、旦那さん。三千八百グラムあったんですからね。まあ、男でないのが本当に残念なくらい、立派な赤ちゃんですよ」

これも浅井には実感が湧かない。赤ん坊の大きさをグラムで云われても、それでは人間というより物体のようで、具合が悪いのであった。

「赤ん坊は隔離しておくんですか」

「いいえ、三号室は個室ですから、明日から同じ部屋にします。授乳は明日からですのでね。今日はまだ赤ちゃんは吐いたりしますから、お母さんがそれで心配しちゃいけませんし」

「生れたての赤ん坊が何を吐くんですか」

「羊水をね、分娩のときに呑んじゃうんですよ、どうしても。それに生れてくる方も楽じゃないんですからね、今日一日は眠りたいでしょうよ。じっとしておいた方がいいんです」

付添婦は、いわゆる饒舌というのではなかったが、長い廊下を歩いている間に、浅井の持たない知識をいろいろと教えてくれた。

新生児室に入るとき、入口で浅井は医者の着るような白衣を着せられた。消毒殺菌した衣を着ても、下は東京から着てきた背広姿なのだから、たいした効果があるとは思われなかったが、いざ白衣を着てみると、浅井は何か自分がある神聖なものに近づくために斎戒沐浴(もくよく)しているような気分になった。

小さなベッドが目白押しに並び、空のベッドというものがなかった。ギャアギャア泣いている子の隣で、ぐっすり悠々と眠っている赤ん坊がいる。しかし、泣き声に誘われて泣きたてる子の方が多く、新生児室には新鮮な生命が湧きたっているようだった。

浅井が、やや感動して立ちつくしているのを、付添婦は奥から五番目のベッドの前から振返って、

「この赤ちゃんですよ。ちょうどおめめがあいてます」

と云って招いた。

緊張している浅井の目の前に、付添婦がなれた手つきで子供を抱きあげると云った。

「さあ、文子ちゃん。お父さんですよ。お父さんがきましたよ」

どんなに劇的なものかと想像していた父と子の初対面であった。浅井は緊張し、まじまじと自分の子供を見詰めた。が、それは子供とは思い難く、赤い肉塊と云った方が当っていた。突然出現したそれは、頭に薄い毛がはえ、二つの眼は瞠(みひら)いていたが、表情がなくてきょときょと動いている。白衣の付添婦の胸許(むなもと)で、手足をうごめかして

いるその物体には、ぶきみな思いの方が強くて、浅井には自分の子供に会ったという実感も、感激もなかった。

「抱いてみませんか、旦那さん。規則じゃ、いけないことになってるんですけどね、抱きたいのが親の人情ってものですよね」

付添婦は、それが当然という顔をして、押しつけてくる。茫然として気がついてみれば赤ん坊はもう浅井の腕の中にあった。

妙な気持であった。まったく浅井は生れてから今日まで、こんな妙な気持を抱いたことはなかったように思う。これが自分の子供だというのか——。幾度も、幾度も自分で自分に問い返した。これが子供というものなのか——。子供とは、こういうものであったのか——。

抱いた子供をあやすでもなく、ぼんやりしている浅井に、

「本当に初めてのお子さんなんですねえ」

と付添婦が云った。

「分りますか」

「そりゃ、私なんかすぐ分りますよ。母親はお腹の中に十カ月いれてますから、ずっと子供とのつきあいがあるんで、生れてくるとすぐしみじみとしてしまいますけどね

え、男親の方はどうしていいやら分らないんですよねえ、一番初めてのときは」

「そうですか」

「第一、抱き方が下手ですもの。可哀そうですよ、そんなに力を入れちゃ」

付添婦は浅井の腕の中から赤ん坊を取返すと、浅井の顔と赤ん坊を見較べて、

「お父さん似ですねえ、この赤ちゃんは」

と云った。

浅井に、父親としての感激が起ったのは、このときであった。似ている！　この赤ん坊が、僕に似ている？

「似ていますか、そうですか」

顔が、いきなりゆるみ、彼は身をのり出して、ベッドの中に寝かされた子供をのぞきこんだ。

二階の三号室に戻ると、

「どうでした？」

マチ子が訊いた。

「うん。抱いてきた」

「可愛いでしょう？」

「うん」

「今も弟が、文子はあなたにそっくりだって云ってたのよ」

「うん、山川さんもそう云っていたよ。僕はちっとも似ているように思えなかったけど、そう云われると嬉(うれ)しいもんだね」

「私にちっとも似てないって、弟が云うもんだから悲観してるんですよ。十カ月も私の中にいたのに、どうしてかしらね」

「今はまだ誰に似ているなんて段階じゃないんじゃないか？」

「あら、そんなことないわ。私は産んだばっかりのときに顔を見て、あっ、浅井さんそっくりだと思ったのよ」

二人のやりとりを、マチ子の弟は具合の悪そうな顔をして聞いていたが、

「姉さん、お宿は」

と、口を挟(はさ)んだ。

「ああ、あなた、どうなさるの？」

「もちろん泊る気で来たよ」

「まあ、本当？」

マチ子が喜びのあまりにか、瞼(まぶた)をほんのりと赤くして涙ぐんだ。

「富士の見える部屋に泊りたいね」

「じゃあ、やっぱりあそこがいいわよ」

「それなら僕、予約しておいて、あとで和子に来させる」

「うん、そうして」

マチ子の弟は浅井に叮嚀（ていねい）に挨拶（あいさつ）した。

「ごゆっくり。あとは僕の女房が来ますから、なんでも云って下さい」

「御面倒かけてますね、すみません」

浅井の方でもマチ子の弟がいては、どうも具合が悪い。結婚もせず、子供を産ませる悪徳の人間と相手は思っている筈（はず）だと思うからである。しかし悪い印象は受けなかった。遠慮がちで温和（おとな）しい男のようであった。

二人だけになって、ようやく二人ともほっとして、どちらからとなく手を取りあっていた。

「やっぱり来て下さった。嬉しい」

「どんなことしても来なけりゃと思っていたんだよ」

「すみません」

「運よく連休だった。ついてたんだ」

「予定日きっかりに生れたんですものね」

「文子って名をつけたのか？」

「あら」

マチ子が驚いたように浅井を見て、

「予定通り文化の日に生れたら、女なら文子、男なら文雄って、あなたが書いていらしたのよ」

「そうだったかな」

「でも、お七夜までに名をつければいいんですから、今のうちなら替えられるわ」

「うん、文子でも悪くないけど、ここへ来る道で稲田が見事だったからね、稲子というのはどうかなと思ってたんだ」

「稲子ですか」

マチ子はちょっと考えてから困ったような顔をして笑い出した。

「あなた苗字(みょうじ)を並べてみて下さい。ちょっと重なるんじゃないかしら」

「え？」

「戸籍は弟のところへ入れますけど、苗字は私と同じ米倉(よねくら)になるんですよ」

「米倉稲子か、なるほどちょっとまずい」

マチ子がくすくす笑って、云った。

「でもこんなに楽しいことだったのねえ、名前を考えるのも。子供って、びっくりするような幸福を運んできてくれるんだわ。本当に嬉しい。おかげさまで」

浅井はマチ子のベッドの横にある椅子(いす)に腰をおろしてから、

「小柳さんのところも出来たんだよ」

と話しだした。

「え？」

「あのヌードスタジオにいた子が、妊娠三ヵ月なんだそうだ」

「本当に小柳さんの子？」

「絶対自信があると云っていた」

「へええ、ねえ」

「小柳さんは有頂天になって喜んでいたんだが、肝心のマユミが産むのは嫌だといって大騒ぎでね、僕まで巻きこまれて、えらいめにあった」

「まあ」

「君はあんなに欲しがっていたのに、マユミは窓から飛び降りて流産するんだなんて喚(わめ)くんだ。僕は女もいろいろだと思って不思議な気がしたよ」

「その子、まだ若いんでしょう？」

「自分で未成年だといっていたよ」

「その頃なら私だって子供なんか欲しいとも思わなかったわ」

「そういうものかねえ」

「三十にもうじきって思うと、いてもたってもいられなくなったんですよ。それに、あんまり年とってからだと生れてくる子が可哀想ですものね。でも、四十近くなると、もっと骨身にしみて淋しくなって、子供がほしいけど駄目で、だから男狂いに走るっていうのが多いんですよ。私は幾人もそういうひと見てきたわ」

「ふうん」

「子供がいれば生甲斐ですものねえ。早く元気になって一所懸命働こうと思うわ。でも私は思っていたより幸せな女だったんですね。子供を産んだときに、子供の父親が来てくれるなんて、考えるのは怖かったから考えないようにしていたのに。本当にあなた、来て下さって、有りがとう」

夕方、病院の食事が出る頃に、マチ子の弟の妻が三歳ばかりの子供の手をひいて入ってきた。挨拶してから、風呂敷包みをあけて、鰻重を二つ取出した。マチ子が注文してあったのだろうか、気がきいている。マチ子と浅井は二人で箸をとった。マチ子がようやく半身を起し、付添婦に自分用の食事をまわしてやり、マチ子の義妹はまめまめしく茶の支度までしてから出て行ってしまった。だから部屋の中は間もなくまた二人きりになっていた。

「あの弟の嫁がね、私の子を引取って育ててくれるなんて云うのよ」

「優しそうなひとだったね」

「ええ、夫婦でとてもよくやってくれるんですよ。弟が姉想(おも)いだから、そのかわり私の方も弟が結婚してからは和子にばかり物を買ってやっていたの」

「あっちも子供がいたね」

「ええ、もう一人、満一年の子もいるんですよ。私の子を入籍すると、年子になっちゃうの」

「それで、もう一人みるのは大変だろう」

「ええ。私もね、折角痛いめをして産んだんだから、自分で育てたいと思うんですよ」

「そうしろよ。あのアパートへ何時(いつ)戻れるんだ」

「ここは二週間で出ますけど、弟の家に一カ月ぐらい厄介になってからと思ってるの」

「早く帰って来いよ」

「本当に、いいんですか、子供と一緒に帰っても」

「うん、君には気の毒だが、僕もときどき面倒を見たいよ。もともと僕は子供が好きだからね」

マチ子が箸を止めて、感動している。

「子供は、一年たてば夜だけ同じアパートのひとに契約して預けて働きに出られると思うの」

「充分にとはいかないが、その間の生活費は僕がみるよ」

「だって、今以上のことして頂くの、悪いわ」

「いや、出来るよ。部長昇進が確定したんだ」

「まあ、おめでとうございます。いつ？」

「十二月一日からだろうと思う」

「嬉しいわ。よかったわ。あなたと子供と、きっと相性がいいのね」

子供が幸福を持ってきた、とマチ子が云ったが、そう云われてみると、浅井にも幸福を運んできたように思われる。

浅井が、とりあえず小柳から借りてきた分の中から三万円を出して渡すと、

「あなた、すみませんけど、あの山川さんにも心づけをあげてくださらない？」

「どのくらい渡そうか」

「そうね、三千円ぐらいでいいかしら。お父さんから上げて下されば、私も肩身がひろいわ」

「うん、旦那さん、旦那さんと云っていたよ」

付添婦への心づけを用意しているところへ、当の山川さんが入ってきて、

「今夜は早いめに休まれた方がいいですよ。明日からお乳をあげなきゃいけませんからね。少し揉んでおきましょう」

と、手に蒸しタオルを持っている。

「なんだか胸が重いし、熱っぽいのよ」

「赤ちゃんが吸いついたら、すぐひきますよ。もっとも吸いつくまでが大変だけど」

付添婦が遠慮もなく浅井の目の前でマチ子の胸をはだけると、桃色の隆起の先が、色濃い紫色で、それは乳房と呼ぶにはまるで別の巨怪な生きもののようだった。付添婦は、ひろげたタオルで二つの乳房を掩い、軽いマッサージを始めた。

「明日は、いつ飲ませるんですか？」

「授乳時間ですか。そうですね。午前八時くらいかもしれませんね」

「それじゃ、その頃に来るよ」

浅井は立上った。産褥(さんじょく)の床にいる女は、母親であるべき部分が多すぎたし、付添婦がマチ子の乳を揉んでいるのを浅井が眺めているわけにもいかない。

「山川さん、和子を呼んでくれない？」

「そこのロビーのところで、子供と遊んでますよ」

「あなた」

マチ子に催促されて、浅井が用意したものを渡すと、

「おやまあ、あいすみません。お祝いですから頂だいしておきます」

付添婦はものなれた調子で受取ってから、浅井を案内してロビーで待っていた和子に、

「旦那さん、お帰りですよ」

とひきついで、

「それじゃ旦那さん、明日の朝お待ちしていますよ。おっぱい飲むところは、本当に可愛(かわい)いですよ」

と云って、引返して行ってしまった。

和子は病院の出口まできてから、

「ちょっと待って下さい。タクシーを呼びます」

と、受付の前の電話を借りてかけた。

「五分で来ますから」

「宿はどこなんですか」

「ここから五分で着きます。日本平(にほんだいら)を背中にしょった、そりゃいいところですよ。夜は清水港がさっと見渡せるし、富士山がいい恰好(かっこう)に見えるからって、お姉ちゃんと、うちのお父ちゃんが相談してきめたんです」

「いろいろ御面倒をかけましたね」

「いいえ。あんなにお姉ちゃんのほしがっていた赤ちゃんが出来たんだから、うちのお父ちゃんも、よかった、よかったって云(い)っています。女には、子供が一番ですからね」

おとなしそうにみえたのに、和子はよく喋(しゃべ)り、間もなく車体に清水交通と書いたタクシーが着いた。

ホテルに着くと、四階のかなりいい部屋が浅井の名前でリザーヴされてあった。マチ子の弟嫁が云っていた通り、窓のすぐ前にまるで絵のように大きな富士が見えた。

それはその部屋の装飾用の大きな額のようであった。浅井はベッドの端に腰をおろし、しばらくそれに見惚れていた。陽が次第にかげって行くのが、刻々と富士の色と表情が変ってゆくので分る。青く、やがて藤色に、そして暮れてからもいつまでも白い。文字通り、霊峰の二字につきるような眺めだった。

浅井はひとりでバスを使い、人恋しくなったら清水港へでも飲みに出ようかと思ったのだが、着替えるのも面倒で、ルームサービスでウイスキーを注文した。富士を肴にして、贅沢な酒を楽しむ気になっていた。

夕富士――

浅井は、グラスに三杯ほどあけるとすぐ陶然となって、やはり山は富士に限ると思った。富士ほどさまざまな意匠に使われているものはなく、従って富士を見ぬうちはこれほど通俗的なものはないのに、しかし本物の富士は、あらゆる通俗的な使われ方にも超然として気高く美しい。静岡県の中には、会社の名前、製品の名前、地名、人名に、さぞふんだんに使われているだろうが、マチ子が云っていたように土地の人間にとって富士という山は、名前がどう使われても汚れることのないものであるのだろう。

富士子という名前はどうだろう。

浅井は、夕富士を眺めながらそう思った。病院の新生児室で抱きあげた赤ん坊の、頼りないほど小さく軽かったのが思い出された。

「富士子」

こう呟いてみると、付添婦が似ていると云ったときと同じような感動が胸にどっと溢れ出た。

浅井富士子。いや、米倉富士子だった。いいじゃないか、うん、それがいい。

子供の名前をきめると、浅井にはようやく実感として自分に子供ができたという感激が生れていた。

浅井はベッドに仰むけに寝て、しばらく眼を閉じていた。嬉しかった。一児の父となったという喜びに間違いなかった。千鶴子を見返してやったような気にもなっていた。

枕許に電話がある。

浅井はその受話器を取りかけて慌ててやめた。驚くべきことに浅井は一瞬、妻の道子にこの喜びを伝えたくなっていたのである。しかし箱根で小柳老人の招待を受けている筈の夫が、清水から自分の子供の生れた報告を妻にするわけにはいかなかった。

それどころかこの話は終生、妻の道子には隠しぬかなければならないことなのである。

だが、その秘密の重さや暗さに思い到る前に、浅井は酔い、まどろみ、やがて深く眠っていた。

早朝、浅井は異様なものが全身に襲いかかるのを感じて眼をさました。慌てて半身を起したのだが、それが夢ではなかった証拠に、すぐ目の前に、窓が、昨夜からカーテンもひかずにそのままになっていて、その窓一杯に、富士が、昨夜とは、うって変った表情で、まっ赤に、なまなましくひろがっていた。

それは、たとえば印刷用の色見本などにはない赤であった。紫がかって、どろどろと熔岩が流れるときのような、あるいは巨大な動物のむき出した内臓のように不気味な、猛々しくなまなましく、何にたとえても色の方で満足しまいと思えるように強い迫力を持った富士であった。

この実物と較べるとき、北斎の赤富士から現今の誰という巨匠の筆に描かれた赤富士も、その色、その力、その迫り具合は精彩を欠く。浅井は、くらくらと眩暈を感じ、急いで窓に駈け寄ってカーテンをひいた。

暗い部屋の中で、ベッドに戻った浅井は、まるで命拾いをした後のように大きく息を吐き、しばらく眼の奥に灼きついている赤い富士の残像に心をとられていた。頂上から山裾まで白雪で掩われていた夕富士が、朝は赤く燃えるのは何故だろう。商業デザイナーである浅井にも、それについての科学的分析は容易でなかった。海から上った朝の太陽から、富士は思いっきりその光を雪に吸い取って反射するのだ。それが山の色を変え、朝日とは似もつかない陰影の深いおそろしい赤さになって燃え狂う。

それにしても、なんという色だろう。暗い朝の部屋の中で、浅井はいきなり撲りつけられた後のように、眼を瞠いてぼんやりしていた。こわいものを見たと思った。霊峰と呼ばれ、優雅な夕富士の美しさを見てそれが富士と思いこんでいる多くの人間たちにとって、これほど意表をつき、胆を奪うような富士の姿はあるまい。

「富士子という名は、よそう」

ともかく浅井の結論は、それであった。ようやく枕許の水を飲むことを思いつき、酒で眠って渇いていた喉を潤した。部屋の暖房がきいていて、飲み残しのコップの水は冷たくなかったが、もう一度起きて冷たい水をくむのもけうとく、浅井は寝たまま腕をのばして時計をとり、スタンドをつけて針を読んだ。

午前六時であった。

このまま起きてしまっては睡眠不足になると思い、眼を閉じたが、赤富士は瞼の裏に灼きついてしまっていて、浅井にしつこく迫ってくる。富士の、この凄さを、土地の人間たちはどう思っているのだろうか、と浅井は考えこんだ。マチ子が手紙の中で、よくこの富士を讃え、浅井に見せたいと書いてきたのも思い出していた。

大きなショックを受けたと思ったのに、しかし浅井はまた眠ったらしい。彼がもう一度目をさましたときにはカーテンの隙間から、黄色い光線が部屋の中に鋭く走っていて、陽はもうかなり高くなっているようだった。浅井はベッドから降りて、大きく伸びをしながら窓に近寄ってカーテンの端を持上げてみた。

富士は頂上の白から裾野の青へ流れるように美しく、午前六時の赤い面影はすっかり消えてしまっていた。浅井は勢いよくカーテンを開け、部屋一杯に秋の朝のさわやかな陽光を満たした。

洗面して、さっぱりとした気分で、さてすぐ病院に行こうか、朝の食事はどうしようかと迷っているところへ、電話がかかってきた。

――浅井さんですか。

「そうですが」

――米倉の弟です。お早うございます。

「お早う。いろいろお世話になりました」

――お部屋はいかがですか。

「はあ、富士山を堪能しましたよ」

――それはよかったですね。ところで姉が朝からずっとお待ちしているんですが。どうも催促がましくって、すみません。

「いや、今出かけようとしていたところですよ」

――そうでしたか。必ずおいでになるんだからと云ったんですが、姉が電話をしろと云うものですから、すみません。

「しかし、食事をすましてから行こうかな」

――あ、姉が味噌汁の用意をするように云ってますから、僕の女房が何かしているらしいです。

「それはすみませんね。じゃ、今からすぐ出ますから」

――今日は日曜なので、店がちょっと忙しいんですが、僕も後から行きます。

電話を切ったあとで、マチ子の弟が「店」と云ったのが少し耳に残った。なんの店だろう。何か商売でもしているのだろうか。和子とかいうマチ子の弟嫁の、ぼっさりと野暮ったかった様子を思い出すと、どうにも彼らが客商売をしているとは思えなかったが、日曜日に忙しい店と云えば、それ以外には考えつかない。

首を捻ったが、しかし深く考える必要もないことだったので、浅井は手早く着替えをすますと、身のまわりをあらためて、部屋に何か忘れものがないか眺めまわした。

窓の外の富士が見える。

フロントで支払いをすまし、清水交通のタクシーを呼んでもらって、浅井はマチ子と、浅井の子供の待つ病院へ乗りつけた。その病院からも富士が見える。清水は、どこからでも富士が見えるところなのかと思った。追いまわされているような気がしていた。

「お早うございます」

浅井を迎えたマチ子は、薄化粧をしていた。弟の嫁の和子が、椅子(いす)をベッドの傍に置き、すぐ朝食の膳(ぜん)を整え始めた。皆が待っていたのが分って、浅井は悪い気がしない。

「どうだい、具合は」

「ええ、もうすっかり。産んだ途端から、もうまるで楽になってしまって。子供が五体満足だと分ってからは、ぐっすり眠ったんですよ。それで疲れがとれてしまったみたい」

「肌が綺麗(きれい)になったようだね」

「あら、そう？　嬉しいわ」

和子が、ちょうど部屋から出たところだったので、浅井は寝ているマチ子の唇に軽く接吻(せっぷん)した。産後の女が、こんなにいじらしいほど美しく見えるものだとは思わなかった。

「よくおやすみになれました？」

「うん。窓一杯に富士山が見えた」

「日本平(にほんだいら)を背中にして眺める山が一番なんですよ」

浅井は、あまり富士の話はしたくなかった。なんとしても、あの朝焼けの赤い色が、やりきれない思いを残している。

「名前はやっぱり文子にしよう」

「そう？　よかったわ」

「ちょっと見に行きたいな」

「もうじき最初の授乳なんですよ。山川さんが抱いてきてくれるわ」

「乳は出るのかい？」

「お乳がはって痛くて、昨夜は何度も揉(も)んでもらったんです。この分なら母乳だけでいいんじゃないかって山川さんが云うから嬉しいわ。ミルク代って馬鹿(ばか)にならないんですものね」

「栄養の点ではどうなんだろう」

「そりゃ母乳に上越すものはないんだそうですよ。それに母親の免疫(めんえき)も伝わるし、胃腸障害は決して起らないんですって」

話しているところへ、付添婦が赤ん坊を抱いて入ってきた。

「やっぱりいらしてましたね。お早うございます。ほら文子ちゃん、お父さんですよ」

「やあ、昨夜は御迷惑かけたようですね」

「いいえ、誰でも授乳前はおっぱいが張るんですよねえ。高い熱の出る人もあるくらいですから」

マチ子が半身起したところへ、付添婦がなれた手つきでマチ子の乳房と赤ん坊の唇の出会いやすい角度に抱かせた。

「さあ、赤ちゃん、お待ちかねのおっぱいですよ」

マチ子の胸許から現われ出た乳房は、巨怪なほどはりきっていた。乳首の色の濃さを見て、浅井は思わず唸(うな)った。今朝見た赤富士とよく似ている。その、なまなましい迫力。

赤ん坊は、本能的に首を振りながら口をあけて乳首を探し、しかしなかなかうまく吸いつけないらしく、大きな乳首は、幾度も子供の小さな口に納まりかねて外にはみ出した。

「あ、吸いついたわ。吸ったわ。吸っているわ」

マチ子が小さな声で、だが叫ぶように云う。母親としての感激に違いなかった。それを見ている浅井の方にも感動があった。言葉もなく身をのり出して見詰めていると、赤ん坊の唇からチューチューと小さな音がしている。ヒクヒクと喉もとで乳を飲みこんでいるのも聞える。これが自分の子供だ。まぎれもなく生れてきて、いま人間の最初の営みである食欲に専念している。そう思うと、浅井は厳粛さに心打たれて、身動きもならなかった。この子供を産ました責任は、とろうと思った。

子供は、ときどき吸って、休むときすぐ口から乳首を外した。付添婦が、それを上手にリードして、右の乳房から左の乳房に変えるときも、マチ子の胸許で赤ん坊の位置を変えた。

「胸がすっと軽くなったみたいよ、山川さん」

「元気のいい赤ちゃんですね。随分器用に吸ってますよ。なかなか最初からこう上手にはいかないものですよ。奥さん」

「器用なところは、どっちに似たのかしら」

そう云いながらマチ子が浅井の顔をチラと見て、匂うように静かに笑った。浅井は泰西名画の母子像を思い出していた。

授乳は、子供がマチ子の腕の中で、スヤスヤと眠り出したので終っていた。

「僕にもちょっと抱かせてくれ」

その寝顔があんまり可愛かったので浅井は思わず云ったのだが、付添婦はニべもなく、

「駄目ですよ。授乳後はじっとしていないと、折角飲んだものを吐きますからね」

と、まるで叱りつけるように毅然として云う。

そこへ若い看護婦が、新生児用の小さなベッドを運んできて、部屋の奥へ、マチ子のベッドと並べて置いた。山川さんは、マチ子の胸から子供を抱きとって、その中へ静かに寝かせた。

「つい五年ぐらい前までの育児法では、出産後、子供と母親は三週間ぐらい別々にしておくのが常識だったんですって」

「ふうん」

「最近は、やはり母親と子供の皮膚接触は重要なことだと云われてきたのね。だから、こうやって同じ部屋に入れてもらえるのよ」

「しかし抵抗力のない子供を、こういう大人の出入りする部屋に置いてもいいのかなあ」

「それが生後半年は菌に対する抵抗力が強いんですって。ちょっとした切り傷なんか、赤ちゃんのツバをつければ癒ってしまうって云うわ」

「詳しいね」

「だって、本を読んで勉強したんですもの。出産まで、病院でも指導してくれたし」

喉がかわいたといって、マチ子は番茶や牛乳をよく飲んだ。和子がときどき飴湯をつくって、

「浅井さんもいかがですか」

と、すすめてくれた。

「お乳の出がよくなるんですって。蜂蜜もまぜてあるのよ、富士の裾野でとれた蜂蜜」

浅井はもともと甘いものは好まなかったし、一口すすってみたが妙に臭くてお世辞にも旨いとは云えなかった。だが、眠っている子供の顔を眺めながら、ときどき思い出したように二言三言マチ子と言葉を交わしていると、少しも退屈しなかったし、それどころか病院の殺風景な一室にいることもつい忘れてしまうほど仄々とした想いに

浸ることができた。

「いいものだね、子供というのは」

「本当ねえ、幸せだわ」

幸せにしてやりたいと浅井は本心でそう思った。子供は、よく眠っている。三千八百グラムという体重を思い出していた。よく肥って、肌のはりきった健康そうな赤ん坊だった。病院にいる間は、病院の制服を着せる規則らしくて、洗いさらした白いネルの着物を着ているので、肌の色の赤いのが目だつ。

「赤いほど、色白な子供になるんですって」

「ふうん」

「皮膚が薄いからかしらね」

「君に似たんだよ」

「そうかしら」

「うん。女は肌が白い方がいい」

そんな会話をぽつりぽつりと交わしているうちに、時間はどんどんたって、昼食になり、和子がまた鰻の重箱を運んできた。

「同じものばかりで悪いけど、静岡県の名産だから我慢してね」

「うん、旨かったから、いいよ」

正直なところ昨夜と今日の昼食がまた鰻というのは浅井には参ったのだが、病院で贅沢(ぜいたく)は云えない。それより驚いたのはマチ子の食欲で、病院の食事一人前を食べたあとで、鰻も一人前ペロリと平らげてしまった。

「よく食べるね」

「本当にどうしたのかしら、ちっとも満腹感がないのよ」

和子が当り前だという顔をして、

「赤ちゃんの分も食べるんですからね、私なんか、お握りを、絶え間なしに食べましたよ。右手が出ると、左手でもう次のつかんだりして」

と云い、マチ子が含み笑いしながら、

「そう、そういう感じだわ、私も」

と肯(うなず)いていた。

食事の後片付をしてから、和子がマチ子に、

「そいじゃ、そろそろお父ちゃんと交替しますから」

と云うと、

「あ、そうして。来るとき、筆と紙を持ってくるように云ってね。ご苦労さま」

と、マチ子が答えた。

和子が帰って三十分しないうちに、マチ子の弟が顔を出した。片手に大きなビニール製のバッグを提げていて、浅井の顔を見ると、きちんと挨拶(あいさつ)をした。

「文子という名前にきめて下さったのよ」

「そう、それはよかった」

筆と紙と云ったのは、お七夜の名づけに神棚にさげるための用意である。浅井はそういうことには万事不案内であったが、マチ子は本で読んだ知識に、人から聞いた知識を交え、そういうことに関する世間の慣習をものやわらかに説明して、浅井に抵抗を感じさせなかった。

マチ子の弟が硯(すずり)で墨をすり、浅井は筆をとって、

命名　　文子

と墨痕(ぼっこん)あざやかに奉書紙に書き上げると、

「ね、浅井さんって達筆でしょ」

とマチ子が弟に自慢をした。

浅井は道子の書を見なれているから、自分の毛筆書きがお世辞にも達筆などと呼ばれる種類のものではないことを知っている。

「よせよ」

「だって、デザイナーなんですもの、やっぱり字だってプロよ、ね」

「そうですよ。僕ら素人(しろうと)にはとても、こうはいかない」

弟も如才なく、ほめる。

「あら、文子ちゃんが眼をあいてるわ」

「本当だ。もう抱きあげてもいいだろうな」

「ええ、そっと抱いて下さいね」

浅井の腕の中で、文子と名づけられた子供は、大きな眼を動かしていた。その視線が浅井の眼と出会うとき、浅井は胸のときめきを覚えた。

「眼は見えるんだろうか」

「まだよ。早くて十五日はかかるんですって」

「なんだ、見えないのか」

「でも、お父さんだけは見えるわよ。ねえ、文子ちゃん」

そんなことを云っている間に、マチ子の弟はバッグからカメラを三個も取出していた。

「さあ文子ちゃん、いいお顔してね。お父さんと三人で記念撮影よ」

浅井が、マチ子の弟のカメラに眼をとめると、マチ子が誇らしげに説明した。

「このひと、写真屋なんですよ」

「ほう、道理でいいカメラだ」

「いやあ、田舎ですから焼き付けや引伸し専門の店をやってるだけですよ。いいカメラを扱うほど資金もないし、ここじゃいいお客は少ないですから」

「その紙、こっちへ頂だい」

命名　文子と書いた紙をマチ子が持ち、浅井が文子を抱いてベッドに腰をかけ、親子三人は身を寄せあってカメラに納まった。マチ子の弟は、カメラを取りかえて、何枚も何枚も撮した。

出産直後、父親の役割というのは、あまりない。母親は二時間おきに授乳があり、それだけの食欲を持って食べることも養うための義務になっているが、父親はまったくすることがなかった。おむつの取替えも産婦の世話も付添婦が一人で充分やっている。そこへマチ子の弟や弟の妻が出入りするのだから手が余ることはあっても足りないことはない。

それにマチ子は休養をとる必要があった。産婦は興奮してはならないし、出産という大きな疲れをとるためにも、授乳という肉体労働のためにも、できれば新生児と同じくらい眠っているのが理想なのである。

付添婦から注意されるまでもなく、浅井は見ていて自分の出る幕が、こういう立場ではあまりないということを悟っていた。

「大事にしていなさい」

「はい。あなた、お手紙下さいね」

「うん、書くよ」

「私の方は、しばらく書いたり読んだりはいけないんですって」

別れるとき、浅井は赤ん坊をもう一度抱きあげた。母親と子供の間には生れる以前すでに十カ月の肉体的な繋(つな)がりがあるけれども、それに比べると男親というものは、自分の子供との関係は実におぼろで頼りなかった。似ていると云われたことと、自ら名付けた文子という名前、そして抱き上げたときの感触だけが、浅井にとってわずかに自分の子供を確かめる手がかりだった。抱いた躰(からだ)は軽く、頼りなかった。見えない眼は、浅井の顔を見上げることもしない。いや、眠っているのか、眠いのか、文子はすぐ眼を閉じて浅井の腕の中でも動かなかった。

「あ」

浅井が声をあげた。

「笑ったよ、文子が」

「まあ、お父さんが分るのかしら、やっぱり」

マチ子も見ていて驚いた。二人の親は、唖然として、たった今その小さな顔に浮んで消えた笑いを追っていた。

付添婦が云った。

「無心の笑いっていうのが、赤ちゃんのことなんですよねえ」

「何も考えないのかしら」

「ええ、赤ちゃんって神さまですからね、目的がなくっても笑うんです」

「無心の笑い、ねえ」

「そうですよ」

浅井の胸の奥深く、この幼な児の微笑は刻みこまれた。汽車に乗って、清水へ一泊しにきたのは、ただこの笑顔を見るだけが目的であったように思った。付添婦が、赤ん坊は神さまだから目的がなくても笑うと云ったのが、浅井の記憶には生涯消えることもなく残るだろうと思われた。浮気と思い、妻ある身で子供を他の女に生ませたという自責が、このとき裁かれていたのを、浅井は気がつかなかった。却って、自分が浄化されたような誤解さえしていた。

帰りの汽車の中で、浅井はずっと別れてきたマチ子と文子のことを思い続けていた。写真をとるとき身近に寄ったマチ子から、強烈な臭気が立ちこめたことも、そのときは人前で咄嗟に驚きを押えこんだが、汽車に揺られていると思い出された。あれは産婦特有の匂いだったのだろうか。産後の悪露というものの知識を持たない浅井には、それは強い刺戟だった。二人はいつ東京へ帰ってくるのだろうかと思う。

「文子」

小さく声に出して呟いてみた。戸籍にも入れず認知もせず、経済的にも過分なことはしてやれない自分のような男が父親であっていいものだろうかと思い、あの無心の微笑を思い出した。

「文子」

妻にはひた隠しにしなければならない秘密の子だ。しかし、と浅井は思い続けた。自分にできるだけのことは、してやらなければならない。父親の義務というものではないか。

気がつくと、もう富士の姿は見えなかった。窓の外を見送りながら、あの富士は凄かった、と浅井は思い返した。朝焼けの赤富士を見たことも、また忘れることのできない記憶になっている。

東京駅に着くと、ほんの二時間前にいた清水が、さわやかな空気と、のびやかな雰囲気を持っていたことがあらためて思い出された。東京は騒音に充ちていて、空気は喉にさわると思われるほど濁っていた。浅井は頭を振って、その空気を掻きわけながら中央線にのりかえ、連休最後の日曜日の混雑に、すっかり不愉快になってしまった。電車の中が人臭い。レジャーブームで遊びに出た親子連れなどが、疲れた顔をして浅井のすぐ傍に立っていた。

新宿まできて、ふと、自分は実は箱根帰りなのだということを浅井は思い出した。箱根みやげというアリバイ工作を忘れているではないか！

マチ子の出産は、どちらかといえば浅井にとって現実離れのした出来事だった。浅井の現実は、妻の道子そのものであり、清水へ行ったのを箱根へ行っていたという嘘でかためて完璧なものにしておくのが目下の急務なのである。

そう気がついたとき、浅井は新宿駅へ飛び降りていた。どうしてもっと早く気がつかなかったのだろう。東京へ着くまでの汽車の中で、箱根に近い駅で名産品を買うなり、でなければせめて東京駅の中の売場を歩いて、ごまかしのきく土産を買うべきであったのだ。

マチ子を抱きたいという思いも、文子の無心の微笑への感動も、一瞬けし飛んでしまって、浅井は考えこんだ。

ガラス戸を押して入ると、

「らっしゃいッ」

「ハイ、おしぼり一丁」

「お久しゅうございますッ」

迎え入れる声が、賑やかに浴びせられる。新宿の「銀八」という鮨屋は、連休も休んでいなかった。職人たちの威勢のいい声に、魚もさぞイキがよかろうと思わせる。

浅井は細長い店の中で、飯台の前に腰かけると、指を一本立ててみせた。

「はい、お銚子だよッ」

「熱燗にしてくれ」

「はい、熱燗だよッ」

ちょうど夕食事どきであった。客は目白押しに高い椅子に並んで腰かけていて、運よく端の一つだけ浅井を待っていたように空いていた。浅井は急に空腹を感じて、汽車の中では何一つ飲まず喰わず物思いにふけっていたのかと、あらためて感じ入った。

今夜は酒を過して、酔って帰るに限る、そう思った。箱根みやげはどこかに置き忘れたことにしてしまおう。

浅井は店の常連ではなく、三月に一度ぐらいの顔なのだが、店の人たちは覚えていて、黙って坐っていても、目の前に季節の肴を切って積み上げる。にぎりよりも、飲む方の口だと知っているのであった。あまり賑やかに喋る方でないのも知っている。

清水では、鰻の蒲焼ばかり食べたような気がするので、あっさりした生魚は浅井の舌には実に新鮮そのものだった。そういえば海沿いの町であったのに、マチ子も手紙の中で屢々書いてきたものだったのに、清水ではイキのいい魚を食べるひまがなかった。マチ子も産後で気がまわらなかったのだろうし、病院には刺身などを運べるわけがない、夜、夕富士の裾野に、清水港の灯がガラスの粉を撒いたように散りばめられていたのを、浅井は懐かしく思い出した。

熱い酒は、喉を走って、快かった。早く酔うような気がした。しかし酔う前にしておくことがあった。

マンションにいる小柳老人に電話をかけた。

——ああ浅井さん、今どちらです。

「新宿まで帰ってきたところです」

「——それはお早かった。箱根にはお電話がなかったようですよ。——いかがでした」

「はあ、やはり、いいものです」

「——そうでしょう。今からお帰りですか」

「え、今、飯を喰って、ちょっと一杯やってから」

「——あまり酔いすぎん方がいいですぞ。いかなるときも用心怠るべからず、です」

小柳は、ちょっとおどけて云ったのだが、浅井は先人の言として肝に銘じた。

酒はほどほどにして、

「握ってくれ」

と云うと、飯台の向うの顔がちょっと意外そうに聞き返した。

「握りますか」

「うん、中トロからだ」

「はい、あがり一丁ッ」

吟味した飯と、冷えた魚が口の中で程よく溶けあうのを味わいながら、浅井は新しい智恵に気がついた。

「折に二人前、適当に詰めてくれ」

「はい、二人前、折ですね」

「うん」

「かしこまりました。折だよッ」

「はいッ」

帰ってからの作戦を練りながら、浅井はゆっくりと食べたいだけ食べ終ると、折詰をぶら下げて外に出た。新宿の街は人は減らないのに、もう暗い。ネオンは輝いているのに、行き交う人の表情が連休で疲れ果てているせいかもしれない。

しかしタクシーは割合簡単につかまえることができた。

「東中野」

云ってから気がついて云い直した。

「高円寺に行って下さい」

これは小柳の言葉ではないが、よほど用心してかからねばならない。東中野というのはマチ子のアパートのあるところではないか。道子へみやげの折詰を持っていながら、高円寺の我が家を云いまちがえるとは、浅井は我ながらドキッとするほど思いがけないことであった。

自分の家の門の前で、ブザーを押すと、道子が玄関に来てから訊(き)いた。

「どなた?」

「僕だよ」

「あら」

急いで錠をあけてから、

「お帰りなさい。お早かったのね」

と、まだ驚いている。昨日の夕方から出かけた箱根なら帰りは真夜中になるものと思いこんでいたからだ。

「あまり面白くなかったんだよ。一人で先に帰ってきたんだ」

「この頃よくそう仰言(おっしゃ)るわね。小柳さんって、あんないい方ないと思うのに」

「それがやっぱり齢(とし)なんだな」

「少しくどいの?」

「それ、それ」

小柳がマユミと二人で浅井を笑いものにしたように、浅井も小柳を悪く云うことでアリバイ工作をしている。これもまた武士は相見互いというものであろうか。

「君は、寝てたのかい?」

連休は、書道の弟子も来なくなる。そのせいか道子は着物に伊達締姿で、上に急いで半纏を羽織っていた。

「なんだか気持が悪くって」

「またかい？　喰いすぎじゃないのか？」

「そうらしいの。胃の具合が悪いから」

「それなら、いいもの持って帰ってきたよ」

浅井が折詰を目の前にぶら下げて見せると、道子は首をかしげて外から包み紙を眺めていたが、

「お鮨？　新宿って書いてあるわ」

「箱根では、ろくなみやげがなかったからね、漬物とか、くだらないだろう？　だからわざわざ新宿で降りて、奥さんにおみやげを買ってきたというわけだ。もっとも、僕も飲みましたがね」

道子はクスクス笑いながら折詰を受取って、

「案外そっちの方が主な目的だったんじゃないのかしら」

と云った。

茶の間に寛いだ浅井の前で、道子はいそいそと紙をとって折詰の蓋をあけた。

「あら、おいしそう。この頃あなた、よくおみやげを持って帰って下さるわね」

「このあいだのは小柳さんからだよ。これは僕からだ」

「ありがとうございます。嬉(うれ)しいわ」

道子はいそいそと箸(はし)や小皿をとりに台所に立った。浅井は勝手にウイスキーとグラスを水屋ダンスから出して卓袱台(ちゃぶだい)に置いた。

「なんだい、これ」

卓袱台の中央に見なれない大きな茶色の壜(びん)が立っている。手にとってみるとエビオスの錠剤だった。

「胃の具合が変だから買ってきたんです。いつだったか、あなたが新薬よりこれがいいって云ってらしたから」

「うん」

マチ子が妊娠の初期に飲んでいた薬だった。あの頃から早くも半年以上の時間がたって、つい二日前に文子が生れた。

浅井の感慨をよそに、道子は胃が悪いと云っていたのに早速箸をとって、

「頂きます。まあ、おいしい」

と目を細めた。

道子が茹(ゆ)でた海老(えび)の赤いのを口に運んだとき、浅井が云った。

「海老は、食用にするのはメスだけだそうだよ」

「あら知らなかったわ。でも、そんな区別がつくんですか」

「うん、オスは集めて薬にするんだ」

「まあ、そう？」

「エビオスだよ」

「いやだわ、本気で聞いてしまったわ」

道子が笑い転げているのを見守りながら、この分ならもう大丈夫だと、浅井は安心してコップにウイスキーをつぎ足していた。

（下巻につづく）

有吉佐和子著

紀ノ川

小さな流れを呑みこんで大きな川となる紀ノ川に託して、明治・大正・昭和の三代にわたる女の系譜を、和歌山の素封家を舞台に辿る。

有吉佐和子著

香（こうげ）華

小説新潮賞受賞

男性遍歴を重ねる美しく淫蕩な母、母を憎みながら心では庇う娘。肉親の絆と女体の哀しさを、明治から昭和の花柳界を舞台に描く。

有吉佐和子著

華岡青洲の妻

女流文学賞受賞

世界最初の麻酔による外科手術――人体実験に進んで身を捧げる嫁姑のすさまじい愛の葛藤……江戸時代の世界的外科医の生涯を描く。

有吉佐和子著

複合汚染

多数の毒性物質の複合による人体への影響は現代科学でも解明できない。丹念な取材によって危機を訴え、読者を震駭させた問題の書。

有吉佐和子著

芝桜（上・下）

芸者としての宿命に泣く一本気の正子。男を手玉にとり嘘を本当と言いくるめる蔦代。二人の対照的な芸者の凄まじい愛憎の絡み合い。

有吉佐和子著

恍惚の人

老いて永生きすることは幸福か？　日本の老人福祉政策はこれでよいのか？　誰もが迎える〈老い〉を直視し、様々な問題を投げかける。

有吉佐和子著
悪女について
醜聞にまみれて死んだ美貌の女実業家富小路公子。男社会を逆手にとって、しかも男たちを魅了しながら豪奢に悪を愉しんだ女の一生。

瀬戸内寂聴著
女徳
多くの男の命がけの愛をうけて、奔放に美しい女体を燃やして生きた女——今は京都に静かに余生を送る智蓮尼の波瀾の生涯を描く。

瀬戸内寂聴著
まどう（上・下）
心が離れ離れになってもなお夫婦の絆は繋ぎとめるべきなのか。それとも情熱の赴くままに生きるのが幸せなのか。女の生き方を問う。

瀬戸内寂聴
瀬戸内晴美著
わが性と生
私が天性好色で淫乱の気があれば出家は出来なかった——「生きた、愛した」自らの性の体験、見聞を扮飾せずユーモラスに語り合う。

瀬戸内寂聴著
いよよ華やぐ（上・下）
91歳、84歳、72歳——妖にして艶やかな女三人のそれぞれの愛の煉獄。瀬戸内文学の山嶺を越えた「愛と救い」の果てしなきドラマ。

瀬戸内寂聴著
釈迦
八十歳を迎えたブッダ最後の旅。遺された日日に釈迦は何を思い、どんな言葉を遺したか。二十年をかけて完成された入魂の仏教小説。

曽野綾子著

木枯しの庭

独身の大学教授、公文剣一郎には、結婚を妨げる事情はないはずだが……。愛に破れる男の孤独な内面を描き、親と子の問題を追究。

曽野綾子著

夫婦の情景

男と女が共に生活を営むとはどういうことか。何が夫婦を幸せにし、また不幸にするのか。——現代の夫婦のすがた、愛のかたちを描く。

曽野綾子著

天上の青（上・下）

ある夏の朝、ふとしたことで知り合った一人の男。彼は自ら詩人と称して次々に女性を誘い、犯し、殺し続ける冷酷な悪魔だった……。

曽野綾子著

極北の光

数奇な出生に始まり、様々な男性との恋と別離に翻弄される小波光子。「不運ではあったが不幸ではなかった」女の半生を描く力作。

曽野綾子著

哀歌（上・下）

ゴキブリ（ツチ族）を殺せ！——100日で100万人が犠牲になったとも言われるルワンダの悲劇をテーマに、真実の愛を問う渾身の大作。

曽野綾子著

わが恋の墓標

人生の深みによどむ悲哀感を、才気あふれる巧みな話術で表現し、そこに言い知れぬ優しさと重みをただよわす著者の短編全10編収録。

松本清張著

けものみち（上・下）

病気の夫を焼き殺して行方を絶った民子。疑惑と欲望に憑かれて彼女を追う久恒刑事。悪と情痴のドラマの中に権力機構の裏面を抉る。

松本清張著

黒革の手帖（上・下）

横領金を資本に銀座のママに転身したベテラン女子行員。夜の紳士を相手に、次の獲物をねらう彼女の前にたちふさがるものは――。

松本清張著

わるいやつら（上・下）

厚い病院の壁の中で計画される院長戸谷信一の完全犯罪！ 次々と女を騙しては金をまき上げて殺す恐るべき欲望を描く長編推理小説。

松本清張著

霧の旗

兄が殺人犯の汚名のまま獄死した時、桐子は依頼を退けた弁護士に対する復讐を開始した。法と裁判制度の限界を鋭く指摘した野心作。

松本清張著

砂の器（上・下）

東京・蒲田駅操車場で発見された扼殺死体！ 新進芸術家として栄光の座をねらう青年の過去を執拗に追う老練刑事の艱難辛苦を描く。

松本清張著

共犯者

銀行を襲い、その金をもとに事業に成功した内堀彦介は、真相露顕の恐怖から五年前に別れた共犯者を監視し始める……表題作等10編。

不信のとき（上）

新潮文庫　あ－5－22

平成十八年六月二十五日　発行
平成十八年七月十五日　二刷

著者　有吉佐和子
発行者　佐藤隆信
発行所　株式会社新潮社
郵便番号　一六二－八七一一
東京都新宿区矢来町七一
電話　編集部(〇三)三二六六－五四四〇
　　　読者係(〇三)三二六六－五一一一
http://www.shinchosha.co.jp

価格はカバーに表示してあります。
乱丁・落丁本は、ご面倒ですが小社読者係宛ご送付ください。送料小社負担にてお取替えいたします。

印刷・大日本印刷株式会社　製本・株式会社大進堂

ISBN4-10-113222-4 C0193